CLARENDON FRENCH SERIES

*General Editor:* W. D. HOWARTH

———

VOLTAIRE
ZADIG AND OTHER STORIES

# VOLTAIRE
# ZADIG
# AND OTHER
# STORIES

EDITED WITH INTRODUCTION
AND NOTES BY
## H. T. MASON
PROFESSOR OF EUROPEAN LITERATURE
UNIVERSITY OF EAST ANGLIA

OXFORD UNIVERSITY PRESS

*Oxford University Press, Ely House, London W.1*

GLASGOW  NEW YORK  TORONTO  MELBOURNE  WELLINGTON
CAPE TOWN  IBADAN  NAIROBI  DAR ES SALAAM  LUSAKA  ADDIS ABABA
DELHI  BOMBAY  CALCUTTA  MADRAS  KARACHI  LAHORE  DACCA
KUALA LUMPUR  SINGAPORE  HONG KONG  TOKYO

*First published 1971*
*Reprinted 1974*

PRINTED IN GREAT BRITAIN BY
WILLIAM CLOWES & SONS, LIMITED
LONDON, BECCLES AND COLCHESTER

# ACKNOWLEDGEMENTS

I SHOULD like to express my warm gratitude to the Sir Ernest Cassel Educational Trust, which, more years ago than I care to remember, awarded me the grant that enabled me to begin this study of Voltaire's *contes* in Paris and Geneva.

# CONTENTS

# ABBREVIATIONS

REFERENCES to Voltaire's works will be to the edition by Louis Moland (*Œuvres complètes*, Paris, 1877–85, 52 vols.). Volume and page number will be preceded by the letter 'M.' (e.g. M. XVI 177).

References to Voltaire's Correspondence will be to the edition by Th. Besterman (Geneva, 1953–65, 107 vols.). Following the usual practice, the letters will be referred to by their number in this edition, preceded by the abbreviation 'Best.' (e.g. Best. 1234).

Volumes of the *Studies on Voltaire and the Eighteenth Century*, published by the Institut et Musée Voltaire, will be referred to as '*Studies*'.

Where works are referred to in the notes by their short title, fuller details will be found in the bibliography.

# INTRODUCTION

THERE is a danger for every author who writes a masterpiece: that he may become identified with that masterpiece and no other. For most readers, Voltaire the narrator is associated above all with *Candide*. By comparison, *Zadig* and *Micromégas* may appear of interest only when related to it, not in their own right. There is the further danger that the masterpiece is considered in every way more typical of its author. Such a fate would be unjust to the variety of Voltaire's range and talent: *Micromégas* is more scientific and measured, *L'Ingénu* more genuinely tragic, *Le Taureau blanc* more urbane. There are *contes*, like *Le Monde comme il va*, where the famous Voltairian irony, all brilliance and wit, so often thought to be ubiquitous in his fictional writing, is virtually non-existent. The selection edited here may serve to show Voltaire's great qualities as they exist when removed from the potentially deceptive spotlight of *Candide*.

The Voltairian *conte*, says Bottiglia, is a 'stylized demonstration'.[1] This is a neat and judicious description, whose full import can perhaps better be appreciated after a quick glance at those aspects of the *contes* which might seem to contradict it. There is a story entitled *Pot-pourri*; the title could have applied to all of them. One of the most obvious features about these tales is their disordered diversity. Narrative jostles with philosophic treatise and personal sallies, Oriental fantasy and magic with everyday realism, the tragic with the farcical. Even in the most carefully controlled stories, there is always time to intercalate a new section or two, like the chapters entitled 'La Danse' and 'Les Yeux bleus' in *Zadig*, which do not noticeably improve the quality of the work. Most of the tales are built upon an episodic

[1] W. F. Bottiglia, 'Voltaire's *Candide*: Analysis of a Classic', *Studies*, VII A (1964), 74.

structure (as I. O. Wade has remarked in *The Search for a New Voltaire*, the basic unit for Voltaire—as a writer of prose—is the article, the short essay). Most of the *contes* possess not so much an integrated narrative flow as a cumulative sequence of episode and incident. Structural rigour is not their most obvious virtue.

Other aspects, the life-blood of many a novelist's art, are altogether missing here. Nowhere can one find a character who may be said to take on a life of his own. The closest to it is probably the eponymous hero of *L'Ingénu*, who painfully develops from primitive innocence to a fairly sophisticated compromise with society, but here as elsewhere his most important function is a philosophic, not a psychological, one. In our selection the most autonomous character is, perhaps surprisingly, not Zadig or Micromégas, but the benevolently wily Mambrès of *Le Taureau blanc*, who at times, when Voltaire allows it, takes on the appearance of a creation *pour soi*. He too, however, never acquires a totally independent existence. If he does not, it is because, in *Le Taureau blanc* as everywhere else, there is only one dominant personality: Voltaire himself. 'Je est un conte', says Belaval;[1] the author is universally present in his tales. No need to remind us, as Thackeray feels he must in *Vanity Fair*, that it is all a puppet-show. We are never under any illusions as to its being anything else. Voltaire suffers no problems about deciding whether his characters are living entities or not; they are categorically subordinated to the *philosophie* Voltaire wishes to espouse.[2] Though Gide's own approach to the novel was very different, he could have been writing with Voltaire in mind when he confided to his *Journal* (8 February 1927) that the novelist is the only one to vouch for the truth he reveals, and the only judge. It is Voltaire who ceaselessly expounds, explains, clarifies.

Plot and setting are similarly subject to laws other than the

---

[1] Y. Belaval, 'L'Esprit de Voltaire', *Studies*, XXIV (1963), 147.

[2] There is perhaps one exception to this rule: *L'Ingénu*, perhaps Voltaire's most eccentric *conte*, bordering on the novel in many respects.

purely esthetic. If we assume with E. M. Forster (*Aspects of the Novel*) that 'The King died, and then the Queen died' is a story, while 'The King died, and then the Queen died because of grief' is a plot, it must be confessed that Voltaire writes the former more often than the latter. The typical device of sending the hero on a journey, where he learns one thing after another and eventually thereby gains wisdom, requires, as we have seen, little in the way of closely integrated development. Nor is Voltaire always meticulously accurate about detail, as we shall observe. This is not to say that the tales are written in a purely random manner; one can analyse the way in which tension is built up, until, for instance, in *Zadig* only an encounter with the figure of Providence himself is equal to the anguish and doubts Zadig feels. Even so, Voltaire's *contes* are at the opposite pole from the close orchestration of detail that such eighteenth-century novels as *Manon Lescaut* or, even more so, *Les Liaisons dangereuses* reveal. Setting is equally casual, when Babylon in *Zadig* and Persépolis in *Le Monde comme il va* are transparent disguises for Paris, or Saturn in *Micromégas* merely our planet with its basic problems transposed. Occasionally Voltaire thinks fit to add the dash of local colour that will convey the atmosphere of the Orient or of outer space; but here again he has other more important matters to consider. The *conte philosophique* is clearly a form of *anti-roman*. Voltaire makes this explicit through the fictitious 'Approbation' by a whimsically conceived censor that he adds to *Zadig*: 'Je soussigné, qui me suis fait passer pour savant, et même pour homme d'esprit, ai lu ce manuscrit, que j'ai trouvé, malgré moi, curieux, amusant, moral, philosophique, digne de plaire à ceux-mêmes qui haïssent les romans.'[1]

What are these other matters? Essentially didactic and philosophic ones, as has already been suggested. Voltaire's innovation is as striking as any in the history of narrative fiction. He took the *conte* as it had hitherto existed, a form generally given over

[1] Cf. infra, p. 239.

to exotic tales in fabulous, usually Oriental lands, containing the fantastic and miraculous in good measure; and he adapted this escapist gossamer to his own polemical purposes, turning it into an exemplary technique for illustrating the various ways in which our world is absurd and malicious. The problems he discusses involve Man rather than men, so there is no need for psychological depth of characterisation. The fantastic element in plot and setting permits flexibility, often heightens the absurdity. If three half-starved, ragged, dirty characters appear suddenly from a boat on the Nile and turn out to be the prophets Daniel, Ezekiel and Jeremiah, that is purely in accord with the nonsense that, for Voltaire, pervades the Old Testament. Some tales, like *Le Monde comme il va*, are generally true to life; but usually, instead of aiming at an illusion of verisimilitude, Voltaire heightens the stylisation, so that the *contes* become an extended symbol of the human condition. There is usually a confrontation between the corrupt complexity of the world as it is and the naïve but penetrating eyes of an inexperienced young man—Micromégas, Zadig, Babouc, Scarmentado, Rustan. One may sometimes wonder how they arrived at manhood so fresh and untutored; that speculation, improperly novelistic in the context, is of no real concern. What does matter is the series of answers that they receive to their penetrating questions. Not all of this is new with Voltaire. Montesquieu had made notable success of this device in the *Lettres persanes*, and Voltaire is heavily indebted to the well-established *genre* of the imaginary voyage, which includes works as important as Cyrano de Bergerac's *Voyage à la lune* and Swift's *Gulliver's Travels*. But Voltaire not only combines the two traditions of *conte* and *voyage philosophique*, he does so with concision and economy. The hero's trials and discoveries are recounted at great pace as his guileless pursuit of goodwill and happiness is met by pedantry and obfuscation, cunning and brutality. Eventually he develops a philosophy out of bitter experience. Zadig is disillusioned of his belief that virtue leads to happiness, just as Candide discovers that Westphalia was a false ideal and Eldorado an unattainable one.

Let us be clear, however; this is scarcely ever a tragic world (*L'Ingénu* is once again the great exception). At the end there is acceptance, sometimes even happiness. Micromégas never really comes close to personal anguish; but Zadig, who does, and Babouc, who registers horror and indignation at the ways of men in Persépolis, both resign themselves more or less contentedly to the world as it is. Of all Voltaire's heroes it might be said as of Ituriel in *Le Monde comme il va*, that 'il résolut . . . de laisser aller *le monde comme il va*; car, dit-il, *si tout n'est pas bien, tout est passable*' (p. 168). Such is the conclusion of Mambrès as of Candide; and even Scarmentado, in perhaps Voltaire's most vitriolic story, settles for something approximating to it. Life is always preferred to death; even in *L'Ingénu* the Huron recovers from St.-Yves' tragic death and becomes an excellent officer. The conflict with the gods is resolved, and men choose the banality of everyday life rather than heroic and unyielding defiance.

In the meantime, Voltaire parades his views on a variety of topics, always with a view to persuading the reader; he is a committed artist, writing to and for his own age. Such is the richness of his references that few *contes* stay within one thematic area; but even so there is usually a focal centre. As we shall see, *Micromégas* takes a cosmic topic, relates man to the infinitely small and the infinitely large, reveals him stranded and insignificant between these incomprehensible extremes; and then, having torn down his self-created pedestal, shows that he has a place in the universe after all, modest but unique and valid.[1] *Le Monde comme il va* is essentially social in its orientation: does

[1] In commenting on Pascal's famous 'Pensée' which begins: 'Qu'est-ce que l'homme dans la nature? Un néant à l'égard de l'infini, un tout à l'égard du néant, un milieu entre rien et tout', Voltaire remarked characteristically: 'Cette éloquente tirade ne prouve autre chose, sinon que l'homme n'est pas Dieu. Il est à sa place comme le reste de la nature, imparfait, parce que Dieu seul peut être parfait . . .' (M. XXXI 28).

such a blemished community deserve to survive? *Zadig* starts out with social questions but moves onto the metaphysical dimension before the end. Each of these tales relates to a different personal and philosophical climate. Some, like *Le Monde comme il va*, are resolutely realistic (the device of the divine messenger apart); others, like *Le Blanc et le noir*, bathe in an atmosphere of dreamy fantasy, while a *conte* like *Le Taureau blanc* invokes the absurd. This miscellany has but one common thread: Voltaire always has a viewpoint to proclaim. He would have agreed with Camus that 'Un roman n'est jamais qu'une philosophie mise en images'.[1] The reader must be shown, for instance, how petty men are and yet how worthwhile is their true rôle; so these creatures, almost invisible to Micromégas and his companion from Saturn, nevertheless succeed in calculating the giants' exact height. When the Saturnien exclaims in amazement, 'quoi! cet atome m'a mesuré!' Micromégas sagely observes: 'Je vois plus que jamais qu'il ne faut juger de rien sur sa grandeur apparente' (p. 66). Nothing better exemplifies the utility of empirical techniques of observation than Zadig's *roman policier* sleuthing in 'Le Chien et le cheval'. Point by point, a certain view of the world is built up, convincing to the degree that Voltaire's outlook is a comprehensive one.

One element is essential to the *conte philosophique*: the hero, naïve though he may be in various ways, must be equipped to deal with abstractions in thought. He is an intelligent observer of the world, able to penetrate through the verbiage of doctrine and the façade of custom and tradition to the basic principles involved. By the correct use of reason, he will demonstrate to others where and how they have erred in their thinking. 'Le Souper' is not the most original chapter in *Zadig*; the notion that all sects share common ground was not new with Voltaire, and Montesquieu had already handled the same subject in the *Lettres persanes* (Letter XLVI). But Voltaire brings to it characteristic

[1] Camus, *Carnets* I, Paris, Gallimard, 1962, p. 23.

verve and compression. The argument begins about dietary restrictions (not surprisingly since the participants are at table), spreads quickly to sacred animals and fetishes, and soon embroils all present—until Zadig swiftly leads them out of trouble by taking the peacemaker's rôle and concentrating on what unites rather than divides them. Earlier he had taught his master Sétoc a lesson about idolatry. Since Sétoc insists that the sun, moon and stars are divine in their own right, Zadig makes a *reductio ad absurdum* of his belief by worshipping the candles which light their tent: 'Éternelles et brillantes clartés, soyez-moi toujours propices!' (p. 107). The point is quickly taken by Sétoc! This is demonstration by analogy; elsewhere the proof is provided by the clash of argument on argument. Sétoc has attempted to defend the barbarous custom by which widows immolate themselves on their husband's corpse: 'Il y a plus de mille ans que les femmes sont en possession de se brûler. Qui de nous osera changer une loi que le temps a consacrée?' adding epigrammatically: 'Y a-t-il rien de plus respectable qu'un ancien abus?' To this Zadig has a simple and crushing answer: 'La raison est plus ancienne' (p. 108).

This snatch of dialogue is highly characteristic. It has an almost mathematical quality about it; given the initial Voltairian premises, one would fain write 'Q.E.D.' after it. It goes directly to the heart of the matter, so that Sétoc, wasting no time on a long defence of established custom, sums up the matter most succinctly. Now this is, by the criteria of the realistic novel, *invraisemblable* on two grounds. The conversation, first of all, is distilled and heightened to the point where we have, not human beings conversing, but mouthpieces for certain ideas; and secondly, Sétoc is made to condemn himself out of his own mouth by putting a question which, assuming that he is intelligent enough to formulate it, he could surely have answered along correct Voltairian lines. To ask the right question is to be more than halfway to the right answer. But for Voltaire it is not Sétoc nor even Zadig who counts; what matters is that the idea of reason as old as man be expressed cogently and clothed in appealing form. If there is any dramatic quality in Voltaire's dialogue, it is along strictly philosophical lines. The target here is, by eighteenth-century Western standards, a palpably ridiculous usage; let this be fully highlighted, then, and let the reader be thereby reminded that no custom, however venerable, can be justified by its antiquity alone. From widow-burning one may well come to matters nearer home! The true dialogue is always between Voltaire and the ignorant. Indeed, one may well wonder whether the term 'dialogue' is apt, for the argument is always weighted so as to lead to the true answer. In this sense, it would be better to call the *contes* narrative monologues.[1]

The dialogue element is of the first importance in most of Voltaire's *contes*, which are far from being pure narrated action.[2] Even so, in most cases, the backbone of the tale is third-person narration, carried forward at breakneck speed. If Voltaire's *contes* are successful, it is surely above all because of the great diversity, vitality and movement which they contain. There is a quicksilver element to them, as there is to their author's personality; nothing is still for two moments together. One of the main difficulties for the reader, indeed, is assimilating the total impact of Voltaire's narration; for the style moves smoothly, encouraging rapid reading, and yet the composition is so concise as to acquire remarkable density and richness of detail. Here in a few lines from an early chapter in *Zadig* is the whole history of a widow's sincere bereavement (for Azora, whatever her faults,

---

[1] Bottiglia (op. cit., p. 54) describes them as dramatic monologues; the noun I accept readily, the adjective seems less satisfactory, for reasons relating to the *invraisemblance* of Voltaire's psychology already discussed, unless one is using 'dramatic' in a very loose way.

[2] The relationship between Voltaire's *contes* and the *dialogues philosophiques* would merit a more systematic study than it has so far received, as Vivienne Mylne has pointed out, 'Literary Techniques and Methods in Voltaire's *Contes philosophiques*', *Studies*, LVII (1967), 1055–80.

had apparently loved her husband) transformed into a passion
ready to mutilate the dead husband in order to help her new
lover:

> Azora, ayant passé deux jours chez une de ses amies à la campagne,
> revint le troisième jour à la maison. Des domestiques en pleurs lui
> annoncèrent que son mari était mort subitement la nuit même, qu'on
> n'avait pas osé lui porter cette funeste nouvelle, et qu'on venait
> d'ensevelir Zadig dans le tombeau de ses pères, au bout du jardin. Elle
> pleura, s'arracha les cheveux, et jura de mourir. Le soir, Cador lui
> demanda la permission de lui parler, et ils pleurèrent tous deux. Le
> lendemain ils pleurèrent moins et dînèrent ensemble. Cador lui confia
> que son ami lui avait laissé la plus grande partie de son bien, et lui fit
> entendre qu'il mettrait son bonheur à partager sa fortune avec elle. La
> dame pleura, se fâcha, s'adoucit; le souper fut plus long que le dîner;
> on se parla avec plus de confiance. Azora fit l'éloge du défunt; mais
> elle avoua qu'il avait des défauts dont Cador était exempt (p. 77).

The stage is thus set for the ensuing action. The pace with which
this transformation is carried along excludes any tragic element.
Men die and love is transmuted; such is the transient quality of
human life and passion. But these truths, sad enough in themselves, must be accepted before we move on to what makes such
an existence worth living: and if there were space to quote the
rest of the chapter, we would see that the incident leads, typically,
to a moral lesson enjoining tolerance as being part of true
wisdom.

One of the most marked characteristics of Voltaire's prose
style is its strong sense of rhythm. There is an immediately
recognizable Voltairian tempo, just as there is a Pascalian or a
Flaubertian movement unique to its author. In Voltaire the
classical elements of harmony and balance dominate; his rationalist
convictions, at grips with the follies and barbarisms of the world,
are constantly underlined by the orderly world of his technique.
Often the symmetry is a simple bipartite affair: 'A entendre leurs
apologies, ces sociétés étaient toutes nécessaires; à entendre leurs

accusations réciproques, elles méritaient toutes d'être anéanties'
(p. 161). Even more frequently, a trinary movement is dis-
cernible: 'les yeux ne se rassasiaient point de le voir, les bouches
de le bénir, les cœurs de lui souhaiter l'empire. L'envieux le vit
passer, frémit, et se détourna' (p. 148). Beyond this one can
detect occasionally a quaternary rhythm: 'le directeur, homme
éloquent, lui parla dans ce cabinet avec tant de véhémence et
d'onction que la dame avait, quand elle revint, les yeux humides,
les joues enflammées, la démarche mal assurée, la parole tremblante' (p. 157). This is only a step removed from simple
accumulation, examples of which can be read on practically every
page. Sometimes it is an enumeration of details, sometimes of
events, Voltaire's pace rising to a staccato attack:

Il se saisit de la lance près du fer dont elle est armée. L'un veut la
retirer, l'autre l'arracher. Elle se brise entre leurs mains. L'Égyptien
tire son épée; Zadig s'arme de la sienne. Ils s'attaquent l'un l'autre.
Celui-là porte cent coups précipités; celui-ci les pare avec adresse. La
dame, assise sur un gazon, rajuste sa coiffure et les regarde (p. 102).

As usual, there is more to it, however, than simple pace. The
final sentence, written in apparently the same tone, is in the
context deeply ironic. The lady for whom Zadig is risking his
life has become a casual observer, 'rajustant sa coiffure'.

All these examples illustrate the extent to which Voltaire's
narration is a building of one detail upon another. Much of the
time the causal connections have been purged from the scene,
which is presented in its stark gratuitousness, lacking any overriding sanction of formal logic or convincing authority to impose
a meaning on it. When logic is introduced by the use of causal
relationships, it is often an ironic reasoning: 'Zadig, avec de
grandes richesses, et par conséquent avec des amis' (p. 74); 'un
archimage nommé Yébor, le plus sot des Chaldéens, et partant le
plus fanatique' (p. 83); 'on l'admirait, et cependant on l'aimait'
(p. 93). Only in the discussions directed by the heroes of

Voltaire's *contes* is true, compelling logic to be seen, the logic of the relationships that would exist if men could only be *philosophes* and live in happiness together.[1]

The mention of irony brings us to one of Voltaire's most famous attributes. *Candide*'s brilliant satire has convinced the world that its author always appears dressed in this fashion. But the truth is otherwise and more varied. Stories like *Le Blanc et le noir* and *Songe de Platon* can scarcely be said to be ironic at all, there is very little irony in *Le Monde comme il va*; but *Zadig* has much the same tone as *Candide*, while *Scarmentado* may in places surpass the latter in its bitterness. The ending of *Scarmentado* is the most ferocious of any, crowning a lifetime of horrors: 'J'avais vu tout ce qu'il y a de beau, de bon et d'admirable sur la terre: je résolus de ne plus voir que mes pénates. Je me mariai chez moi: je fus cocu, et je vis que c'était l'état le plus doux de la vie' (p. 176). This conclusion is reminiscent of the way *Gil Blas* ends: 'Pour comble de satisfaction, le ciel a daigné m'accorder deux enfants, dont l'éducation va devenir l'amusement de mes vieux jours, et dont je crois pieusement être le père.' But the comparison serves only to bring out the total dissimilarity between Lesage's gentle, smiling acceptance of reality's dubious honours and the gall pervading Voltaire's parting words. Generally, Voltaire is more ready to be amused by the world than this, even when it inflicts pain. There is satire, for instance, of judicial venality: 'Le greffier, les huissiers, les procureurs, vinrent chez lui en grand appareil lui rapporter ses quatre cents onces; ils en retinrent seulement trois cent quatre-vingt-dix-huit pour les frais de justice, et leurs valets demandèrent des honoraires' (p. 82). There is pastiche of the *genre* in which he is working: Zadig coming upon Astarté, who is drawing *at that very moment*, in the best tradition of far-fetched romance, his name in the sand; or the hyperbolic analogies of the Oriental

[1] A useful special study of relevance here is by P. Haffter, 'L'Usage satirique des causales dans les contes de Voltaire', *Studies*, LIII (1967), 7–28.

tale: the bull in *Le Taureau blanc* even surpasses the bovine form
which Jupiter took when he abducted Europa. The author
gently mocks his own heroes: 'le sage Mambrès' is also 'le grand
mage Mambrès' (p. 209), he is apostrophized as 'divin mage!
divin eunuque!' (p. 198). Other characters are less gently treated,
condemning themselves out of their own mouths. When Micromégas tells the scholastic philosopher that he does not understand
the Greek phrase the latter has quoted to him, he receives the
answer: 'Ni moi non plus'; and when he asks the obvious
question as to why then cite Aristotle in Greek, the schoolman
obligingly replies: 'C'est qu'il faut bien citer ce qu'on ne comprend point du tout dans la langue qu'on entend le moins' (p.
69). So much of the ironic effect depends upon the unexpected
paradox, examples of which we have already seen. Voltaire's
intention is constantly to expose the world for what it really is,
in contrast to what it is thought to be by many conventional
minds on the one hand, and on the other to what it might be if
only liberal opinions could hold sway. A very common device
in this regard is to present well-known figures or places as it were
anonymously, so that we may see them divested for a moment
of their normal trappings and realize all the more their ridiculous
or odious qualities. The best instances of this in the present
selection occur in *Le Monde comme il va*, where we too gaze
with Babouc's fresh eyes, seeing a Christian burial service
or a theatre anew. It is the technique of naïvety, as devastating
by its directness as ironic paradox can be by its sophistication.
All these devices emphasize Voltaire's vision of the world as a
place where there is no good without evil, no evil without good,
a place which it is impossible to regard optimistically and foolish
to take tragically; lucidity is the only proper approach, and for
this the ironic spirit is often, though not always, a necessary part.[1]

Above all, however, Voltaire must be crystal clear if his

---

[1] The excellent short study by J. Starobinski, 'La Doppietta di Voltaire',
*Strumenti critici*, I (1966–7), 13–32, brings this out most forcibly.

intentions are to succeed. To this his style is well suited—
eminently free from obscurity in the best classical manner, easily
accessible, ideally suited to exposition, free from the misleading
tendencies of rhetoric. Voltaire is never unintelligible; when he
lapses, it is into a diluted version of clarity, so that, as in passages
of *Le Blanc et le noir*, for instance, the details of perception
and reasoning are simply less dense. The clarity, like the irony,
is fundamental to Voltaire's outlook. If man would only use
his faculty of reason, the world, for all its necessary defects,
would be an incomparably better place. Voltaire would have
assented to Ezra Pound's assertion in *The Egoist* (February 1917):
'Clear thought and sanity depend on clear prose. They cannot
live apart'; and he would have sympathized with Tarrou's belief,
in *La Peste*, that 'tout le malheur des hommes venait de ce
qu'ils ne tenaient pas un langage clair'.[1] Bad thinking, like ruinous
living, abuses man. The *contes* stand as a record of one man's
hopes for men, if only justice and compassion can dominate; and
these will triumph, in Voltaire's opinion, only if men abandon
misplaced emotionalism and think through their problems free
of blinkers supplied by convention. Whether he was right or not,
the tales survive as examples of that gem-like clarity at its best,
feeling transmitted by rational means, 'un exercice', as Camus
was to describe the novel's function, 'de l'intelligence au service
d'une sensibilité nostalgique ou révoltée'.[2]

## MICROMÉGAS

Although *Micromégas* was not published until 1752, there are
reasons for believing that much, perhaps most, of this tale was
written by 1739. In that year Voltaire had sent Frederick of
Prussia the manuscript of a story entitled the 'Voyage du baron

[1] Paris, Gallimard, 1947, p. 275.
[2] *L'Homme révolté*, in: *Essais*, ed. R. Quilliot and L. Faucon, Paris, NRF,
Bibliothèque de la Pléiade, 1965, p. 668.

de Gangan'. Replying on 7 July, Frederick complimented the author: 'il m'a beaucoup amusé, ce voyageur céleste; et j'ai remarqué en lui quelque satire et quelque malice qui lui donne beaucoup de ressemblance avec les habitants de notre globe, mais qu'il ménage si bien qu'on voit en lui un jugement plus mûr et une imagination plus vive qu'en tout autre être pensant . . . un ouvrage où vous rabaissez la vanité ridicule des mortels . . .' (Best. 1944). The basic outline and intention of *Micromégas* are already clear. More important, as Wade has shown in his critical edition and Van den Heuvel in his study, *Micromégas* grows out of Voltaire's preoccupations in the 1730s: science, philosophy, metaphysics. It has close links with other works of that time: the *Lettres philosophiques*, the *Éléments de la philosophie de Newton*, the *Traité de métaphysique*, the *Discours en vers sur l'homme*. It seems likely that *Micromégas* retains enough of its original elements for us to say that here, and not with *Zadig*, the extended *conte philosophique* really began.

For the first time Voltaire uses the tradition of the philosophic voyage which will serve him later in such good stead. Like Descartes's universe according to Pascal, 'une chiquenaude' is all that is necessary 'pour mettre le monde en mouvement' (*Pensées*, Brunschvicg 77, Lafuma 1001). Micromégas, like Zadig, is disgraced because of his suspect opinions; but whereas for Zadig the personal suffering is an important element in determining his world-view, Micromégas accepts his exile from court almost with indifference; and off he goes on his interstellar journey, as though it were the Grand Tour he had always promised himself when he came of age. Travel is always a broadening factor in Voltaire, but Micromégas has less to learn than most of Voltaire's heroes. His empirical philosophy is based on such sound principles that it merely needs his usual modesty, plus the odd correction or two to earlier beliefs, to keep him on the path of reason. In comparison his impetuous companion the Saturnien has a much more difficult time, for he falls too easily victim to his prejudices and reasons deductively from unverified principles; yet there is nothing at all dramatic about the confrontation: it is an intellectual matter of dialectical learning from error. The *conte* falls easily into the framework of an 'Histoire philosophique', as the sub-title proclaims it, providing the minimum of narrated action and building above all on dialogue. Dr Schick has carried out an interesting vocabulary comparison between *Micromégas* and *L'Ingénu*; whereas the verbs of movement in the latter account for 19·2 per cent of the total and are a negligible quantity in *Micromégas*, the 'histoire philosophique' has 19·2 per cent of its verbs connoting mental actions as compared with only 12·4 per cent in *L'Ingénu*.[1] Voltaire is creating here an essentially logical world, where the characters are above all thinkers who treat philosophical problems with detachment. In a sense, one may say that *Micromégas* is the *conte philosophique* in its purest, most disembodied form.

Micromégas and his friend learn from their tour that the universe is infinitely more rich than they had imagined: even man is not the pettiest creature in the world! The *conte* is, explicitly and by its whole structure, a paean to the Leibnizian cosmos, full of diversity. It is, furthermore, a friendly universe. The space-travellers know none of the problems facing their twentieth-century analogues as the latter voyage through the alien void. Outer space, indeed, is a little like a rather featureless landscape between two towns; Micromégas and the Saturnien leave Mars and push on to Earth 'comme deux voyageurs qui dédaignent un mauvais cabaret de village et poussent jusqu'à la ville voisine' (p. 58). They know that the infinite variety will never extend beyond a certain basic unity. Wherever they go they will meet creatures with whom they can converse, even (with the best of them) reason. Everything rests on comforting bases of harmonious proportion. There are richer ar.d poorer creatures

[1] *Zur Erzähltechnik*, p. 85.

of God, but none that is totally different. The giants are just Earthmen writ large.

As the Wade edition demonstrates, a dual operation takes place in this tale. Man is first shorn of his ridiculous anthropocentric pride; then he is built up again to his true rôle. Earth does not make an entrance till the end of Chapter III; when it does its appearance on stage is pathetic indeed: 'Enfin ils aperçurent une petite lueur: c'était la terre: cela fit pitié à des gens qui venaient de Jupiter' (p. 58).[1] Yet this planet, contrary to all expectations, turns out to contain men capable of noble work, not, as they themselves so often incline to think, in metaphysics but in the apparently humbler world of science, particularly mathematics. In this latter world men can agree on incontrovertible evidence. By contrast, discussions on the nature of the soul lead nowhere but to discord. Like Locke, one must confess one's ignorance; like Newton, one may rejoice in the power God has given man to reduce his environment to rational order. There is a joy about scientific discovery here which is peculiarly true of these years at Cirey with Mme du Châtelet: 'Quel plaisir sentit Micromégas en voyant remuer ces petites machines . . . ! comme il s'écria! comme il mit avec joie un de ses microscopes dans les mains de son compagnon de voyage!' (p. 63). A similar sense of exaltation emerges from the scene where the puny dwarfs measure their giant visitors. Science can uplift man. The giants, because they are so much better endowed with natural faculties than we, move through space with the airy splendour of those who are in large part masters of their environment; how much superior is this prevision of air travel to bumpy journeys 'en chaise de poste ou en berline' (p. 52)! This dominion over space has come from knowing, like Newton, the laws of gravitation. Newton is not only sublime, he is useful too, and from his dis-

---

[1] An analogous cosmic reduction from the vastness of the universe down to the human dimension is to be found in Laforgue's 'Apothéose'; there too man, infinitely small, is seen after all to have a value of his own: 'Dans l'ordre universel, frêle, unique merveille' (l. 12).

coveries one may expect great consequences for man's betterment to follow.

This story, then, radiates a calm optimism which will be severely shaken in the years to come. It would be wrong however to deny the darker side already present in muted form. Evil is a fact of the universe. Men ignore their best possibilities and with few exceptions let their stupidity lead them to constant war and massacre; when they do not plague each other they are the victims of physical privation: 'la faim, la fatigue' (p. 68). 'Sur notre petit tas de boue' (to quote a phrase that repeatedly comes to Voltaire's pen as a description of our miserable condition), we are indeed wretched. But, in the long Chain of Being extending from the highest to the lowest creatures, we are not alone in our suffering. On Saturn too one knows the pangs of love betrayed (p. 57); however long life is on Sirius, 'the acme of magnitude among the planets' for Voltaire,[1] death comes there too at last: and when death comes, 'avoir vécu une éternité, ou avoir vécu un jour, c'est précisément la même chose'. Even if Marvell had had his thirty thousand years to adore his 'Coy Mistress', he would still have heard 'Time's wingèd chariot hurrying near'. It is not often noticed, because it is almost interpolated, that the much-travelled Micromégas avows: 'Je n'ai vu nulle part le vrai bonheur' (p. 67). The seeds of *Candide* and *Scarmentado* are already present here.

Nonetheless, the tale ends on laughter and irony. The final truth of the universe is not to be discovered; certainly the idiotic little Sorbonne theologian who claims that he knows it is fit only for contemptuous dismissal. The last words of positive truth are spoken by Locke's disciple: 'Je révère la puissance éternelle; il ne m'appartient pas de la borner: je n'affirme rien; je me contente de croire qu'il y a plus de choses possibles qu'on ne pense.' In that reminiscence of *Hamlet* lies the recipe for a sane and profitable existence.

[1] Wade ed., p. 7.

## ZADIG

In its first version this tale, then entitled *Memnon, histoire orientale*, appeared in June 1747, not in France but in Amsterdam. The French public did not get to hear of it (apparently Voltaire was unable, despite intervention with his influential friend the comte d'Argenson, to have it brought into France); so when it was published the following year in Paris under its present title and considerably modified from its earlier form, it came as an entirely new work to its French readers. It used to be thought, on the basis of his secretary Longchamp's memoirs, that Voltaire wrote his first *contes* at the home of the duchesse du Maine, reading them to her in the evenings in order to amuse her.[1] Certainly the possibility exists that he read them to her during the time he lived under her roof (there were in fact two stays, in the late summer of 1746 and the autumn of 1747), but this story has been shown, notably by Ascoli and Van den Heuvel, not to stand up to examination in other respects. In particular a work like *Zadig*, despite the apparent negligence, is too carefully composed to be an improvised creation designed for a social entertainment; it may well be that its genesis goes back to 1746 or even earlier. Whatever the truth of that, *Zadig* appeared in Paris anonymously in September 1748. It had been printed, curiously enough, by two different publishers, Voltaire having sent the first half to Prault in Paris and the second to Machuel in Rouen, each printer expecting that the other half would arrive later! The author subsequently had the work sewn together elsewhere and arranged the distribution himself; by so doing he retained total control of his own *conte*, remaining independent of the publishers whom, with some justification, he distrusted. It is an interesting episode in the long saga of Voltaire's relations with the *libraires*.

[1] Longchamp and Wagnière: *Mémoires sur Voltaire et sur ses ouvrages*, 2 vols., 1826, II, p. 140.

Voltaire went on modifying his work up to the 1756 edition, after which he left it in its definitive state. The work quickly became a success, gaining for its author (despite the anonymity and despite his disavowals, it was soon ascribed to him) an admiration which later generations have renewed. After *Candide* it remains probably the richest example in Voltaire's repertoire of *contes philosophiques*.

What is *Zadig* about? The work is subtitled 'La Destinée', but in fact one can be a little more precise and say that it really revolves around the question of Providence, for Voltaire himself tells us that he would have preferred this sub-title if he had dared to 'se servir de ce mot respectable de providence dans un ouvrage de pur amusement'.[1] Providence, in fact, comes down to the very personal matter of happiness; in particular, is human virtue rewarded by happiness? The motif of happiness is explicitly underlined from the first: 'Zadig, avec de grandes richesses, et par conséquent avec des amis, ayant de la santé, une figure aimable, un esprit juste et modéré, un cœur sincère et noble, crut qu'il pouvait être heureux' (p. 74). This sentence neatly exposes the problem: given a well-nigh ideal figure who enjoys all the favours of nature, is happiness then not automatically obtainable? Zadig will learn, after a series of violent reversals of fortune, that it is not. He is thwarted above all by the evil in human nature, and comes to realize that man has both the opportunity and the inclination to do harm far more frequently than to do good: 'L'occasion de faire du mal se trouve cent fois par jour, et celle de faire du bien, une fois dans l'année' (p. 84). The later chapters which Voltaire added (probably between 1752 and 1756), 'La Danse' and 'Les Yeux bleus', bear out the same pessimistic truths; sixty-three out of sixty-four applicants for the post of king's treasurer turn out to be dishonest, ninety-nine out of a hundred women. On his way Zadig encounters judicial

[1] Letter to Cardinal de Bernis, 14 Oct. 1748, Best. 3304.

abuse and venality, sectarian arrogance and dogmatism, Arimaze's envy, Moabdar's jealousy, and Itobad's crowning deceit. Women are, if anything, worse than men. By 1748 Voltaire's idyll with Mme du Châtelet is over, and to this disillusionment may be added the turbulence of his love affair with his niece Mme Denis. *Zadig* is *inter alia* Voltaire's most misogynist story; it presents a veritable rogues' gallery of women. Sémire is unfaithful, as is the fisherman's wife, Azora intolerant, Missouf capricious. When women are not causing sorrow, damage is being done by life at Court. For Voltaire as much as for La Bruyère, courtiers are vile, fickle, calumniating creatures; *Zadig* is also an 'anti-Versailles', liquidating the bitterness of Voltaire's years at Court.[1] Not all Zadig's great qualities can bring him happiness, at least until the end of the tale. Unlike Micromégas, 'on est malheureux *parce qu'* on sait mesurer des courbes'.[2]

When, therefore, Zadig is forced to flee from the court of Babylon into Egypt, he comes to perceive that all his well-meaning attempts have been a source of sorrow; and it is at this moment that a true intuition of the world appears to him. Men are vile, ignoble, 'des insectes se dévorant les uns les autres sur un petit atome de boue' (p. 100). However, amidst such abject creatures, all hope is not lost. The order of the universe remains firm, as the unprejudiced observer can note at any moment, but particularly at night. Zadig's soul 's'élançait jusque dans l'infini, et contemplait, détachée de ses sens, l'ordre immuable de l'univers' (p. 101). True, his own miseries soon return, and when they do 'l'univers disparaissait à ses yeux'; but the revelation is of importance for what will come later. He will learn that there is consolation in misfortune if one shares it with another: 'deux malheureux sont comme deux arbrisseaux faibles qui, s'appuyant l'un sur l'autre, se fortifient contre l'orage' (p. 127). Zadig is able

---

[1] Cf. Saulnier ed., xii–xxi, which makes much (perhaps too much) of this aspect of *Zadig*.
[2] Van den Heuvel, p. 149.

to comfort the fisherman, who greets him as an 'ange sauveur'; but Zadig wonders whom God will send to console him in the same way. The scene is set for the appearance of Jesrad, in Zadig's darkest hour, a little later on.

More ink has been spilt over the chapter 'L'Ermite', where Jesrad appears, than over the rest of the book put together, and every possible opinion about Voltaire's attitude to the angel can be canvassed in the commentaries even of the last few years, to go no farther back. It must be admitted that a certain irreducible ambiguity remains at the heart of this episode, and that, to cite Voltaire's misquotation of Job in the *Lettres philosophiques*: 'Procedes huc, et non ibis amplius' must be our motto.[1] But there are some strong presumptions to be made. Voltaire may criticize Leibniz on various points before 1748, but, with one exception that has been perhaps over-stressed, he never attacks Leibnizian optimism, the reconciliation of personal liberty and cosmic necessity that is at the heart of Leibniz's *Theodicy*.[2] The chapter where the hermit appears can hardly be read as an all-out attack on Jesrad. Zadig from the first feels respect and admiration for him—and in this *conte*, Zadig's philosophical reactions are an infallible weathervane. The trouble begins, of course, when Jesrad moves to action. His first two deeds are intended as moral lessons. The third one, where he burns a good man's house down and thereby reveals the treasure lying underneath, is merely a case of *reculer pour mieux sauter* of which no man of worldly bent would disapprove; at most one might object to Jesrad's authoritarian interference. But the final act, where Jesrad kills an innocent boy, is steeped in ambiguity. Was there no other way round? Apparently not. There is a cosmic plan (in which apparently there is room for alternatives), and whichever way its contingencies fall, the boy was doomed. What needs to be noticed here is the courage with which Voltaire comes to the

---

[1] 15<sup>e</sup> Lettre.
[2] Cf. Van den Heuvel, pp. 164–5.

heart of the matter. For Camus too, the supreme scandal of our world was the unjustifiable death of innocent children. Zadig poses of Fate the most difficult of problems; and not surprisingly he receives no clear-cut answer. It must be noted that Zadig is not satisfied, as the famous 'Mais' makes clear. Even so, the angel has placed this terrible dilemma in a wider context. The human life may seem tragic, but the universe is nonetheless majestic, awesomely beautiful, and immensely rich in its diversity. It is as well, too, to note who gets the last word—always an interesting indication in Voltaire. Despite Zadig's 'Mais', he falls on his knees and submits; and the angel's final words are unambiguously helpful: 'Prends ton chemin vers Babylone.' Zadig takes the advice, with the happiest of consequences.

One feels that Voltaire has gone to the precipice and looked over, but no more. He shrinks back from a total vision of the absurd. Nor should this be put down to simple philosophical cowardice. He is fully aware of the existence of evil, but he is aware too of what for him is incontrovertible proof of God, the harmony of the heavens. Zadig's earlier vision now receives its confirmation. Man is miserable, but God is great; the latter truth may not be very consoling at moments of deep distress, but it preserves a value for human action. If there is an ambiguity in 'L'Ermite', it is the ambiguity of any man who apprehends at one and the same time the existence of God and the existence of evil.

So Zadig is saved from futility, and he will go on to a useful, happy life. Interestingly enough, he accepts Jesrad's dictum that one must submit to Providence, but he does not allow it to reduce him to fatalism; at the end he is governing Babylon with justice and love. This bears out the whole lesson of the story. In bad times as well as good, Zadig has practised generosity, peace-making, tolerance. 'Son principal talent était de démêler la vérité, que tous les hommes cherchent à obscurcir' (p. 90). He enjoys this talent because he is intellectually and morally well-endowed. His outlook is always informed by reason, tempered by 'bienfaisance'; it is a viewpoint grounded in true observation of nature, which cultivates the soul and teaches wisdom. Hence Zadig knows of a surety that there is no basilisk in nature, that good health comes not from fabulous animals but from exercise and sobriety. His actions are always intended to help others; not for Zadig the contemplative life. When he renders legal judgements, they are impartial; when he encounters a Babel of different creeds, he draws out what their holders have in common. He teaches moral and religious lessons to Sétoc and Almona, he consoles the fisherman. Wherever he goes, he seeks to improve the world. Sometimes he will feign doubt, about the existence of gryphons or the way to enter Mithras' temple, in order to conciliate antagonists; one is reminded of Voltaire's hero Locke: 'il ose quelquefois parler affirmativement, mais il ose aussi douter.'[1] There is here enough to fill any human life. In the last resort, one refuses to be cast down by the slings of fortune, and whatever the nature of the universe, one never departs from the path of true reason and tolerance. It is along these lines that a true optimism may be discerned in *Zadig*. Gradually the ironic insistence upon the world's vices dies down, and Zadig's exemplary character holds more and more sway. At first he is unsophisticated, particularly in feminine wiles, but like all Voltairian heroes he learns quickly from experiences, good and bad. Against the fickle women one must set the virtuous Almona and Astarté; even the courtiers seem subdued by Zadig's rationally benevolent rule at the end. Voltaire chooses, furthermore, not to touch upon some of the more bitter aspects of life. War, for instance, plays a very muted rôle, for all the insistence upon human wickedness; while reference to natural catastrophes over which man has no control is virtually non-existent. It is noteworthy that when Zadig finds Astarté again, she is untouched by her tribulations; time and misfortune have not changed her loveliness. Compare Cunégonde, horribly aged when Candide

[1] 13e *Lettre philosophique.*

eventually rediscovers her! In spite of all the unpleasant characters here, the world of *Zadig* is much more full of hope.

Although the structure is a loose one, there is a unity, supplied by Zadig's search for happiness, and a progressive tension towards a climax, as his problems become more severe and demand answers in wider terms. For the first time Voltaire has chosen the Oriental tale as the form for his *conte*; so all is refracted through Babylon, Zoroaster and the world of *A Thousand and One Nights*, which Voltaire knew and drew upon for this story. By exiling his hero to a never-never land of mystery and magic, he acquires for him greater detachment. The swift changes of fortune are entirely acceptable in a world where the marvellous intervenes at every moment. What must shine through this façade are Zadig's fundamental qualities, and if they do it is in large part because Voltaire is writing about what any civilized man can achieve anywhere, not just a Christian or a Parisian. In face of those who weave falsehoods in foolish language, Zadig is content to speak the truth plainly, 'd'avoir le style de la raison' (p. 94). Given this core of clarity, Voltaire surrounds his truths with a fantastic narration where he revels in the art of tale-telling for its own sake. The cheerful brigand, the impossible Missouf, Azora caught in her own logic, Almona catching out the lascivious priests—all these episodes are related with gusto. Whether making fun of the hyperbolic imagery of the Song of Songs, or depicting the fatuous old man getting ready for his anticipated encounter with Almona, 'plein d'amour et de défiance de ses forces' (p. 115), Voltaire is clearly enjoying himself. He combines the virtues of *The Thousand and One Nights*, 'des contes qui sont sans raison, et qui ne signifient rien' (p. 73), with the qualities of the philosophic tale; in the words of the 'Approbation', *Zadig* is 'curieux, amusant, moral, philosophique'.

## LE MONDE COMME IL VA

This tale first saw the light in 1748; the actual date of composition is somewhat less certain. Longchamp, Voltaire's secretary, records in his *Mémoires* that this was one of the stories Voltaire composed and then read during his stay at Sceaux in November 1747;[1] however, as Longchamp said the same thing of *Zadig*, which we know to have been composed in its original form before this visit, we need not take this information at absolute face value. Van den Heuvel sees the original inspiration for the *conte* as going back to 1739, when Voltaire returned to Paris for the first time in several years. The conclusion of *Le Monde comme il va*, where Babouc conveys his contradictory feelings about Persépolis to Ituriel by means of the composite statue, is strikingly reminiscent of a letter written in January 1739: 'Paris est comme la statue de Nabuchodonosor, en partie or en partie fange' (Best. 1675). Whatever the truth about the genesis of this story, there are far too many allusions to later events for us to feel that we may have here, as with *Micromégas*, a story essentially dating back to 1739. At most the original plan may relate to that time.

Nonetheless, it would make sense, on purely internal evidence, to believe so. Voltaire's tale is technically deficient in some important respects. The development is based upon a rather mechanical enumeration, Babouc's change of heart coming predictably at the end of each section. Babouc himself is a pure observer, involved in the action only in so far as he must report a decision back to his master. Irony, wit and humour are at a discount. These details suggest that Voltaire is still coming to grips with the possibilities of the *conte philosophique*. Unlike *Micromégas*, however, this is not primarily a series of dialogues, but truly narrative in nature; the handling of the narration is nonetheless clumsy.

[1] Longchamp and Wagnière, op. cit., II, p. 140.

The subject-matter is limited in scope, being exclusively social and moral, not metaphysical (except in the rather gratuitous device of the angel who may or may not destroy this world). As in *Songe de Platon*, a messenger is despatched from the deities; but here he reports not to God but to an angel. God is resolutely kept out of the picture. On the other hand, the actual material handled is of considerable interest. Voltaire is less sure of his philosophical ground than in *Micromégas*; there is more tension and less detachment in the tale. Unlike most of the *contes philosophiques*, this one is resolutely down-to-earth. Babouc is sent by an angel, but to all intents and purposes he could have been a traveller from abroad like Usbek and Rica in Montesquieu's *Lettres persanes*. The analysis of social and political institutions is, indeed, very reminiscent of the latter work, particularly if one looks at such letters as Usbek's of 5 November 1713 (XLVIII). Some of the same phenomena are reviewed: the *abbé mondain*, the complaisant ladies and the financiers, while Montesquieu's young officers and old soldiers are matched by Voltaire's young judges and old lawyers, and the bizarre poet by the envious authors. Montesquieu's letter is rich in detailed observation, but it is static. Voltaire by contrast, albeit uneasily, is endeavouring to give some progression to Babouc's tour of inspection.

Furthermore, where Montesquieu is content to let Usbek heap conventional opprobrium upon these immoral heads, Voltaire is trying to penetrate more deeply. What, ultimately, is the moral worth of this panorama? Is Paris decadent and rotten, or is this the necessary price one pays for the positive values of such a society? So it is that the portrait takes fire. Institutions of Church and State, commerce, sexual licence, even war itself, all have their advantages. Though the streets of Paris are filthy, there are beautiful buildings and magnificent bridges. Incredibly enough, good may emerge from evil. 'Vous êtes étranger,' Babouc is told; 'les abus se présentent à vos yeux en foule, et le bien, qui

est caché et qui résulte quelquefois de ces abus mêmes, vous
échappe' (p. 163). The most subtle illustration is probably that
of the merchant, who will raise his profit margins as high as the
market will bear; but nothing would induce him to be actually
dishonest and steal a purse! Voltaire must have had in mind
Mandeville's notorious work *The Fable of the Bees* (1714), part
of which Mme du Châtelet had translated into French between
1735 and 1738.[1] Mandeville's striking paradox that 'private vice'
leads to 'public benefits' was of interest to Voltaire at this time.[2]
Without passions and selfish appetites, society would lose its
impetus. Mandeville's theses were truly shocking in their
amorality, and Voltaire would later move away from them.
Even here he is far from accepting their total cynicism. If war has
any value at all, it lies in the disinterested qualities of courage and
generosity evoked in those involved; if extra-marital sexual
mores are free, there is nonetheless an accepted code of honour
and respect. These people are not just corrupt insects merely
keeping the beehive going; they often have private worth too.

The 'splendeurs et misères', then, resolve themselves into a
rather contradictory conclusion. In theory, Voltaire's summing-
up might have been deeply cynical; in practice, the tone is one
of calm resignation. One must accept that the Parisian is 'léger,
médisant, et plein de vanité' as well as 'poli, doux et bienfaisant'
(p. 168). All is not good, but 'tout est passable' (p. 168); there is
no call for a divine malediction on the race. Later on in Voltaire's
life this will not suffice. He will come to wage all-out battle
from Ferney on some of these abuses. Catholicity can become
too vapid, can frustrate useful reforms. But as a document of
Voltaire's views at this earlier time, *Le Monde comme il va* is
arresting. It is a genuine attempt to come to grips with the enigma
of human nature, combining 'tant de bassesse et de grandeur' (p.
154), while not submitting to the Christian pessimism of a

[1] Van den Heuvel, pp. 133–5.
[2] I. O. Wade, *Studies on Voltaire*, Princeton University Press, 1947, pp. 48–9.

Pascal, against whose insidious misanthropy Voltaire had already measured his strength in the *Lettres philosophiques* (1734).

## HISTOIRE DES VOYAGES DE SCARMENTADO

This tale first appears in print in 1756, but there is clear evidence dating its birth to late 1753 or early 1754.[1] The period is one of the most desolate in Voltaire's life. In flight from Frederick's Prussia, refused permission to return to Paris, he is a wanderer without a home, living for most of this time either in Strasbourg or in Colmar. To his personal experience of persecution is added his knowledge that the world has ever been thus; and in *Scarmentado*, as in *Candide* and *L'Ingénu* later on, he employs a genuine historical framework for his tale. Many of the details he uses here are to be found in one brief section of the *Essai sur les mœurs*,[2] on which he was also working at this period. In *Scarmentado* for the first time Voltaire makes the real world's happenings tell his story for him; with very little author's licence, the events described happen during the years 1615–20.[3]

It is a world of almost unmitigated savagery and horrors, *Candide* without Eldorado or the garden, the hero without friends and left wholly to his own resources. His education is based on the destruction of every illusion, and leaves him with one single lesson, to keep his mouth shut: 'Je ne disais mot; les voyages m'avaient formé' (p. 175). It is literally the case for him that the period at the end when he is cuckolded is 'l'état le plus doux de la vie'; after all, he is no longer in danger of death, or slavery, or mutilation, and knows when he is well off. We see, then, all the passivity associated with Candide so far as events are concerned,

---

[1] L. Nedergaard-Hansen: 'Sur la date de composition de l'*Histoire des voyages de Scarmentado*', *Studies*, II (1956), 273–7.

[2] Ch. CXCI.

[3] Cf. Van den Heuvel, pp. 223–5.

but scarcely any of Candide's intellectual autonomy, his capacity at least to reason and eventually to find a sane philosophy of action. The most that Scarmentado can manage is the underdog's ferocious bitterness at the events over which he has no control. Scarmentado, unlike Candide, is not so much a philosopher as the world's football.

It is all too clear how pessimistic a story this is, and one need not embroider the obvious. Perhaps, indeed, one should do the opposite and point out two moments of moderate optimism. This is the seventeenth, not the eighteenth century. Despite the abominations in The Hague, the Dutch national character is already touched by the 'dogme abominable de la tolérance', and 'un jour il y viendra' (p. 171). Furthermore, there are already good sovereigns who combine religious piety with tolerance (pp. 175-6). Not all is irremediably black. The resilience of a Candide can still rise from the apparent hopelessness of this world-view.

The story is built on the same structure as *Candide*: the hero travels the world. But it is far less well done here, falling into the Voltairian trap of simple enumeration. As Dr Thacker points out, the events follow no pattern of development, neither does the hero, and the *conte* lacks any real conclusion;[1] the hero simply retires from the public arena. The total dependence upon first person narration is a further limitation. Voltaire's authorial presence does not assert itself through the protagonist as elsewhere; Voltaire is too close to being simply Scarmentado. However, many of *Candide*'s qualities are already present, particularly that brilliance of tone which saves man from total despair. The vitality of the narration in itself is a guarantee that life has unique value, is worth living come what may. In no other *conte* except *Candide* does Voltaire display his ironic powers so pyrotechnically. There is the tripartite *reductio ad absurdum*: Queen Mary's burning of the heretics is, according to an Irish priest, a good action, 'premièrement, parce que ceux qu'on avait brûlés étaient

[1] C. Thacker ed.: *Candide*, Geneva and Paris, Droz, 1968, pp. 20, 67.

Anglais; en second lieu, parce qu'ils ne prenaient jamais d'eau
bénite, et qu'ils ne croyaient pas au trou de St. Patrice' (p. 170).
There is the euphemism contradicted by horrible reality: 'la
bienheureuse reine Marie . . . avait fait brûler plus de cinq cents
de ses sujets' (ibid.); the contrast between apparent love and
real vindictiveness: 'ils m'embrassèrent tendrement, et me
menèrent, sans me dire un seul mot, dans un cachot très frais'
(p. 172). The whole of the Inquisitor's speech is so affable that
expectation mounts; but the Inquisitor himself never breaks the
news—the punishment is meted out, simply and brutally, at the
beginning of a new paragraph. Moments of happiness are quickly
swept away by new humiliations: 'je me crus trop heureux. Le
matin l'iman vint pour me circoncire . . . le cadi du quartier,
homme loyal, me proposa de m'empaler: je sauvai mon prépuce et
mon derrière avec mille sequins' (p. 174). The tale is shot through
with such moments of savage deflation, carried along at a spank-
ing pace. For all its limitations, *Scarmentado* may well be read as
a blue-print for *Candide*.


## HISTOIRE D'UN BON BRAMIN

Although this story was not published until 1761, it was com-
pleted by 13 October 1759, for on that day Voltaire sent it to
Mme du Deffand, describing it as a 'parabole' (Best. 7806). The
description might well suit all Voltaire's stories, but it has peculiar
relevance here. In order to bring out the contradictoriness of life
at its starkest, Voltaire opposes two extreme figures: the world-
weary sage and the happy imbecile. From a brief survey of their
situations, the discussion is broadened to the paradoxical conclusion that we prefer reason to happiness.

This is hardly one of Voltaire's most cheerful tales. Belonging
to the period of *Candide*, it shares many of the same disillusion-
ments. We are far from the time when Zadig could try to wrest

happiness through reason; now the opposite is true. *Histoire d'un bon bramin*, being more a discussion than a narrative, remains unresolved. No suggestion of cultivating one's garden comes to save the philosopher from his mortal *ennui*; his philosophy convinces him that all is flat, stale and unprofitable. If this is so, why do we cling to reason? Voltaire has come to grips with one of the essential tenets of the Enlightenment. Surely there is here an intuition that, however often we derogate from the ideal, we have an awareness that our own dignity resides ultimately in the use of our reason. We may seek happiness too—indeed, the Enlightenment considered this one of man's most proper objectives—but we should never be deceived into thinking that the two necessarily go together. Voltaire makes no attempt to derive an exalting message for mankind from this little parable, being more concerned to confront the reader with his own inherent contradictions. Even so, in its more pessimistic way, *Histoire d'un bon bramin* is a counterpart to *Micromégas*. In the last resort, it is not enough to say with Pascal that one is lost between two infinities; man has a realm of his own, to which he clings tenaciously, even if he does not understand why. Voltaire refuses to share the ironic *Praise of Folly* in Erasmus' celebrated essay. Unlike the Renaissance philosopher, who genially reminds us that 'ignorance is bliss' while continuing to enjoy his great learning, Voltaire at this phase in his life has too black a world-view to indulge in such amused detachment. But the two possess the same vision of reality as a mixture of incomprehensible contradictions; and the open-ended lesson here will be resolved in Voltaire's later *contes*, as in his life, not in terms of total scepticism but of constant work for man's betterment on earth.

*Histoire d'un bon bramin* is a good example of the exemplary fable in Voltaire's narrative work. Like the *Songe de Platon* (cf. Appendix) only the essential minimum of narrative techniques is brought into play; this is a kind of halfway house to the purest form of *conte philosophique* such as *Micromégas*. The Brahmin is perhaps a first sketch for Pococurante, but here the person counts less than he does in *Candide;* what matters is the situation or problem which he bodies forth. To a greater extent even than in the longer *contes*, economy and selection are essential. Voltaire wishes to consider one philosophical matter, narrowly but intensively; hence the value of a brief composition like this, for it is the supreme demonstration of how much subtlety and variety of theme Voltaire can achieve, without laboriousness, in a few lines. In its way and within its necessary limitations, *Histoire d'un bon bramin* can make a modest claim to be as successful as any other of Voltaire's narrative works.

## LE BLANC ET LE NOIR

In many ways *Le Blanc et le noir* seems to have come straight from *The Thousand and One Nights*. We find ourselves in an Oriental world of incomprehensible and marvellous happenings, and at the end we discover that it is all the stuff of which dreams are made. This is not by any means the only *conte* which gives prominence to dreams. Besides *Songe de Platon*, which incorporates the phenomenon even in the title, *Le Crocheteur borgne* (1774) is based on a dream, the Kehl edition indicating that the same topic was undertaken there as in *Le Blanc et le noir*. Perhaps a closer analogy is however to be found in *Memnon* (1749),[1] for in that story the hero falls asleep in the midst of his woes and his good angel appears to him in his dream. To Memnon's questions the same kind of answers are returned as Zadig receives from Jesrad. The angel takes the Leibnizian line that one must see human suffering in the context of the cosmic order; Memnon is unconsoled.

Here the questioning is more pressing still. This time there is

[1] This is of course not to be confused with the first version of *Zadig*, which had also appeared under the title of *Memnon*. See Summary of the Life of Voltaire, p. 47.

an evil genius alongside the good, and one gains the impression that the former is the more powerful. *Le Blanc et le noir* is, in fact, the *conte* where Voltaire's Manichean preoccupations are most explicitly seen. Martin in *Candide* is of course a Manichean and, unlike Pangloss, a doughty theorist; but Martin is more a pessimist than a dualist and in any case is eventually subdued by Candide's saner philosophy. Here there is no answer to the problem—except to wake Rustan from the dream. One may contrast *Le Blanc et le noir* not only with *Memnon* but with *Zadig*, of which it is often a pessimistic version. Zadig's troubles at the tournament are happily resolved, Rustan's lead to fatal error. Topaze, like Jesrad, acts enigmatically; but Topaze, unlike Jesrad, has no clear understanding of the mystery of evil, as he admits to Rustan. Ultimately there is no explanation to offer in answer to Rustan's earnest enquiries. Ébène brutally tells him: 'Possible ou non possible . . . la chose est comme je te le dis' (p. 191). One is reminded of the question Othello asks Cassio to put to Iago:

> Will you, I pray, demand that demi-devil
> Why he hath thus ensnar'd my soul and body?

To which Iago replies:

> Demand me nothing: what you know, you know,
> From this time forth I never will speak word.
>
> (V, 2)

In an edition of Voltaire *contes* some years ago, André Billy made an interesting suggestion:

Il nous est permis de nous demander si le dualisme panthéistique . . . ne constitue pas le fond de la métaphysique de Voltaire, comme de sa morale sceptique et tolérante. Le mal et le bien sont dans tout, imprègnent tout. Tout mal comporte un bien et réciproquement, et l'on en peut dire autant de l'erreur et de la vérité. Tout s'équilibre et s'équivaut, et il en résulte que la vie n'a point de sens et qu'elle est totalement absurde. Le tempérament irritable de Voltaire contredisait à tout moment cette philosophie, mais il n'y a pas de doute qu'elle ait été son dernier mot sur la destinée de l'homme et de l'univers.[1]

One does not have to go all the way with Billy to agree that the question he raises is a fundamental one about Voltaire's philosophy.[2] Here the only answer Voltaire provides is to equate the Manichean hypothesis of separate good and evil deities with a bad dream. Later in life he will shake off the fascination, discovering rational grounds for refuting Manicheism; but to the end, as *Le Taureau blanc* will again exemplify, the idea of Satan's existence remains an enigma like the wider problem of evil with which it is indissolubly linked.

The theme is much more interesting here than the technique; ideas apart, this is a rather banal tale, rarely enlivened by the characteristic Voltairian verve. The motif of the two geniuses tempts Voltaire all too readily into a mechanical oscillatory movement where Rustan longs now for Topaze in moments of despair, now for Ébène in times of contentment. Plot motivation is sometimes feeble, Voltaire depending upon unlikely devices such as the theft of his jewels to bring the prince de Cachemire to the fair, or precipitating the princess' death by a fatal misunderstanding when she should have known that it was 'selon l'usage de Cachemire' (and a curious, unexplained custom it is!) for the conqueror to put on his defeated opponent's arms. One may object that in a dream all such rationality is irrelevant. It must alas! be confessed that the inconsistencies seem to spring less from inspired fantasy than from careless workmanship. But the value of the story lies in the climax, the anguished confrontation between Rustan and his guardian angels; for here, in his usual lapidary manner, Voltaire poses some of the fundamental dilemmas with which the presence of suffering and wickedness continually faces man.

[1] Preface to *Petits Contes de Mr. de Voltaire*, Paris, Éditions Nationales, 1944.
[2] I have attempted a preliminary survey in 'Voltaire and Manichean Dualism', *Studies*, XXVI (1963), 1143–60; but the subject requires a more extended study.

# LE TAUREAU BLANC[1]

If one excepts the *Histoire de Jenni*, which is at least as much a philosophic dialogue as a story, *Le Taureau blanc* is the last of Voltaire's major *contes* to see the light, appearing in 1774. By and large it has been neglected by the critics,[2] rather unfortunately for the casual reader of Voltaire since, in spite of some *longueurs*, the stylized fantasy-world of the Old Testament and the rich humour informing it make the tale one of Voltaire's most attractive. As with some of the other *contes* in this collection, the date of composition may be well removed from the date of original inspiration. A close look at Voltaire's other writings, including his correspondence, suggests that the work was begun by 1766 and possibly even earlier, being added to over the years until, in 1772–3, the author decided to revise the text. If this is so, then there is even less reason to write off *Le Taureau blanc* as a swan song. Its genesis belongs to the same creative period as *L'Ingénu* and a score of other works produced when Voltaire was in his prime.

From the outset, reality and fantasy are inextricably mingled: 'La princesse était âgée de vingt-quatre ans; le mage Mambrès en avait environ treize cents' (p. 195). Irony is quickly to follow. Mambrès had known Moses, had engaged in a famous disputation with him; but the victory was determined by crude divine intervention. We are in a magical world, where enlightenment cannot prevail before supernatural power; our companions are such unlikely characters as the Witch of Endor and the 'gros poisson' that swallowed Jonah. The magic is wholly arbitrary,

---

[1] For a fuller discussion of this *conte*, cf. my article 'A Biblical "Conte Philosophique": Voltaire's *Taureau Blanc*', in *Eighteenth-Century French Studies*, ed. E. T. Dubois *et al.*, Newcastle-upon-Tyne, Oriel Press, 1969, pp. 55–69.

[2] There is one famous exception: Jeremy Bentham, who translated the story into English (*The White Bull*, 2 vols., London 1774) and added a copious introduction and notes.

for the snake and ass speak fluently but the noble bull cannot. These animals, like La Fontaine's, are humanized; the snake, for instance, enjoys the pleasing incongruity of having a 'physio-nomie . . . noble et intéressante' (p. 196). The reason for such improbabilities is obvious. Voltaire, after many years and pages of direct Biblical criticism, wants to couch his views in the devastating form of the *conte philosophique*, the more so as, rather surprisingly, this is the only one of his stories to treat the subject. Not for him the comparative anthropologist's view to make sense of these absurdities; to his rationalist mind all this is the manifestation of Anti-Reason and should be exposed as such. Hence this world of gratuitous transparencies, a world of fabulous change, where Daniel transforms Nebuchadnezzar into a bull and Mambrès turns him into a god, where God, by some kind of poetic justice, alters the prophets into loquacious magpies. No one else in the world has ever heard of this ridiculous race supposedly chosen of God. Eve and Eden are unknown outside Israel, and rightly so, for the story does not add up to common sense. After a lifetime's tussle with the problem of evil, Voltaire is sure at least of one thing: the Garden of Eden theory totally fails to explain its origins.

If this Old Testament world were merely absurd it could be overlooked; but alas! it is not that harmless. Persecution and destruction are endemic to it. Voltaire singles out one character to bear the odium: King Amasis, one of his most lively carica-tures. In Amasis' view, a king has the right, indeed the obliga-tion, to wax wrathful and kill his daughter in certain circum-stances, even though he professes to love her: 'Il est juste que je vous coupe le cou' (p. 227). The fact that her transgression is merely to have uttered involuntarily the taboo name of her beloved Nebuchadnezzar only heightens the cruel nonsense. Old Testament justice is legalistic, not moral, based on retribution, not love; behind Amasis one discerns the hateful Jehovah of the Israelites.

Yet, for all the horrors revealed, the tale is invested with a calm urbanity. The irony is attenuated; no need for fulmination, when the targets so easily destroy themselves by the merest exposure to ridicule. Elijah goes up to Heaven in a fiery chariot, 'quoique ce ne soit pas la coutume' (p. 215). The Egyptian priests' sacred onions 'n'étaient pas tout à fait des dieux, mais . . . leur ressemblaient beaucoup' (p. 229).

Through this crazy world moves one wise man, Mambrès. Like his author he is a 'vieux solitaire' living in a 'désert', a 'pays barbare', 'toujours faisant des réflexions'; like Voltaire (or so Voltaire would have us believe) he is 'discret'.[1] He is kind, helpful, prudent, a man better than his environment, a sage convinced, like Voltaire, that 'ce monde-ci subsiste de contradictions' (p. 217). But Mambrès is not wholly a mouthpiece. He serves a dual function, since he also, as one born in a totally un-Voltairian time, represents a point of view to be mocked. 'Le sage Mambrès' is also 'le grand mage Mambrès' (p. 209), 'divin mage, divin eunuque' (p. 198). When he is not Voltairian he is purely Biblical. He acts like an Old Testament prophet, but he cannot even prophesy: 'Je ne sais pas ce qu'on fera de vos autres bêtes, car, tout prophète que je suis, je sais bien peu de choses' (p. 212). This portrait is very revealing of Voltaire's characterization in his *contes*. It is not psychological consistency that he aims at, but polemical success. Behind Mambrès, it is Voltaire, one of the 'faux sages' that Mambrès is permitted to denounce, who makes his presence felt.

A similar inconsistency is to be seen in the rôle of the snake. On the one hand he is the urbane gentleman, gallant towards women yet doomed to get them, through no fault of his own, into trouble. He is also Voltaire, hoping to charm but finding the task increasingly difficult. 'Hélas! où est le temps où j'amusais les filles!' (p. 224) is a *cri de cœur* echoed in Voltaire's correspon-

[1] 'Dans un temps de persécution, il faut opposer la discrétion à la méchanceté des hommes' (Best. 12695, 22 Sept. 1766).

dence.[1] The author, 'un vieillard très galant avec les Dames',[2] has long had to admit: 'Il m'est impossible de parler à une jeune femme plus d'un demi quart d'heure.'[3] But there is another dimension. If the snake's tales are boring, it is because they are Biblical, not Voltairian; it would be imprudent to read the author's pathos straightforwardly into these remarks. The snake, like Mambrès, economically serves yet a further purpose. He is the Devil who charmed Eve in the Garden of Eden. As such he can say ominously: 'J'oserais presque dire que toute la terre m'appartient' (p. 205). Mambrès, at his most philosophical, has to admit that the question of why the snake holds so much power is beyond him.

So it is Voltaire's voice which sounds forth, whichever the character speaking. The gentle Amaside has somehow managed to read Locke, the snake knows about *Paradise Lost*, Mambrès anticipates the *Venite adoremus* of Christ's Nativity. This *conte* is as finished a product as any save perhaps *Candide*. If it is less profound than some, that is because Voltaire's questioning of the unanswerable is over. What we have instead is freshness, charm, and above all perhaps the most imaginative setting of any *conte*. By selecting one of the more incredible incidents in the Bible as a focus, and then making the other characters, mostly Biblical in origin but largely Voltairian in inspiration, cohere around it, the *philosophe* has created a myth of the Old Testament more persuasive by its stylization than all else he has to say on the subject.

---

[1] 'Où est le tems où j'assistais à vos répétitions. . . . Hélas je suis trop vieux . . .' (Best. 13040, 10 Feb. 1767; the phrase 'où est le temps . . .' recurs in Best. 13231, 19 Apr. 1767).

[2] Best. 17442, 1 Sept. 1773.

[3] Best. 11103, 20 June 1764.

# SUMMARY OF THE LIFE
# OF VOLTAIRE

1694 (21 November) Born in Paris, as François-Marie Arouet.

1704 Entered Jesuit college of Louis-le-Grand; remained there till 1711.

1716 (May–October) Exiled from Paris to Sully-sur-Loire, accused of a satire against the Regent.

1717 (May) Imprisoned in Bastille for nearly a year on account of another satire.

1718 (12 June) First letter by the author to carry his new name 'Voltaire'.

1718 (18 November) First play, *Oedipe*: established him as successful tragic dramatist.

1726 Exiled to England (arriving in May) in consequence of quarrel with the chevalier de Rohan.

1728–9 Returned to France.

1734 (March) Published *Lettres philosophiques* (dealing with various aspects of English life) in France. The *Lettres* were condemned by the Parlement of Paris, and Voltaire fled the capital, eventually settling at Cirey, in the château of Mme du Châtelet, where much of the following decade was spent.

1745 (April) Appointed Historiographer to King at Versailles.

1747 (June) Publication of *Zadig* (under title of *Memnon*), the first of Voltaire's *contes* to appear in print.

1747 (November) The period of favour at the Court ended when indiscretions forced his flight.

1748 (September) Publication of *Zadig* under its permanent title. Publication of *Le Monde comme il va*.

1749 (September) Death of Mme du Châtelet.

1750 (June) Voltaire left Paris for Frederick the Great's court at Potsdam, on the latter's invitation.

1752 Publication of *Micromégas*.

1753 (March) Voltaire left Frederick's court, after growing hostility between the two men. A desolate period of wandering ensued.

1755 (March) Settled at Les Délices on the outskirts of Geneva.

1756 Publication of *Histoire des voyages de Scarmentado* and *Songe de Platon*.

1759 (February) Publication of *Candide*.

1759 (February) Voltaire acquired the Château of Ferney near Geneva, henceforth to be his home.

1761 Publication of *Histoire d'un bon bramin*.

1762 Beginning of long campaign to rehabilitate Jean Calas, who had been broken on the wheel by order of the Parlement of Toulouse. This was but the most renowned of a whole series of defences and polemical writings which was to occupy Voltaire for the rest of his life.

1764 Publication of *Le Blanc et le noir*, and first edition of the *Dictionnaire philosophique*.

1767 Publication of *L'Ingénu*.

1768 Publication of *L'Homme aux quarante écus* and *La Princesse de Babylone*.

1774 Publication of *Le Taureau blanc*.

1775 Publication of *Histoire de Jenni*.

1778 Voltaire made a triumphal return to Paris, virtually an apotheosis, and died there on 30 May.

# SELECT BIBLIOGRAPHY

## EDITIONS

*Zadig*, ed. G. Ascoli (2ᵉ tirage revu et complété par J. Fabre, 2 vols., Paris, 1962). Indispensable edition for scholarship on the *conte*; useful revisions by Fabre.

*Zadig*, ed. V. L. Saulnier (Geneva and Paris, 1956). Good as supplement to Ascoli edition, particularly in stressing the political and satirical side.

I. O. Wade, *Voltaire's 'Micromégas': A Study in the Fusion of Science, Myth, and Art* (Princeton, 1950). Excellent, wide-ranging study, with important contributions on background, composition, style and meaning.

*Le Taureau blanc*, ed. R. Pomeau (Paris, 1956). Indispensable for a thorough understanding of the *conte*.

*Contes et romans*, ed. R. Pomeau (3 vols., Paris and Florence, 1961). Useful brief introductions to most of the *contes*.

## CRITICAL STUDIES

W. H. Barber, *Leibniz in France from Arnauld to Voltaire* (Oxford, 1955). The chapter on 'Voltaire and Optimism' (pp. 210–43) is helpful as background to *Zadig*.

Y. Belaval, 'Le Conte philosophique', *The Age of the Enlightenment: Studies Presented to Theodore Besterman*, ed. W. H. Barber *et al.* (Edinburgh and London, 1967), pp. 308–17.

P.-G. Castex, *Voltaire: Micromégas, Candide, L'Ingénu* (Paris, 1961).

U. Schick, *Zur Erzähltechnik in Voltaires 'Contes'* (Munich, 1968).

J. Van den Heuvel, *Voltaire dans ses contes: De 'Micromégas' à 'L'Ingénu'* (Paris, 1967). Rich and diverse analysis, somewhat over-inclined to stress the biographical approach, but one of the most valuable contributions yet in this field.

For further information, see my 'Voltaire's "Contes": An "État présent"', *Modern Language Review*, 65 (1970), 19-35.

## GENERAL

Among general studies of Voltaire, those by G. Lanson (Paris, 1906), R. Naves (Paris, 1942), H. N. Brailsford (London, 1935), and N. Torrey (*The Spirit of Voltaire*, New York, 1938) are particularly recommended. Students of Voltaire who wish to probe further might also consult R. Pomeau's *La Religion de Voltaire* (Paris, 1956), T. Besterman's *Voltaire* (London, 1969), and I. O. Wade's *The Intellectual Development of Voltaire* (Princeton, 1969) with profit.

# NOTE ON SELECTION OF TEXT AND *CONTES*

THE Kehl edition of 1785 (*Œuvres complètes*, ed. Beaumarchais *et al.*, 8°) has been chosen, for the reasons given by Pomeau in his edition of Voltaire *Contes et romans*. When Voltaire died he was preparing a new edition of his *Œuvres* for Panckoucke; about half of the 1775 text had been corrected, although we do not know whether this included the *contes*. Certainly, however, the Kehl editors had the Panckoucke documents, including corrections and *inédits*, which gives their edition an advantage over the previous complete edition of 1775. Obvious errors and omissions have been corrected in accordance with the 1775 edition, and spelling and punctuation modernized.

Any selection must imply a certain scale of values and as such be open to criticism. The present collection, centred around *Zadig*, omits *L'Ingénu*, partly because it possesses, as has been indicated, certain features which take it beyond the *conte philosophique* proper, and more importantly because a good edition already exists; the same arguments apply to *Histoire de Jenni*.[1] *Songe de Platon* (in the Appendix) and *Le Blanc et le noir* find a place because they touch on Voltaire's interesting preoccupations with Manicheism, while the former has an added interest as being perhaps Voltaire's first *conte*. Purely subjective value-judgements govern the inclusion of such as *Le Taureau blanc* and the omission of such as *La Princesse de Babylone*. As for *Candide*, its exclusion here is sufficiently explained by the fact that J. H. Brumfitt has edited it recently in a companion volume.

---

[1] *L'Ingénu and Histoire de Jenni*, ed. J. H. Brumfitt and M. I. Gerard Davis, Oxford, 1960.

# MICROMÉGAS

## HISTOIRE PHILOSOPHIQUE

### CHAPITRE PREMIER

#### VOYAGE
#### D'UN HABITANT DU MONDE DE L'ÉTOILE SIRIUS
#### DANS LA PLANÈTE DE SATURNE

DANS une de ces planètes qui tournent autour de l'étoile nommée Sirius, il y avait un jeune homme de beaucoup d'esprit, que j'ai eu[1] l'honneur de connaître dans le dernier voyage qu'il fit sur notre petite fourmilière; il s'appelait Micromégas,[2] nom qui convient fort à tous les grands. Il avait huit lieues de haut: j'entends, par huit lieues, vingt-quatre mille pas géométriques[3] de cinq pieds chacun.

Quelques algébristes, gens toujours utiles au public, prendront sur-le-champ la plume, et trouveront que, puisque Monsieur Micromégas, habitant du pays de Sirius, a de la tête aux pieds vingt-quatre mille pas, qui font cent vingt mille pieds de roi,[4] et que nous autres, citoyens de la terre, nous n'avons guère que cinq pieds, et que notre globe a neuf mille lieues de tour, ils trouveront, dis-je, qu'il faut absolument que le globe qui l'a produit ait au juste vingt-un millions six cent mille fois plus de circonférence que notre petite terre.[5] Rien n'est plus simple et plus ordinaire dans la nature. Les États de quelques souverains d'Allemagne ou d'Italie, dont on peut faire le tour en une demi-heure, comparés à l'empire de Turquie, de Moscovie ou de la Chine, ne sont qu'une très faible image des prodigieuses différences que la nature a mises dans tous les êtres.

La taille de Son Excellence étant de la hauteur que j'ai dite,

tous nos sculpteurs et tous nos peintres conviendront sans peine
que sa ceinture peut avoir cinquante mille pieds de roi de tour:
ce qui fait une très jolie proportion.

Quant à son esprit, c'est un des plus cultivés que nous ayons;
il sait beaucoup de choses; il en a inventé quelques-unes; il n'avait
pas encore deux cent cinquante ans, et il étudiait, selon la coutume, au collège des jésuites de sa planète, lorsqu'il devina, par la
force de son esprit, plus de cinquante propositions d'Euclide.
C'est dix-huit de plus que Blaise Pascal, lequel, après en avoir
deviné trente-deux en se jouant, à ce que dit sa sœur,[6] devint
depuis un géomètre assez médiocre, et un fort mauvais métaphysicien.[7] Vers les quatre cent cinquante ans, au sortir de
l'enfance, il disséqua beaucoup de ces petits insectes qui n'ont
pas cent pieds de diamètre, et qui se dérobent aux microscopes
ordinaires; il en composa un livre fort curieux, mais qui lui fit
quelques affaires. Le muphti[8] de son pays, grand vétillard, et fort
ignorant, trouva dans son livre des propositions suspectes,
malsonnantes, téméraires, hérétiques, sentant l'hérésie, et le
poursuivit vivement: il s'agissait de savoir si la forme substantielle[9] des puces de Sirius était de même nature que celle des
colimaçons. Micromégas se défendit avec esprit; il mit les femmes
de son côté; le procès dura deux cent vingt ans. Enfin le muphti
fit condamner le livre par des jurisconsultes qui ne l'avaient pas
lu, et l'auteur eut ordre de ne paraître à la cour de huit cents
années.

Il ne fut que médiocrement affligé d'être banni d'une cour qui
n'était remplie que de tracasseries et de petitesses. Il fit une
chanson fort plaisante contre le muphti, dont celui-ci ne s'embar-
rassa guère; et il se mit à voyager de planète en planète, pour
achever de se former *l'esprit et le cœur*, comme l'on dit.[10] Ceux qui
ne voyagent qu'en chaise de poste ou en berline seront sans
doute étonnés des équipages de là-haut: car nous autres, sur
notre petit tas de boue,[11] nous ne concevons rien au delà de nos
usages. Notre voyageur connaissait merveilleusement les lois de

la gravitation, et toutes les forces attractives et répulsives.[12] Il s'en
servait si à propos que, tantôt à l'aide d'un rayon du soleil,
tantôt par la commodité d'une comète, il allait de globe en globe,
lui et les siens, comme un oiseau voltige de branche en branche.
Il parcourut la voie lactée en peu de temps, et je suis obligé
d'avouer qu'il ne vit jamais à travers les étoiles dont elle est
semée ce beau ciel empyrée que l'illustre vicaire Derham[13] se
vante d'avoir vu au bout de sa lunette. Ce n'est pas que je
prétende que Monsieur Derham ait mal vu, à Dieu ne plaise!
mais Micromégas était sur les lieux, c'est un bon observateur, et
je ne veux contredire personne. Micromégas, après avoir bien
tourné, arriva dans le globe de Saturne. Quelque accoutumé qu'il
fût à voir des choses nouvelles, il ne put d'abord, en voyant la
petitesse du globe et de ses habitants, se défendre de ce sourire de
supériorité qui échappe quelquefois aux plus sages. Car enfin
Saturne n'est guère que neuf cents fois plus gros que la terre, et
les citoyens de ce pays-là sont des nains qui n'ont que mille
toises[14] de haut ou environ. Il s'en moqua un peu d'abord avec
ses gens, à peu près comme un musicien italien se met à rire de la
musique de Lulli[15] quand il vient en France. Mais comme le
Sirien avait un bon esprit, il comprit bien vite qu'un être pensant
peut fort bien n'être pas ridicule pour n'avoir que six mille pieds
de haut. Il se familiarisa avec les Saturniens, après les avoir
étonnés. Il lia une étroite amitié avec le secrétaire de l'Académie
de Saturne, homme de beaucoup d'esprit, qui n'avait à la vérité
rien inventé, mais qui rendait un fort bon compte des inventions
des autres, et qui faisait passablement de petits vers et de grands
calculs.[16] Je rapporterai ici, pour la satisfaction des lecteurs, une
conversation singulière que Micromégas eut un jour avec M. le
secrétaire.

## CHAPITRE II

### CONVERSATION DE L'HABITANT DE SIRIUS
### AVEC CELUI DE SATURNE

Après que Son Excellence se fut couchée, et que le secrétaire se fut approché de son visage:

— Il faut avouer — dit Micromégas — que la nature est bien variée.

— Oui — dit le Saturnien; — la nature est comme un parterre dont les fleurs...

— Ah! dit l'autre — laissez là votre parterre.

— Elle est — reprit le secrétaire — comme une assemblée de blondes et de brunes, dont les parures...[1]

— Eh! qu'ai-je à faire de vos brunes? — dit l'autre.

— Elle est donc comme une galerie de peintures dont les traits...

— Eh non! — dit le voyageur; — encore une fois, la nature est comme la nature. Pourquoi lui chercher des comparaisons?

— Pour vous plaire — répondit le secrétaire.

— Je ne veux point qu'on me plaise — répondit le voyageur; — je veux qu'on m'instruise:[2] commencez d'abord par me dire combien les hommes de votre globe ont de sens.

— Nous en avons soixante et douze — dit l'académicien; — et nous nous plaignons tous les jours du peu. Notre imagination va au delà de nos besoins; nous trouvons qu'avec nos soixante et douze sens, notre anneau, nos cinq lunes, nous sommes trop bornés; et, malgré toute notre curiosité et le nombre assez grand de passions qui résultent de nos soixante et douze sens, nous avons tout le temps de nous ennuyer.[3]

— Je le crois bien — dit Micromégas; — car dans notre globe nous avons près de mille sens, et il nous reste encore je ne sais quel désir vague, je ne sais quelle inquiétude, qui nous avertit

sans cesse que nous sommes peu de chose, et qu'il y a des êtres
beaucoup plus parfaits. J'ai un peu voyagé; j'ai vu des mortels
fort au-dessous de nous; j'en ai vu de fort supérieurs; mais je
n'en ai vu aucun qui n'ait plus de désirs que de vrais besoins, et
plus de besoins que de satisfaction. J'arriverai peut-être un jour
au pays où il ne manque rien; mais jusqu'à présent personne ne
m'a donné de nouvelles positives de ce pays-là.

Le Saturnien et le Sirien s'épuisèrent alors en conjectures;
mais, après beaucoup de raisonnements fort ingénieux et fort
incertains, il en fallut revenir aux faits.[4]

— Combien de temps vivez-vous? — dit le Sirien.

— Ah! bien peu — répliqua le petit homme de Saturne.

— C'est tout comme chez nous — dit le Sirien; — nous nous
plaignons toujours du peu. Il faut que ce soit une loi universelle
de la nature.

— Hélas! nous ne vivons — dit le Saturnien — que cinq cents
grandes révolutions du soleil. (Cela revient à quinze mille ans ou
environ, à compter à notre manière). Vous voyez bien que c'est
mourir presque au moment que l'on est né; notre existence est
un point, notre durée un instant, notre globe un atome. A peine
a-t-on commencé à s'instruire un peu que la mort arrive avant
qu'on ait de l'expérience. Pour moi, je n'ose faire aucun projet;
je me trouve comme une goutte d'eau dans un océan immense.
Je suis honteux surtout devant vous de la figure ridicule que je
fais dans ce monde.

Micromégas lui repartit:

— Si vous n'étiez pas philosophe, je craindrais de vous affliger
en vous apprenant que notre vie est sept cents fois plus longue
que la vôtre; mais vous savez trop bien que quand il faut rendre
son corps aux éléments, et ranimer la nature sous une autre
forme, ce qui s'appelle mourir; quand ce moment de métamorphose est venu, avoir vécu une éternité, ou avoir vécu un
jour, c'est précisément la même chose.[5] J'ai été dans des pays où
l'on vit mille fois plus longtemps que chez moi, et j'ai trouvé

qu'on y murmurait encore. Mais il y a partout des gens de bon sens qui savent prendre leur parti et remercier l'auteur de la nature. Il a répandu sur cet univers une profusion de variétés avec une espèce d'uniformité admirable.[6] Par exemple tous les êtres pensants sont différents, et tous se ressemblent au fond par le don de la pensée et des désirs. La matière est partout étendue; mais elle a dans chaque globe des propriétés diverses. Combien comptez-vous de ces propriétés diverses dans votre matière?

— Si vous parlez de ces propriétés — dit le Saturnien — sans lesquelles nous croyons que ce globe ne pourrait subsister tel qu'il est, nous en comptons trois cents, comme l'étendue, l'impénétrabilité, la mobilité, la gravitation, la divisibilité, et le reste.[7]

— Apparemment — répliqua le voyageur — que ce petit nombre suffit aux vues que le Créateur avait sur votre petite habitation. J'admire en tout sa sagesse; je vois partout des différences, mais aussi partout des proportions. Votre globe est petit, vos habitants le sont aussi; vous avez peu de sensations; votre matière a peu de propriétés; tout cela est l'ouvrage de la Providence. De quelle couleur est votre soleil bien examiné?

— D'un blanc fort jaunâtre — dit le Saturnien; — et quand nous divisons un de ses rayons, nous trouvons qu'il contient sept couleurs.

— Notre soleil tire sur le rouge — dit le Sirien — et nous avons trente-neuf couleurs primitives. Il n'y a pas un soleil, parmi tous ceux dont j'ai approché, qui se ressemble, comme chez vous il n'y a pas un visage qui ne soit différent de tous les autres.

Après plusieurs questions de cette nature, il s'informa combien de substances essentiellement différentes on comptait dans Saturne. Il apprit qu'on n'en comptait qu'une trentaine, comme Dieu, l'espace, la matière, les êtres étendus qui sentent, les êtres étendus qui sentent et qui pensent, les êtres pensants qui n'ont point d'étendue; ceux qui se pénètrent, ceux qui ne se pénètrent pas, et le reste. Le Sirien, chez qui on en comptait trois cents, et qui en avait découvert trois mille autres dans ses voyages, étonna prodigieusement le philosophe de Saturne. Enfin, après s'être communiqué l'un à l'autre un peu de ce qu'ils savaient et beaucoup de ce qu'ils ne savaient pas,[8] après avoir raisonné pendant une révolution du soleil, ils résolurent de faire ensemble un petit voyage philosophique.

## CHAPITRE III

### VOYAGE DES DEUX HABITANTS DE SIRIUS ET DE SATURNE

Nos deux philosophes étaient prêts à s'embarquer dans l'atmosphère de Saturne avec une fort jolie provision d'instruments mathématiques, lorsque la maîtresse du Saturnien, qui en eut des nouvelles, vint en larmes faire ses remontrances. C'était une jolie petite brune qui n'avait que six cent soixante toises,[1] mais qui réparait par bien des agréments la petitesse de sa taille.

— Ah! cruel — s'écria-t-elle — après t'avoir résisté quinze cents ans, lorsque enfin je commençais à me rendre, quand j'ai à peine passé cent ans entre tes bras, tu me quittes pour aller voyager avec un géant d'un autre monde; va, tu n'es qu'un curieux, tu n'as jamais eu d'amour: si tu étais un vrai Saturnien, tu serais fidèle. Où vas-tu courir? Que veux-tu? Nos cinq lunes sont moins errantes que toi, notre anneau est moins changeant. Voilà qui est fait, je n'aimerai jamais plus personne.

Le philosophe l'embrassa, pleura avec elle, tout philosophe qu'il était; et la dame, après s'être pâmée, alla se consoler avec un petit-maître du pays.[2]

Cependant nos deux curieux partirent; ils sautèrent d'abord sur l'anneau, qu'ils trouvèrent assez plat, comme l'a fort bien

deviné un illustre habitant de notre petit globe;³ de là ils allèrent
de lune en lune. Une comète passait tout auprès de la dernière; ils
s'élancèrent sur elle avec leurs domestiques et leurs instruments.
Quand ils eurent fait environ cent cinquante millions de lieues,
ils rencontrèrent les satellites de Jupiter. Ils passèrent dans Jupiter
même, et y restèrent une année, pendant laquelle ils apprirent de
fort beaux secrets qui seraient actuellement sous presse sans
messieurs les inquisiteurs, qui ont trouvé quelques propositions
un peu dures. Mais j'en ai lu le manuscrit dans la bibliothèque de
l'illustre archevêque de..., qui m'a laissé voir ses livres avec cette
générosité et cette bonté qu'on ne saurait assez louer.

Mais revenons à nos voyageurs. En sortant de Jupiter, ils
traversèrent un espace d'environ cent millions de lieues, et ils
côtoyèrent la planète de Mars, qui, comme on sait, est cinq fois
plus petite que notre petit globe; ils virent deux lunes⁴ qui servent
à cette planète, et qui ont échappé aux regards de nos astronomes.
Je sais bien que le père Castel⁵ écrira, et même assez plaisamment,
contre l'existence de ces deux lunes; mais je m'en rapporte à ceux
qui raisonnent par analogie. Ces bons philosophes-là savent
combien il serait difficile que Mars, qui est si loin du soleil, se
passât à⁶ moins de deux lunes. Quoi qu'il en soit, nos gens
trouvèrent cela si petit qu'ils craignirent de n'y pas trouver de
quoi coucher, et ils passèrent leur chemin comme deux voyageurs
qui dédaignent un mauvais cabaret de village et poussent jusqu'à
la ville voisine. Mais le Sirien et son compagnon se repentirent
bientôt. Ils allèrent longtemps, et ne trouvèrent rien. Enfin ils
aperçurent une petite lueur: c'était la terre: cela fit pitié à des
gens qui venaient de Jupiter. Cependant, de peur de se repentir
une seconde fois, ils résolurent de débarquer. Ils passèrent sur
la queue de la comète, et, trouvant une aurore boréale toute
prête, ils se mirent dedans, et arrivèrent à terre sur le bord
septentrional de la mer Baltique, le cinq juillet mil sept cent
trente-sept, nouveau style.⁷

# CHAPITRE IV

## CE QUI LEUR ARRIVE SUR LE GLOBE DE LA TERRE

Après s'être reposés quelque temps, ils mangèrent[1] à leur déjeuner deux montagnes, que leurs gens leur apprêtèrent assez proprement. Ensuite ils voulurent reconnaître le petit pays où ils étaient. Ils allèrent d'abord du nord au sud. Les pas ordinaires du Sirien et de ses gens étaient d'environ trente mille pieds de roi;[2] le nain de Saturne suivait de loin en haletant; or il fallait qu'il fît environ douze pas, quand l'autre faisait une enjambée: figurez-vous (s'il est permis de faire de telles comparaisons) un très petit chien de manchon[3] qui suivrait un capitaine des gardes du roi de Prusse.

Comme ces étrangers-là vont assez vite, ils eurent fait le tour du globe en trente-six heures; le soleil, à la vérité, ou plutôt la terre, fait un pareil voyage en une journée; mais il faut songer qu'on va bien plus à son aise quand on tourne sur son axe que quand on marche sur ses pieds. Les voilà donc revenus d'où ils étaient partis, après avoir vu cette mare, presque imperceptible pour eux, qu'on nomme *la Méditerranée*, et cet autre petit étang qui, sous le nom du *grand Océan*, entoure la taupinière. Le nain n'en avait eu jamais qu'à mi-jambe, et à peine l'autre avait-il mouillé son talon. Ils firent tout ce qu'ils purent en allant et en revenant dessus et dessous pour tâcher d'apercevoir si ce globe était habité ou non. Ils se baissèrent, ils se couchèrent, ils tâtèrent partout; mais leurs yeux et leurs mains n'étant point proportionnés aux petits êtres qui rampent ici, ils ne reçurent pas la moindre sensation qui pût leur faire soupçonner que nous et nos confrères les autres habitants de ce globe avons l'honneur d'exister.

Le nain, qui jugeait quelquefois un peu trop vite, décida d'abord qu'il n'y avait personne sur la terre. Sa première raison

était qu'il n'avait vu personne. Micromégas lui fit sentir poliment
que c'était raisonner assez mal:

— Car — disait-il — vous ne voyez pas avec vos petits yeux
certaines étoiles de la cinquantième grandeur que j'aperçois très
distinctement; concluez-vous de là que ces étoiles n'existent pas?

— Mais — dit le nain — j'ai bien tâté.

— Mais — répondit l'autre — vous avez mal senti.

— Mais — dit le nain — ce globe-ci est si mal construit, cela
est si irrégulier et d'une forme qui me paraît si ridicule! tout
semble être ici dans le chaos: voyez-vous ces petits ruisseaux
dont aucun ne va de droit fil, ces étangs qui ne sont ni ronds, ni
carrés, ni ovales, ni sous aucune forme régulière; tous ces petits
grains pointus dont ce globe est hérissé, et qui m'ont écorché
les pieds? (Il voulait parler des montagnes). Remarquez-vous
encore la forme de tout le globe, comme il est plat aux pôles,
comme il tourne autour du soleil d'une manière gauche, de
façon que les climats des pôles sont nécessairement incultes?[4]
En vérité, ce qui fait que je pense qu'il n'y a ici personne, c'est
qu'il me paraît que des gens de bon sens ne voudraient pas y
demeurer.[5]

— Eh bien — dit Micromégas — ce ne sont peut-être pas
non plus des gens de bon sens qui l'habitent. Mais enfin il y a
quelque apparence que ceci n'est pas fait pour rien.[6] Tout vous
paraît irrégulier ici, dites-vous, parce que tout est tiré au cordeau
dans Saturne et dans Jupiter. Eh! c'est peut-être pour cette
raison-là même qu'il y a ici un peu de confusion. Ne vous ai-je
pas dit que dans mes voyages j'avais toujours remarqué de la
variété?

Le Saturnien répliqua à toutes ces raisons. La dispute n'eût
jamais fini, si par bonheur Micromégas, en s'échauffant à parler,
n'eût cassé le fil de son collier de diamants. Les diamants
tombèrent; c'étaient de jolis petits carats assez inégaux, dont les
plus gros pesaient quatre cents livres, et les plus petits cinquante.
Le nain en ramassa quelques-uns; il s'aperçut, en les approchant

de ses yeux, que ces diamants, de la façon dont ils étaient taillés, étaient d'excellents microscopes. Il prit donc un petit microscope de cent soixante pieds de diamètre, qu'il appliqua à sa prunelle; et Micromégas en choisit un de deux mille cinq cents pieds. Ils étaient excellents; mais d'abord on ne vit rien par leur secours: il fallait s'ajuster. Enfin l'habitant de Saturne vit quelque chose d'imperceptible qui remuait entre deux eaux dans la mer Baltique: c'était une baleine. Il la prit avec le petit doigt fort adroitement; et la mettant sur l'ongle de son pouce, il la fit voir au Sirien, qui se mit à rire pour la seconde fois de l'excès de petitesse dont étaient les habitants de notre globe. Le Saturnien, convaincu que notre monde est habité, s'imagina bien vite qu'il ne l'était que par des baleines; et comme il était grand raisonneur, il voulut deviner d'où un si petit atome tirait son mouvement, s'il avait des idées, une volonté, une liberté.[7] Micromégas y fut fort embarrassé; il examina l'animal fort patiemment, et le résultat de l'examen fut qu'il n'y avait pas moyen de croire qu'une âme fût logée là.[8] Les deux voyageurs inclinaient donc à penser qu'il n'y a point d'esprit dans notre habitation, lorsqu'à l'aide du microscope ils aperçurent quelque chose de plus gros qu'une baleine qui flottait sur la mer Baltique. On sait que dans ce temps-là même une volée de philosophes revenait du cercle polaire,[9] sous lequel ils avaient été faire des observations dont personne ne s'était avisé jusqu'alors. Les gazettes dirent que leur vaisseau échoua aux côtes de Bothnie,[10] et qu'ils eurent bien de la peine à se sauver; mais on ne sait jamais dans ce monde le dessous des cartes. Je vais raconter ingénument comme la chose se passa, sans y rien mettre du mien: ce qui n'est pas un petit effort pour un historien.

# CHAPITRE V

## EXPÉRIENCES
## ET RAISONNEMENTS DES DEUX VOYAGEURS

Micromégas étendit la main tout doucement vers l'endroit où l'objet paraissait, et avançant deux doigts, et les retirant par la crainte de se tromper, puis les ouvrant et les serrant, il saisit fort adroitement le vaisseau qui portait ces messieurs, et le mit encore sur son ongle, sans le trop presser, de peur de l'écraser.

— Voici un animal bien différent du premier — dit le nain de Saturne; le Sirien mit le prétendu animal dans le creux de sa main. Les passagers et les gens de l'équipage, qui s'étaient crus enlevés par un ouragan, et qui se croyaient sur une espèce de rocher, se mettent tous en mouvement; les matelots prennent des tonneaux de vin, les jettent sur la main de Micromégas, et se précipitent après. Les géomètres prennent leurs quarts de cercle, leurs secteurs, et des filles laponnes,[1] et descendent sur les doigts du Sirien. Ils en firent tant qu'il sentit enfin remuer quelque chose qui lui chatouillait les doigts: c'était un bâton ferré qu'on lui enfonçait d'un pied dans l'index; il jugea, par ce picotement, qu'il était sorti quelque chose du petit animal qu'il tenait; mais il n'en soupçonna pas d'abord davantage.[2] Le microscope, qui faisait à peine discerner une baleine et un vaisseau, n'avait point de prise sur un être aussi imperceptible que des hommes. Je ne prétends choquer ici la vanité de personne, mais je suis obligé de prier les importants de faire ici une petite remarque avec moi: c'est qu'en prenant la taille des hommes d'environ cinq pieds, nous ne faisons pas sur la terre une plus grande figure qu'en ferait sur une boule de dix pieds de tour un animal qui aurait à peu près la six cent millième partie d'un pouce en hauteur. Figurez-vous une substance qui pourrait tenir la terre dans sa main, et qui aurait des organes en proportion des nôtres; et il se peut très

bien faire qu'il y ait un grand nombre de ces substances: or
concevez, je vous prie, ce qu'elles penseraient de ces batailles qui
nous ont valu deux villages qu'il a fallu rendre.[3]

Je ne doute pas que si quelque capitaine des grands grenadiers
lit jamais cet ouvrage, il ne hausse de deux grands pieds au
moins les bonnets de sa troupe; mais je l'avertis qu'il aura beau
faire, que lui et les siens ne seront jamais que des infiniment petits.

Quelle adresse merveilleuse ne fallut-il donc pas à notre
philosophe de Sirius pour apercevoir les atomes dont je viens de
parler? Quand Leuwenhoek[4] et Hartsoeker[5] virent les premiers,
ou crurent voir la graine dont nous sommes formés, ils ne firent
pas à beaucoup près une si étonnante découverte. Quel plaisir
sentit Micromégas en voyant remuer ces petites machines, en
examinant tous leurs tours, en les suivant dans toutes leurs
opérations! comme il s'écria! comme il mit avec joie un de
ses microscopes dans les mains de son compagnon de voyage!
— Je les vois — disaient-ils tous deux à la fois; — ne les voyez-
vous pas qui portent des fardeaux, qui se baissent, qui se relèvent?

En parlant ainsi les mains leur tremblaient, par le plaisir de
voir des objets si nouveaux, et par la crainte de les perdre. Le
Saturnien, passant d'un excès de défiance à un excès de crédulité,
crut apercevoir qu'ils travaillaient à la propagation. *Ah! disait-il,
j'ai pris la nature sur le fait.*[6] Mais il se trompait sur les apparences:
ce qui n'arrive que trop, soit qu'on se serve ou non des microscopes.

## CHAPITRE VI

### CE QUI LEUR ARRIVA AVEC DES HOMMES

Micromégas, bien meilleur observateur que son nain, vit
clairement que les atomes se parlaient; et il le fit remarquer à
son compagnon, qui, honteux de s'être mépris sur l'article de

la génération, ne voulut point croire que de pareilles espèces
pussent se communiquer des idées. Il avait le don des langues
aussi bien que le Sirien; il n'entendait point parler nos atomes, et
il supposait qu'ils ne parlaient pas. D'ailleurs, comment ces êtres
imperceptibles auraient-ils les organes de la voix, et qu'auraient-
ils à dire? Pour parler, il faut penser, ou à peu près; mais s'ils
pensaient, ils auraient donc l'équivalent d'une âme. Or, attribuer
l'équivalent d'une âme à cette espèce, cela lui paraissait absurde.[1]

— Mais — dit le Sirien — vous avez cru tout à l'heure qu'ils
faisaient l'amour; est-ce que vous croyez qu'on puisse faire
l'amour sans penser et sans proférer quelque parole, ou du
moins sans se faire entendre? Supposez-vous d'ailleurs qu'il soit
plus difficile de produire un argument qu'un enfant? Pour moi,
l'un et l'autre me paraissent de grands mystères.

— Je n'ose plus ni croire ni nier — dit le nain — je n'ai plus
d'opinion. Il faut tâcher d'examiner ces insectes, nous raison-
nerons après.[2]

— C'est fort bien dit, — reprit Micromégas; et aussitôt il tira
une paire de ciseaux dont il se coupa les ongles, et d'une rognure
de l'ongle de son pouce, il fit sur-le-champ une espèce de grande
trompette parlante, comme un vaste entonnoir, dont il mit le
tuyau dans son oreille. La circonférence de l'entonnoir envelop-
pait le vaisseau et tout l'équipage. La voix la plus faible entrait
dans les fibres circulaires de l'ongle; de sorte que, grâce à son
industrie, le philosophe de là-haut entendit parfaitement le
bourdonnement de nos insectes de là-bas. En peu d'heures il
parvint à distinguer les paroles, et enfin à entendre le français.
Le nain en fit autant, quoique avec plus de difficulté. L'étonnement des voyageurs redoublait à chaque instant. Ils entendaient
des mites parler d'assez bon sens: ce jeu de la nature leur paraissait inexplicable. Vous croyez bien que le Sirien et son nain
brûlaient d'impatience de lier conversation avec les atomes; le
nain craignait que sa voix de tonnerre, et surtout celle de
Micromégas, n'assourdît les mites sans en être entendue. Il

fallait en diminuer la force. Ils se mirent dans la bouche des
espèces de petits cure-dents, dont le bout fort effilé venait donner
auprès du vaisseau. Le Sirien tenait le nain sur ses genoux, et le
vaisseau avec l'équipage sur un ongle; il baissait la tête et parlait
bas. Enfin, moyennant toutes ces précautions et bien d'autres
encore, il commença ainsi son discours:

— Insectes invisibles, que la main du Créateur s'est plu à faire
naître dans l'abîme de l'infiniment petit, je le remercie de ce qu'il
a daigné me découvrir des secrets qui semblaient impénétrables.
Peut-être ne daignerait-on pas vous regarder à ma cour; mais je
ne méprise personne, et je vous offre ma protection.

Si jamais il y a eu quelqu'un d'étonné, ce furent les gens qui
entendirent ces paroles. Ils ne pouvaient deviner d'où elles
partaient. L'aumônier du vaisseau récita les prières des exorcismes, les matelots jurèrent, et les philosophes du vaisseau
firent un système;[3] mais quelque système qu'ils fissent, ils ne
purent jamais deviner qui leur parlait. Le nain de Saturne, qui
avait la voix plus douce que Micromégas, leur apprit alors en
peu de mots à quelles espèces ils avaient affaire. Il leur conta le
voyage de Saturne, les mit au fait de ce qu'était monsieur Micromégas; et, après les avoir plaints d'être si petits, il leur demanda
s'ils avaient toujours été dans ce misérable état si voisin de
l'anéantissement, ce qu'ils faisaient dans un globe qui paraissait
appartenir à des baleines, s'ils étaient heureux, s'ils multipliaient,
s'ils avaient une âme, et cent autres questions de cette nature.

Un raisonneur de la troupe, plus hardi que les autres, et
choqué de ce qu'on doutait de son âme, observa l'interlocuteur
avec des pinnules braquées sur un quart de cercle, fit deux
stations, et à la troisième il parla ainsi:

— Vous croyez donc, monsieur, parce que vous avez mille
toises depuis la tête jusqu'aux pieds, que vous êtes un…

— Mille toises! — s'écria le nain — juste ciel! d'où peut-il
savoir ma hauteur? mille toises! Il ne se trompe pas d'un pouce;
quoi! cet atome m'a mesuré! il est géomètre, il connaît ma

grandeur; et moi, qui ne le vois qu'à travers un microscope, je
ne connais pas encore la sienne!

— Oui, je vous ai mesuré — dit le physicien — et je mesurerai
bien encore votre grand compagnon.[4]

La proposition fut acceptée; Son Excellence se coucha de son
long: car, s'il se fût tenu debout, sa tête eût été trop au-dessus
des nuages. Nos philosophes lui plantèrent un grand arbre dans
un endroit que le docteur Swift nommerait, mais que je me
garderai bien d'appeler par son nom, à cause de mon grand
respect pour les dames. Puis, par une suite de triangles liés
ensemble, ils conclurent que ce qu'ils voyaient était en effet un
jeune homme de cent vingt mille pieds de roi.

Alors Micromégas prononça ces paroles:

— Je vois plus que jamais qu'il ne faut juger de rien sur sa
grandeur apparente.[5] O Dieu! qui avez donné une intelligence à
des substances qui paraissent si méprisables, l'infiniment petit
vous coûte aussi peu que l'infiniment grand; et, s'il est possible
qu'il y ait des êtres plus petits que ceux-ci, ils peuvent encore
avoir un esprit supérieur à ceux de ces superbes animaux que j'ai
vus dans le ciel, dont le pied seul couvrirait le globe où je suis
descendu.

Un des philosophes lui répondit qu'il pouvait en toute sûreté
croire qu'il est en effet des êtres intelligents beaucoup plus petits
que l'homme. Il lui conta, non pas tout ce que Virgile a dit de
fabuleux sur les abeilles,[6] mais ce que Swammerdam[7] a découvert,
et ce que Réaumur[8] a disséqué. Il lui apprit enfin qu'il y a des
animaux qui sont pour les abeilles ce que les abeilles sont pour
l'homme, ce que le Sirien lui-même était pour ces animaux si
vastes dont il parlait, et ce que ces grands animaux sont pour
d'autres substances devant lesquelles ils ne paraissent que comme
des atomes. Peu à peu la conversation devint intéressante, et
Micromégas parla ainsi.

# CHAPITRE VII

## CONVERSATION AVEC LES HOMMES

— O atomes intelligents, dans qui l'Être éternel s'est plu à manifester son adresse et sa puissance, vous devez sans doute goûter des joies bien pures sur votre globe: car, ayant si peu de matière, et paraissant tout esprit, vous devez passer votre vie à aimer et à penser; c'est la véritable vie des esprits. Je n'ai vu nulle part le vrai bonheur; mais il est ici, sans doute.

A ce discours, tous les philosophes secouèrent la tête; et l'un d'eux, plus franc que les autres, avoua de bonne foi que, si l'on en excepte un petit nombre d'habitants fort peu considérés, tout le reste est un assemblage de fous, de méchants et de malheureux.

— Nous avons plus de matière qu'il ne nous en faut — dit-il — pour faire beaucoup de mal, si le mal vient de la matière; et trop d'esprit, si le mal vient de l'esprit. Savez-vous bien, par exemple, qu'à l'heure que je vous parle, il y a cent mille fous de notre espèce, couverts de chapeaux, qui tuent cent mille autres animaux couverts d'un turban, ou qui sont massacrés par eux,[1] et que, presque par toute la terre, c'est ainsi qu'on en use de temps immémorial?

Le Sirien frémit, et demanda quel pouvait être le sujet de ces horribles querelles entre de si chétifs animaux.

— Il s'agit — dit le philosophe — de quelque tas de boue[2] grand comme votre talon. Ce n'est pas qu'aucun de ces millions d'hommes qui se font égorger prétende un fétu sur ce tas de boue.[2] Il ne s'agit que de savoir s'il appartiendra à un certain homme qu'on nomme *Sultan*, ou à un autre qu'on nomme, je ne sais pourquoi, *César*.[3] Ni l'un ni l'autre n'a jamais vu ni ne verra jamais le petit coin de terre dont il s'agit; et presque aucun de ces animaux, qui s'égorgent mutuellement, n'a jamais vu l'animal pour lequel ils s'égorgent.

— Ah! malheureux! — s'écria le Sirien avec indignation — peut-on concevoir cet excès de rage forcenée! Il me prend envie de faire trois pas, et d'écraser de trois coups de pied toute cette fourmilière d'assassins ridicules.

— Ne vous en donnez pas la peine — lui répondit-on — ils travaillent assez à leur ruine. Sachez qu'au bout de dix ans, il ne reste jamais la centième partie de ces misérables; sachez que, quand même ils n'auraient pas tiré l'épée, la faim, la fatigue, ou l'intempérance, les emportent presque tous. D'ailleurs, ce n'est pas eux qu'il faut punir, ce sont ces barbares sédentaires qui du fond de leur cabinet ordonnent, dans le temps de leur digestion, le massacre d'un million d'hommes, et qui ensuite en font remercier Dieu solennellement.[4]

Le voyageur se sentait ému de pitié pour la petite race humaine, dans laquelle il découvrait de si étonnants contrastes.[5]

— Puisque vous êtes du petit nombre des sages — dit-il à ces messieurs — et qu'apparemment vous ne tuez personne pour de l'argent, dites-moi, je vous en prie, à quoi vous vous occupez.

— Nous disséquons des mouches — dit le philosophe — nous mesurons des lignes, nous assemblons des nombres;[6] nous sommes d'accord sur deux ou trois points que nous entendons, et nous disputons sur deux ou trois mille que nous n'entendons pas.

Il prit aussitôt fantaisie au Sirien et au Saturnien d'interroger ces atomes pensants, pour savoir les choses dont ils convenaient.

— Combien comptez-vous — dit-il — de l'étoile de la Canicule à la grande étoile des Gémeaux?

Ils répondirent tous à la fois:

— Trente-deux degrés et demi.

— Combien comptez-vous d'ici à la lune?

— Soixante demi-diamètres de la terre en nombre rond.

— Combien pèse votre air?

Il croyait les attraper, mais tous lui dirent que l'air pèse environ neuf cents fois moins qu'un pareil volume de l'eau la plus légère, et dix-neuf mille fois moins que l'or de ducat. Le petit nain de Saturne, étonné de leurs réponses, fut tenté de prendre pour des sorciers ces mêmes gens auxquels il avait refusé une âme un quart d'heure auparavant.

Enfin Micromégas leur dit:

— Puisque vous savez si bien ce qui est hors de vous, sans doute vous savez encore mieux ce qui est en dedans. Dites-moi ce que c'est que votre âme, et comment vous formez vos idées.

Les philosophes parlèrent tous à la fois comme auparavant; mais ils furent tous de différents avis. Le plus vieux citait Aristote, l'autre prononçait le nom de Descartes; celui-ci, de Malebranche; cet autre, de Leibniz; cet autre, de Locke. Un vieux péripatéticien[7] dit tout haut avec confiance:

— L'âme est une *entéléchie*,[8] et une raison par qui elle a la puissance d'être ce qu'elle est. C'est ce que déclare expressément Aristote, page 633 de l'édition du Louvre. Ἐντελεχεῖά ἐστι, etc.

— Je n'entends pas trop bien le grec — dit le géant.

— Ni moi non plus — dit la mite philosophique.

— Pourquoi donc — reprit le Sirien — citez-vous un certain Aristote en grec?

— C'est — répliqua le savant — qu'il faut bien citer ce qu'on ne comprend point du tout dans la langue qu'on entend le moins.[9]

Le cartésien prit la parole, et dit:

— L'âme est un esprit pur qui a reçu dans le ventre de sa mère toutes les idées métaphysiques, et qui, en sortant de là, est obligée d'aller à l'école, et d'apprendre tout de nouveau ce qu'elle a si bien su, et qu'elle ne saura plus.[10]

— Ce n'était donc pas la peine — répondit l'animal de huit lieues — que ton âme fût si savante dans le ventre de ta mère, pour être si ignorante quand tu aurais de la barbe au menton. Mais qu'entends-tu par esprit?

— Que me demandez-vous là? — dit le raisonneur — je n'en ai point d'idée; on dit que ce n'est pas de la matière.

— Mais sais-tu au moins ce que c'est que de la matière?

— Très bien — répondit l'homme. — Par exemple cette pierre est grise, et d'une telle forme, elle a ses trois dimensions, elle est pesante et divisible.

— Eh bien! — dit le Sirien — cette chose qui te paraît être divisible, pesante, et grise, me dirais-tu bien ce que c'est? Tu vois quelques attributs; mais le fond de la chose, le connais-tu?

— Non — dit l'autre.

— Tu ne sais donc point ce que c'est que la matière.[11]

Alors monsieur Micromégas, adressant la parole à un autre sage qu'il tenait sur son pouce, lui demanda ce que c'était que son âme, et ce qu'elle faisait.

— Rien du tout — répondit le philosophe malebranchiste[12] — c'est Dieu qui fait tout pour moi: je vois tout en lui, je fais tout en lui; c'est lui qui fait tout sans que je m'en mêle.

— Autant vaudrait ne pas être, reprit le sage de Sirius. Et toi, mon ami — dit-il à un leibnizien qui était là — qu'est-ce que ton âme?

— C'est — répondit le leibnizien — une aiguille qui montre les heures pendant que mon corps carillonne, ou bien, si vous voulez, c'est elle qui carillonne pendant que mon corps montre l'heure; ou bien mon âme est le miroir de l'univers, et mon corps est la bordure du miroir: cela est clair.[13]

Un petit partisan de Locke était là tout auprès; et quand on lui eut enfin adressé la parole:

— Je ne sais pas — dit-il — comment je pense, mais je sais que je n'ai jamais pensé qu'à l'occasion de mes sens. Qu'il y ait des substances immatérielles et intelligentes, c'est de quoi je ne doute pas; mais qu'il soit impossible à Dieu de communiquer la pensée à la matière, c'est de quoi je doute fort.[14] Je révère la puissance éternelle; il ne m'appartient pas de la borner: je n'affirme rien; je me contente de croire qu'il y a plus de choses possibles qu'on ne pense.

L'animal de Sirius sourit: il ne trouva pas celui-là le moins sage; et le nain de Saturne aurait embrassé le sectateur de Locke sans l'extrême disproportion. Mais il y avait là, par malheur, un petit animalcule en bonnet carré[15] qui coupa la parole à tous les animalcules philosophes; il dit qu'il savait tout le secret, que cela se trouvait dans la *Somme* de St. Thomas;[16] il regarda de haut en bas les deux habitants célestes; il leur soutint que leurs personnes, leurs mondes, leurs soleils, leurs étoiles, tout était fait uniquement pour l'homme.[17] A ce discours, nos deux voyageurs se laissèrent aller l'un sur l'autre en étouffant de ce rire inextinguible qui, selon Homère, est le partage des dieux: leurs épaules et leurs ventres allaient et venaient, et dans ces convulsions le vaisseau, que le Sirien avait sur son ongle, tomba dans une poche de la culotte du Saturnien. Ces deux bonnes gens le cherchèrent longtemps; enfin ils retrouvèrent l'équipage, et le rajustèrent fort proprement. Le Sirien reprit les petites mites; il leur parla encore avec beaucoup de bonté, quoiqu'il fût un peu fâché dans le fond du cœur de voir que les infiniment petits eussent un orgueil presque infiniment grand. Il leur promit de leur faire un beau livre de philosophie, écrit fort menu pour leur usage, et que, dans ce livre, ils verraient le bout des choses. Effectivement, il leur donna ce volume avant son départ: on le porta à Paris à l'Académie des sciences; mais, quand le secrétaire l'eut ouvert, il ne vit rien qu'un livre tout blanc:[18]

— Ah! — dit-il — je m'en étais bien douté.

# ZADIG OU LA DESTINÉE[1]

## HISTOIRE ORIENTALE

### ÉPÎTRE DÉDICATOIRE DE ZADIG A LA SULTANE SHERAA[2]

PAR SADI

Le 10 du mois de Schewal, l'an 837 de l'hégire.

CHARME des prunelles, tourment des cœurs, lumière de l'esprit, je ne baise point la poussière de vos pieds, parce que vous ne marchez guère, ou que vous marchez sur des tapis d'Iran ou sur des roses.[3] Je vous offre la traduction d'un livre d'un ancien sage qui, ayant le bonheur de n'avoir rien à faire, eut celui de s'amuser à écrire l'histoire de Zadig, ouvrage qui dit plus qu'il ne semble dire. Je vous prie de le lire et d'en juger: car, quoique vous soyez dans le printemps de votre vie, quoique tous les plaisirs vous cherchent, quoique vous soyez belle, et que vos talents ajoutent à votre beauté; quoiqu'on vous loue du soir au matin, et que par toutes ces raisons vous soyez en droit de n'avoir pas le sens commun, cependant vous avez l'esprit très sage et le goût très fin, et je vous ai entendue raisonner mieux que de vieux derviches[4] à longue barbe et à bonnet pointu. Vous êtes discrète et vous n'êtes point défiante; vous êtes douce sans être faible; vous êtes bienfaisante avec discernement; vous aimez vos amis, et vous ne vous faites point d'ennemis. Votre esprit n'emprunte jamais ses agréments des traits de la médisance; vous ne dites du mal ni n'en faites, malgré la prodigieuse facilité que vous y auriez. Enfin votre âme m'a toujours paru pure comme votre beauté. Vous avez même un petit fonds de philosophie qui m'a fait croire que vous prendriez plus de goût qu'une autre à cet ouvrage d'un sage.

Il fut écrit d'abord en ancien chaldéen, que ni vous ni moi n'entendons. On le traduisit en arabe, pour amuser le célèbre sultan Ouloug-beb.[5] C'était du temps où les Arabes et les Persans commençaient à écrire des *Mille et une Nuits*, des *Mille et un Jours*,[6] etc. Ouloug aimait mieux la lecture de *Zadig*; mais les sultanes aimaient mieux les *Mille et un*.

— Comment pouvez-vous préférer — leur disait le sage Ouloug — des contes qui sont sans raison, et qui ne signifient rien?[7]

— C'est précisément pour cela que nous les aimons — répondaient les sultanes.

Je me flatte que vous ne leur ressemblerez pas, et que vous serez un vrai Ouloug. J'espère même que, quand vous serez lasse des conversations générales, qui ressemblent assez aux *Mille et un*, à cela près qu'elles sont moins amusantes, je pourrai trouver une minute pour avoir l'honneur de vous parler raison. Si vous aviez été Thalestris du temps de Scander,[8] fils de Philippe: si vous aviez été la reine de Sabée du temps de Soleiman,[9] c'eussent été ces rois qui auraient fait le voyage.

Je prie les vertus célestes que vos plaisirs soient sans mélange, votre beauté durable, et votre bonheur sans fin.

SADI.

## CHAPITRE PREMIER

### LE BORGNE

Du temps du roi Moabdar il y avait à Babylone un jeune homme nommé Zadig, né avec un beau naturel fortifié par l'éducation. Quoique riche et jeune, il savait modérer ses passions; il n'affectait rien; il ne voulait point toujours avoir raison, et savait respecter la faiblesse des hommes. On était

étonné de voir qu'avec beaucoup d'esprit il n'insultait jamais par
des railleries à ces propos si vagues, si rompus, si tumultueux, à
ces médisances téméraires, à ces décisions ignorantes, à ces
turlupinades grossières, à ce vain bruit de paroles, qu'on appelait
*conversation* dans Babylone. Il avait appris, dans le premier livre
de Zoroastre,[1] que l'amour-propre est un ballon gonflé de vent,
dont il sort des tempêtes quand on lui a fait une piqûre. Zadig
surtout ne se vantait pas de mépriser les femmes et de les sub-
juguer. Il était généreux; il ne craignait point d'obliger des
ingrats, suivant ce grand précepte de Zoroastre: *Quand tu*
*manges, donne à manger aux chiens, dussent-ils te mordre.* Il était
aussi sage qu'on peut l'être: car il cherchait à vivre avec des sages.
Instruit dans les sciences des anciens Chaldéens, il n'ignorait pas
les principes physiques de la nature, tels qu'on les connaissait
alors, et savait de la métaphysique ce qu'on en a su dans tous les
âges, c'est-à-dire fort peu de chose. Il était fermement persuadé
que l'année était de trois cent soixante et cinq jours et un quart,
malgré la nouvelle philosophie de son temps, et que le soleil
était au centre du monde; et quand les principaux mages[2] lui
disaient, avec une hauteur insultante, qu'il avait de mauvais sentiments, et que c'était être ennemi de l'État que de croire que le
soleil tournait sur lui-même, et que l'année avait douze mois, il se
taisait sans colère et sans dédain.

Zadig, avec de grandes richesses, et par conséquent avec des
amis, ayant de la santé, une figure aimable, un esprit juste et
modéré, un cœur sincère et noble, crut qu'il pouvait être
heureux.[3] Il devait se marier à Sémire, que sa beauté, sa naissance,
et sa fortune, rendaient le premier parti de Babylone. Il avait pour
elle un attachement solide et vertueux, et Sémire l'aimait avec
passion. Ils touchaient au moment fortuné qui allait les unir,
lorsque, se promenant ensemble vers une porte de Babylone,
sous les palmiers qui ornaient le rivage de l'Euphrate, ils virent
venir à eux des hommes armés de sabres et de flèches. C'étaient les
satellites du jeune Orcan, neveu d'un ministre, à qui les courtisans

de son oncle avaient fait accroire que tout lui était permis.[4] Il n'avait aucune des grâces ni des vertus de Zadig; mais, croyant valoir beaucoup mieux, il était désespéré de n'être pas préféré. Cette jalousie, qui ne venait que de sa vanité, lui fit penser qu'il aimait éperdument Sémire. Il voulait l'enlever. Les ravisseurs la saisirent, et dans les emportements de leur violence ils la blessèrent, et firent couler le sang d'une personne dont la vue aurait attendri les tigres du mont Imaüs. Elle perçait le ciel de ses plaintes. Elle s'écriait:

— Mon cher époux! on m'arrache à ce que j'adore.

Elle n'était point occupée de son danger; elle ne pensait qu'à son cher Zadig. Celui-ci, dans le même temps, la défendait avec toute la force que donnent la valeur et l'amour. Aidé seulement de deux esclaves, il mit les ravisseurs en fuite, et ramena chez elle Sémire, évanouie et sanglante, qui en ouvrant les yeux vit son libérateur. Elle lui dit:

— O Zadig! je vous aimais comme mon époux; je vous aime comme celui à qui je dois l'honneur et la vie. Jamais il n'y eut un cœur plus pénétré que celui de Sémire. Jamais bouche plus ravissante n'exprima des sentiments plus touchants par ces paroles de feu qu'inspirent le sentiment du plus grand des bienfaits et le transport le plus tendre de l'amour le plus légitime. Sa blessure était légère; elle guérit bientôt. Zadig était blessé plus dangereusement; un coup de flèche reçu près de l'œil lui avait fait une plaie profonde. Sémire ne demandait aux dieux que la guérison de son amant. Ses yeux étaient nuit et jour baignés de larmes: elle attendait le moment où ceux de Zadig pourraient jouir de ses regards; mais un abcès survenu à l'œil blessé fit tout craindre. On envoya jusqu'à Memphis[5] chercher le grand médecin Hermès, qui vint avec un nombreux cortège. Il visita le malade, et déclara qu'il perdrait l'œil; il prédit même le jour et l'heure où ce funeste accident devait arriver.

— Si c'eût été l'œil droit — dit-il — je l'aurais guéri; mais les plaies de l'œil gauche sont incurables.

Tout Babylone, en plaignant la destinée de Zadig, admira la profondeur de la science d'Hermès. Deux jours après, l'abcès perça de lui-même; Zadig fut guéri parfaitement. Hermès écrivit un livre où il lui prouva qu'il n'avait pas dû guérir.[6] Zadig ne le lut point; mais, dès qu'il put sortir, il se prépara à rendre visite à celle qui faisait l'espérance du bonheur de sa vie, et pour qui seule il voulait avoir des yeux. Sémire était à la campagne depuis trois jours. Il apprit en chemin que cette belle dame, ayant déclaré hautement qu'elle avait une aversion insurmontable pour les borgnes,[7] venait de se marier à Orcan, la nuit même. A cette nouvelle il tomba sans connaissance; sa douleur le mit au bord du tombeau; il fut longtemps malade, mais enfin la raison l'emporta sur son affliction; et l'atrocité de ce qu'il éprouvait servit même à le consoler.[8]

— Puisque j'ai essuyé — dit-il — un si cruel caprice d'une fille élevée à la cour, il faut que j'épouse une citoyenne.[9] Il choisit Azora, la plus sage et la mieux née de la ville; il l'épousa, et vécut un mois avec elle dans les douceurs de l'union la plus tendre. Seulement il remarquait en elle un peu de légèreté, et beaucoup de penchant à trouver toujours que les jeunes gens les mieux faits étaient ceux qui avaient le plus d'esprit et de vertu.

## CHAPITRE II

### LE NEZ[1]

Un jour, Azora revint d'une promenade, tout en colère et faisant de grandes exclamations.

— Qu'avez-vous — lui dit-il — ma chère épouse? qui vous peut mettre ainsi hors de vous-même?

— Hélas! — dit-elle — vous seriez comme moi, si vous aviez vu le spectacle dont je viens d'être témoin. J'ai été consoler la jeune veuve Cosrou, qui vient d'élever, depuis deux jours, un tombeau à son jeune époux auprès du ruisseau qui borde cette prairie. Elle a promis aux dieux, dans sa douleur, de demeurer auprès de ce tombeau tant que l'eau de ce ruisseau coulerait auprès.

— Eh bien! — dit Zadig — voilà une femme estimable qui aimait véritablement son mari!

— Ah! — reprit Azora — si vous saviez à quoi elle s'occupait quand je lui ai rendu visite!

— A quoi donc, belle Azora?

— Elle faisait détourner le ruisseau.

Azora se répandit en des invectives si longues, éclata en reproches si violents contre la jeune veuve, que ce faste de vertu² ne plut pas à Zadig.

Il avait un ami, nommé Cador, qui était un de ces jeunes gens à qui sa femme trouvait plus de probité et de mérite qu'aux autres: il le mit dans sa confidence, et s'assura, autant qu'il le pouvait, de sa fidélité par un présent considérable. Azora, ayant passé deux jours chez une de ses amies à la campagne, revint le troisième jour à la maison. Des domestiques en pleurs lui annoncèrent que son mari était mort subitement la nuit même, qu'on n'avait pas osé lui porter cette funeste nouvelle, et qu'on venait d'ensevelir Zadig dans le tombeau de ses pères, au bout du jardin. Elle pleura, s'arracha les cheveux, et jura de mourir. Le soir, Cador lui demanda la permission de lui parler, et ils pleurèrent tous deux. Le lendemain ils pleurèrent moins et dînèrent ensemble. Cador lui confia que son ami lui avait laissé la plus grande partie de son bien, et lui fit entendre qu'il mettrait son bonheur à partager sa fortune avec elle. La dame pleura, se fâcha, s'adoucit; le souper fut plus long que le dîner; on se parla avec plus de confiance. Azora fit l'éloge du défunt; mais elle avoua qu'il avait des défauts dont Cador était exempt.

Au milieu du souper, Cador se plaignit d'un mal de rate violent; la dame, inquiète et empressée, fit apporter toutes les essences dont elle se parfumait pour essayer s'il n'y en avait pas quelqu'une qui fût bonne pour le mal de rate; elle regretta beaucoup que le grand Hermès ne fût pas encore à Babylone; elle daigna même toucher le côté où Cador sentait de si vives douleurs.

— Êtes-vous sujet à cette cruelle maladie? — lui dit-elle avec compassion.

— Elle me met quelquefois au bord du tombeau — lui répondit Cador — et il n'y a qu'un seul remède qui puisse me soulager: c'est de m'appliquer sur le côté le nez d'un homme qui soit mort la veille.

— Voilà un étrange remède — dit Azora.

— Pas plus étrange — répondit-il — que les sachets du sieur Arnou[a] contre l'apoplexie. Cette raison, jointe à l'extrême mérite du jeune homme, détermina enfin la dame.

— Après tout — dit-elle — quand mon mari passera du monde d'hier dans le monde du lendemain sur le pont Tchinavar,[3] l'ange Asraël[4] lui accordera-t-il moins le passage parce que son nez sera un peu moins long dans la seconde vie que dans la première?

Elle prit donc un rasoir; elle alla au tombeau de son époux, l'arrosa de ses larmes, et s'approcha pour couper le nez à Zadig, qu'elle trouva tout étendu dans la tombe. Zadig se relève en tenant son nez d'une main, et arrêtant le rasoir de l'autre.

— Madame — lui dit-il — ne criez plus tant contre la jeune Cosrou; le projet de me couper le nez vaut bien celui de détourner un ruisseau.

---

*a.* Il y avait dans ce temps un Babylonien, nommé Arnou,[5] qui guérissait et prévenait toutes les apoplexies, dans les gazettes, avec un sachet pendu au cou. (*Note de Voltaire.*)

# CHAPITRE III

### LE CHIEN ET LE CHEVAL[1]

Zadig éprouva que le premier mois du mariage, comme il est écrit dans le livre du *Zend*,[2] est la lune du miel, et que le second est la lune de l'absinthe. Il fut quelque temps après obligé de répudier Azora, qui était devenue trop difficile à vivre, et il chercha son bonheur dans l'étude de la nature.

— Rien n'est plus heureux — disait-il — qu'un philosophe qui lit dans ce grand livre que Dieu a mis sous nos yeux. Les vérités qu'il découvre sont à lui: il nourrit et il élève son âme, il vit tranquille; il ne craint rien des hommes, et sa tendre épouse ne vient point lui couper le nez.

Plein de ces idées, il se retira dans une maison de campagne sur les bords de l'Euphrate. Là il ne s'occupait pas à calculer combien de pouces d'eau coulaient en une seconde sous les arches d'un pont, ou s'il tombait une ligne cube de pluie dans le mois de la souris plus que dans le mois du mouton. Il n'imaginait point de faire de la soie avec des toiles d'araignée, ni de la porcelaine avec des bouteilles cassées,[3] mais il étudia surtout les propriétés des animaux et des plantes, et il acquit bientôt une sagacité qui lui découvrait mille différences où les autres hommes ne voient rien que d'uniforme.

Un jour,[4] se promenant auprès d'un petit bois, il vit accourir à lui un eunuque de la reine, suivi de plusieurs officiers qui paraissaient dans la plus grande inquiétude, et qui couraient çà et là comme des hommes égarés qui cherchent ce qu'ils ont perdu de plus précieux.

— Jeune homme — lui dit le premier eunuque — n'avez-vous point vu le chien de la reine?

Zadig répondit modestement:

— C'est une chienne, et non pas un chien.

— Vous avez raison — reprit le premier eunuque.

— C'est une épagneule très petite, ajouta Zadig; elle a fait depuis peu des chiens; elle boite du pied gauche de devant, et elle a les oreilles très longues.

— Vous l'avez donc vue? — dit le premier eunuque tout essoufflé.

— Non — répondit Zadig — je ne l'ai jamais vue, et je n'ai jamais su si la reine avait une chienne.

Précisément dans le même temps, par une bizarrerie ordinaire de la fortune, le plus beau cheval de l'écurie du roi s'était échappé des mains d'un palefrenier dans les plaines de Babylone. Le grand veneur et tous les autres officiers couraient après lui avec autant d'inquiétude que le premier eunuque après la chienne. Le grand veneur s'adressa à Zadig, et lui demanda s'il n'avait point vu passer le cheval du roi.

— C'est — répondit Zadig — le cheval qui galope le mieux; il a cinq pieds de haut, le sabot fort petit; il porte une queue de trois pieds et demi de long; les bossettes de son mors sont d'or à vingt-trois carats; ses fers sont d'argent à onze deniers.[5]

— Quel chemin a-t-il pris? Où est-il? — demanda le grand veneur.

— Je ne l'ai point vu — répondit Zadig — et je n'en ai jamais entendu parler.

Le grand veneur et le premier eunuque ne doutèrent pas que Zadig n'eût volé le cheval du roi et la chienne de la reine; ils le firent conduire devant l'assemblée du grand Desterham,[6] qui le condamna au knout, et à passer le reste de ses jours en Sibérie. A peine le jugement fut-il rendu qu'on retrouva le cheval et la chienne. Les juges furent dans la douloureuse nécessité de réformer leur arrêt; mais ils condamnèrent Zadig à payer quatre cents onces d'or pour avoir dit qu'il n'avait point vu ce qu'il avait vu. Il fallut d'abord payer cette amende; après quoi il fut permis à Zadig de plaider sa cause au conseil du grand Desterham; il parla en ces termes:

— Étoiles de justice, abîmes de science, miroirs de vérité, qui avez la pesanteur du plomb, la dureté du fer, l'éclat du diamant, et beaucoup d'affinité avec l'or,[7] puisqu'il m'est permis de parler devant cette auguste assemblée, je vous jure par Orosmade[8] que je n'ai jamais vu la chienne respectable de la reine, ni le cheval sacré du roi des rois. Voici ce qui m'est arrivé. Je me promenais vers le petit bois où j'ai rencontré depuis le vénérable eunuque et le très illustre grand veneur. J'ai vu sur le sable les traces d'un animal, et j'ai jugé aisément que c'étaient celles d'un petit chien. Des sillons légers et longs, imprimés sur de petites éminences de sable entre les traces des pattes, m'ont fait connaître que c'était une chienne dont les mamelles étaient pendantes, et qu'ainsi elle avait fait des petits il y a peu de jours. D'autres traces en un sens différent, qui paraissaient toujours avoir rasé la surface du sable à côté des pattes de devant, m'ont appris qu'elle avait les oreilles très longues; et, comme j'ai remarqué que le sable était toujours moins creusé par une patte que par les trois autres, j'ai compris que la chienne de notre auguste reine était un peu boiteuse, si je l'ose dire.

A l'égard du cheval du roi des rois, vous saurez que, me promenant dans les routes de ce bois, j'ai aperçu les marques des fers d'un cheval; elles étaient toutes à égales distances. Voilà, ai-je dit, un cheval qui a un galop parfait. La poussière des arbres, dans une route étroite qui n'a que sept pieds de large, était un peu enlevée à droite et à gauche, à trois pieds et demi du milieu de la route. Ce cheval, ai-je dit, a une queue de trois pieds et demi, qui, par ses mouvements de droite et de gauche, a balayé cette poussière. J'ai vu sous les arbres, qui formaient un berceau de cinq pieds de haut, les feuilles des branches nouvellement tombées; et j'ai connu que ce cheval y avait touché, et qu'ainsi il avait cinq pieds de haut. Quant à son mors, il doit être d'or à vingt-trois carats: car il en a frotté les bossettes contre une pierre que j'ai reconnue être une pierre de touche, et dont j'ai fait l'essai. J'ai jugé enfin, par les marques que ses fers ont laissées

sur des cailloux d'une autre espèce, qu'il était ferré d'argent à
onze deniers de fin.[9]

Tous les juges admirèrent le profond et subtil discernement de
Zadig; la nouvelle en vint jusqu'au roi et à la reine. On ne parlait
que de Zadig dans les antichambres, dans la chambre,[10] et dans le
cabinet;[11] et quoique plusieurs mages opinassent qu'on devait le
brûler comme sorcier, le roi ordonna qu'on lui rendît l'amende
de quatre cents onces d'or à laquelle il avait été condamné. Le
greffier, les huissiers, les procureurs, vinrent chez lui en grand
appareil lui rapporter ses quatre cents onces; ils en retinrent
seulement trois cent quatre-vingt-dix-huit pour les frais de
justice, et leurs valets demandèrent des honoraires.

Zadig vit combien il était dangereux quelquefois d'être trop
savant, et se promit bien, à la première occasion, de ne point
dire ce qu'il avait vu.

Cette occasion se trouva bientôt. Un prisonnier d'État
s'échappa; il passa sous les fenêtres de sa maison. On interrogea
Zadig, il ne répondit rien; mais on lui prouva qu'il avait regardé
par la fenêtre. Il fut condamné pour ce crime à cinq cents onces
d'or, et il remercia ses juges de leur indulgence, selon la coutume
de Babylone. «Grand Dieu! dit-il en lui-même, qu'on est à
plaindre quand on se promène dans un bois où la chienne de la
reine et le cheval du roi ont passé! qu'il est dangereux de se
mettre à la fenêtre! et qu'il est difficile d'être heureux dans cette
vie!»

## CHAPITRE IV

### L'ENVIEUX

Zadig voulut se consoler, par la philosophie et par l'amitié,
des maux que lui avait faits la fortune. Il avait, dans un faubourg
de Babylone, une maison ornée avec goût, où il rassemblait tous

les arts et tous les plaisirs dignes d'un honnête homme. Le matin, sa bibliothèque était ouverte à tous les savants; le soir, sa table l'était à la bonne compagnie; mais il connut bientôt combien les savants sont dangereux; il s'éleva une grande dispute sur une loi de Zoroastre, qui défendait de manger du griffon.[1]

— Comment défendre le griffon — disaient les uns — si cet animal n'existe pas?

— Il faut bien qu'il existe — disaient les autres — puisque Zoroastre ne veut pas qu'on en mange.

Zadig voulut les accorder en leur disant:

— S'il y a des griffons, n'en mangeons point; s'il n'y en a point, nous en mangerons encore moins; et par là nous obéirons tous à Zoroastre.[2]

Un savant, qui avait composé treize volumes sur les propriétés du griffon, et qui de plus était grand théurgite,[3] se hâta d'aller accuser Zadig devant un archimage nommé Yébor,[4] le plus sot des Chaldéens, et partant le plus fanatique. Cet homme aurait fait empaler Zadig pour la plus grande gloire du soleil, et en aurait récité le bréviaire de Zoroastre d'un ton plus satisfait. L'ami Cador (un ami vaut mieux que cent prêtres) alla trouver le vieux Yébor, et lui dit:

— Vivent le soleil et les griffons! gardez-vous bien de punir Zadig: c'est un saint; il a des griffons dans sa basse-cour, et il n'en mange point; et son accusateur est un hérétique qui ose soutenir que les lapins ont le pied fendu, et ne sont point immondes.[5]

— Eh bien! — dit Yébor en branlant sa tête chauve — il faut empaler Zadig pour avoir mal pensé des griffons, et l'autre pour avoir mal parlé des lapins.

Cador apaisa l'affaire par le moyen d'une fille d'honneur[6] à laquelle il avait fait un enfant, et qui avait beaucoup de crédit dans le collège des mages. Personne ne fut empalé; de quoi plusieurs docteurs murmurèrent, et en présagèrent la décadence de Babylone. Zadig s'écria:

— A quoi tient le bonheur! Tout me persécute dans ce monde, jusqu'aux êtres qui n'existent pas.

Il maudit les savants, et ne voulut plus vivre qu'en bonne compagnie.

Il rassemblait chez lui les plus honnêtes gens de Babylone, et les dames les plus aimables; il donnait des soupers délicats, souvent précédés de concerts, et animés par des conversations charmantes dont il avait su bannir l'empressement de montrer de l'esprit, qui est la plus sûre manière de n'en point avoir, et de gâter la société la plus brillante. Ni le choix de ses amis, ni celui des mets, n'étaient faits par la vanité: car en tout il préférait l'être au paraître, et par là il s'attirait la considération véritable à laquelle il ne prétendait pas.

Vis-à-vis sa maison demeurait Arimaze,[7] personnage dont la méchante âme était peinte sur sa grossière physionomie. Il était rongé de fiel et bouffi d'orgueil, et pour comble, c'était un bel esprit ennuyeux. N'ayant jamais pu réussir dans le monde, il se vengeait par en médire.[8] Tout riche qu'il était, il avait de la peine à rassembler chez lui des flatteurs. Le bruit des chars qui entraient le soir chez Zadig l'importunait, le bruit de ses louanges l'irritait davantage. Il allait quelquefois chez Zadig, et se mettait à table sans être prié: il y corrompait toute la joie de la société, comme on dit que les harpies[9] infectent les viandes qu'elles touchent. Il lui arriva un jour de vouloir donner une fête à une dame qui, au lieu de la recevoir, alla souper chez Zadig. Un autre jour, causant avec lui dans le palais, ils abordèrent un ministre qui pria Zadig à souper, et ne pria point Arimaze. Les plus implacables haines n'ont pas souvent des fondements plus importants. Cet homme qu'on appelait l'envieux dans Babylone, voulut perdre Zadig parce qu'on l'appelait l'heureux. L'occasion de faire du mal se trouve cent fois par jour, et celle de faire du bien, une fois dans l'année, comme dit Zoroastre.

L'envieux alla chez Zadig, qui se promenait dans ses jardins avec deux amis et une dame à laquelle il disait souvent des choses galantes, sans autre intention que celle de les dire. La conversation roulait sur une guerre que le roi venait de terminer heureusement contre le prince d'Hyrcanie, son vassal. Zadig, qui avait signalé son courage dans cette courte guerre, louait beaucoup le roi et encore plus la dame. Il prit ses tablettes, et écrivit quatre vers qu'il fit sur le champ, et qu'il donna à lire à cette belle personne.

Ses amis le prièrent de leur en faire part: la modestie, ou plutôt un amour-propre bien entendu, l'en empêcha. Il savait que des vers impromptus ne sont jamais bons que pour celle en l'honneur de qui ils sont faits: il brisa en deux la feuille des tablettes sur laquelle il venait d'écrire, et jeta les deux moitiés dans un buisson de roses, où on les chercha inutilement. Une petite pluie survint; on regagna la maison. L'envieux, qui resta dans le jardin, chercha tant, qu'il trouva un morceau de la feuille. Elle avait été tellement rompue que chaque moitié de vers qui remplissait la ligne faisait un sens, et même un vers d'une plus petite mesure; mais, par un hasard encore plus étrange, ces petits vers se trouvaient former un sens qui contenait les injures les plus horribles contre le roi; on y lisait:

> Par les plus grands forfaits
> Sur le trône affermi,
> Dans la publique paix
> C'est le seul ennemi.

L'envieux fut heureux pour la première fois de sa vie. Il avait entre les mains de quoi perdre un homme vertueux et aimable. Plein de cette cruelle joie, il fit parvenir jusqu'au roi cette satire écrite de la main de Zadig: on le fit mettre en prison, lui, ses deux amis, et la dame. Son procès lui fut bientôt fait, sans qu'on daignât l'entendre. Lorsqu'il vint recevoir sa sentence, l'envieux se trouva sur son passage et lui dit tout haut que ses vers ne valaient rien. Zadig ne se piquait pas d'être bon poète; mais il était au désespoir d'être condamné comme criminel de lèse-majesté, et

de voir qu'on retînt en prison une belle dame et deux amis pour
un crime qu'il n'avait pas fait. On ne lui permit pas de parler, parce
que ses tablettes parlaient: telle était la loi de Babylone. On le fit
donc aller au supplice à travers une foule de curieux dont aucun
n'osait le plaindre, et qui se précipitaient pour examiner son
visage et pour voir s'il mourrait avec bonne grâce. Ses parents
seulement étaient affligés, car ils n'héritaient pas. Les trois quarts
de son bien étaient confisqués au profit du roi, et l'autre quart au
profit de l'envieux.

Dans le temps qu'il se préparait à la mort, le perroquet du roi
s'envola de son balcon, et s'abattit dans le jardin de Zadig sur un
buisson de roses. Une pêche y avait été portée d'un arbre voisin
par le vent; elle était tombée sur un morceau de tablette à écrire
auquel elle s'était collée. L'oiseau enleva la pêche et la tablette,
et les porta sur les genoux du monarque. Le prince, curieux, y
lut des mots qui ne formaient aucun sens, et qui paraissaient des
fins de vers. Il aimait la poésie, et il y a toujours de la ressource
avec les princes qui aiment les vers:[10] l'aventure de son perroquet
le fit rêver.[11] La reine, qui se souvenait de ce qui avait été écrit sur
une pièce de la tablette de Zadig, se la fit apporter. On confronta
les deux morceaux, qui s'ajustaient ensemble parfaitement; on lut
alors les vers tels que Zadig les avait faits:

> Par les plus grands forfaits j'ai vu troubler la terre.
> Sur le trône affermi le roi sait tout dompter.
> Dans la publique paix l'amour seul fait la guerre:
> C'est le seul ennemi qui soit à redouter.[12]

Le roi ordonna aussitôt qu'on fît venir Zadig devant lui, et
qu'on fît sortir de prison ses deux amis et la belle dame. Zadig se
jeta le visage contre terre, aux pieds du roi et de la reine: il leur
demanda très humblement pardon d'avoir fait de mauvais vers;
il parla avec tant de grâce, d'esprit, et de raison, que le roi et la
reine voulurent le revoir. Il revint, et plut encore davantage. On
lui donna tous les biens de l'envieux, qui l'avait injustement

accusé: mais Zadig les rendit tous, et l'envieux ne fut touché que du plaisir de ne pas perdre son bien. L'estime du roi s'accrut de jour en jour pour Zadig. Il le mettait de tous ses plaisirs, le consultait dans toutes ses affaires. La reine le regarda dès lors avec une complaisance qui pouvait devenir dangereuse pour elle, pour le roi son auguste époux, pour Zadig, et pour le royaume. Zadig commençait à croire qu'il n'est pas difficile d'être heureux.

## CHAPITRE V

### LE GÉNÉREUX

Le temps arriva où l'on célébrait une grande fête qui revenait tous les cinq ans. C'était la coutume à Babylone de déclarer solennellement au bout de cinq années, celui des citoyens qui avait fait l'action la plus généreuse. Les grands et les mages étaient les juges. Le premier satrape,[1] chargé du soin de la ville, exposait les plus belles actions qui s'étaient passées sous son gouvernement. On allait aux voix:[2] le roi prononçait le jugement. On venait à cette solennité des extrémités de la terre. Le vainqueur recevait des mains du monarque une coupe d'or garnie de pierreries, et le roi lui disait ces paroles:

— Recevez ce prix de la générosité, et puissent les dieux me donner beaucoup de sujets qui vous ressemblent!

Ce jour mémorable venu, le roi parut sur son trône, environné des grands, des mages, et des députés de toutes les nations qui venaient à ces jeux où la gloire s'acquérait, non par la légèreté des chevaux, non par la force du corps, mais par la vertu. Le premier satrape rapporta à haute voix les actions qui pouvaient mériter à leurs auteurs ce prix inestimable. Il ne parla point de la grandeur d'âme avec laquelle Zadig avait rendu à l'envieux toute sa fortune: ce n'était pas une action qui méritât de disputer le prix.

Il présenta d'abord un juge qui, ayant fait perdre un procès considérable à un citoyen, par une méprise dont il n'était pas même responsable, lui avait donné tout son bien, qui était la valeur de ce que l'autre avait perdu.

Il produisit ensuite un jeune homme qui, étant éperdument épris d'une fille qu'il allait épouser, l'avait cédée à un ami près d'expirer d'amour pour elle, et qui avait encore payé la dot en cédant la fille.

Ensuite il fit paraître un soldat qui dans la guerre d'Hyrcanie avait donné encore un plus grand exemple de générosité. Des soldats ennemis lui enlevaient sa maîtresse, et il la défendait contre eux: on vint lui dire que d'autres Hyrcaniens enlevaient sa mère à quelques pas de là; il quitta en pleurant sa maîtresse, et courut délivrer sa mère; il retourna ensuite vers celle qu'il aimait, et la trouva expirante. Il voulut se tuer: sa mère lui remontra qu'elle n'avait que lui pour tout secours, et il eut le courage de souffrir la vie.

Les juges penchaient pour ce soldat. Le roi prit la parole, et dit:

— Son action et celle des autres sont belles, mais elles ne m'étonnent point; hier, Zadig en a fait une qui m'a étonné. J'avais disgracié depuis quelques jours mon ministre et mon favori Coreb. Je me plaignais de lui avec violence, et tous mes courtisans m'assuraient que j'étais trop doux: c'était à qui me dirait le plus de mal de Coreb. Je demandai à Zadig ce qu'il en[3] pensait, et il osa en[3] dire du bien. J'avoue que j'ai vu, dans nos histoires, des exemples qu'on a payé de son bien une erreur, qu'on a cédé sa maîtresse, qu'on a préféré une mère à l'objet de son amour; mais je n'ai jamais lu qu'un courtisan ait parlé avantageusement d'un ministre disgracié contre qui son souverain était en colère. Je donne vingt mille pièces à chacun de ceux dont on vient de réciter les actions généreuses; mais je donne la coupe à Zadig.

— Sire — lui dit-il — c'est Votre Majesté seule qui mérite la coupe, c'est elle qui a fait l'action la plus inouïe, puisque, étant roi, vous ne vous êtes point fâché contre votre esclave, lorsqu'il contredisait votre passion.

On admira le roi et Zadig. Le juge qui avait donné son bien, l'amant qui avait marié sa maîtresse à son ami, le soldat qui avait préféré le salut de sa mère à celui de sa maîtresse, reçurent les présents du monarque: ils virent leurs noms écrits dans le livre des généreux. Zadig eut la coupe. Le roi acquit la réputation d'un bon prince, qu'il ne garda pas longtemps. Ce jour fut consacré par des fêtes plus longues que la loi ne le portait. La mémoire s'en conserve encore dans l'Asie. Zadig disait:

— Je suis donc enfin heureux!

Mais il se trompait.


## CHAPITRE VI

### LE MINISTRE[1]

Le roi avait perdu son premier ministre. Il choisit Zadig pour remplir cette place. Toutes les belles dames de Babylone applaudirent à ce choix, car depuis la fondation de l'empire il n'y avait jamais eu de ministre si jeune.[2] Tous les courtisans furent fâchés; l'envieux en eut un crachement de sang, et le nez lui enfla prodigieusement. Zadig, ayant remercié le roi et la reine, alla remercier aussi le perroquet:

— Bel oiseau — lui dit-il — c'est vous qui m'avez sauvé la vie, et qui m'avez fait premier ministre: la chienne et le cheval de Leurs Majestés m'avaient fait beaucoup de mal, mais vous m'avez fait du bien. Voilà donc de quoi dépendent les destins des hommes! Mais — ajouta-t-il — un bonheur si étrange sera peut-être bientôt évanoui.

Le perroquet répondit:

— Oui.

Ce mot frappa Zadig. Cependant, comme il était bon physicien,[3] et qu'il ne croyait pas que les perroquets fussent prophètes, il se rassura bientôt et se mit à exercer son ministère de son mieux.[4]

Il fit sentir à tout le monde le pouvoir sacré des lois, et ne fit sentir à personne le poids de sa dignité. Il ne gêna point les voix du divan,[5] et chaque vizir pouvait avoir un avis sans lui déplaire. Quand il jugeait une affaire, ce n'était pas lui qui jugeait, c'était la loi; mais quand elle était trop sévère, il la tempérait;[6] et quand on manquait de lois, son équité en faisait qu'on aurait prises pour celles de Zoroastre.

C'est de lui que les nations tiennent ce grand principe: qu'il vaut mieux hasarder de sauver un coupable que de condamner un innocent. Il croyait que les lois étaient faites pour secourir les citoyens autant que pour les intimider. Son principal talent était de démêler la vérité, que tous les hommes cherchent à obscurcir.[7] Dès les premiers jours de son administration il mit ce grand talent en usage. Un fameux négociant de Babylone était mort aux Indes; il avait fait ses héritiers ses deux fils par portions égales, après avoir marié leur sœur, et il laissait un présent de trente mille pièces d'or à celui de ses deux fils qui serait jugé l'aimer davantage. L'aîné lui bâtit un tombeau, le second augmenta d'une partie de son héritage la dot de sa sœur; chacun disait:

— C'est l'aîné qui aime le mieux son père, le cadet aime mieux sa sœur; c'est à l'aîné qu'appartiennent les trente mille pièces.

Zadig les fit venir tous deux l'un après l'autre. Il dit à l'aîné:

— Votre père n'est point mort, il est guéri de sa dernière maladie, il revient à Babylone.

— Dieu soit loué — répondit le jeune homme — mais voilà un tombeau qui m'a coûté bien cher!

Zadig dit ensuite la même chose au cadet.

— Dieu soit loué — répondit-il — je vais rendre à mon père tout ce que j'ai; mais je voudrais qu'il laissât à ma sœur ce que je lui ai donné.

— Vous ne rendrez rien — dit Zadig — et vous aurez les trente mille pièces: c'est vous qui aimez le mieux votre père.

Une fille[8] fort riche avait fait une promesse de mariage à deux mages et, après avoir reçu quelques mois des instructions de l'un et de l'autre, elle se trouva grosse.[9] Ils voulaient tous deux l'épouser.

— Je prendrai pour mon mari — dit-elle — celui des deux qui m'a mise en état de donner un citoyen à l'empire.

— C'est moi qui ai fait cette bonne œuvre — dit l'un.

— C'est moi qui ai eu cet avantage — dit l'autre.

— Eh bien! — répondit-elle — je reconnais pour père de l'enfant celui des deux qui lui pourra donner la meilleure éducation.

Elle accoucha d'un fils. Chacun des mages veut l'élever. La cause est portée devant Zadig. Il fait venir les deux mages.

— Qu'enseigneras-tu à ton pupille? — dit-il au premier.

— Je lui apprendrai — dit le docteur — les huit parties d'oraison,[10] la dialectique, l'astrologie, la démonomanie;[11] ce que c'est que la substance et l'accident, l'abstrait et le concret, les monades et l'harmonie préétablie.[12]

— Moi — dit le second — je tâcherai de le rendre juste et digne d'avoir des amis.

Zadig prononça:

— Que tu sois son père ou non, tu épouseras sa mère.

Il venait[13] tous les jours des plaintes à la cour contre l'itimadoulet[14] de Médie, nommé Irax. C'était un grand seigneur dont le fond n'était pas mauvais, mais qui était corrompu par la vanité et par la volupté. Il souffrait rarement qu'on lui parlât, et jamais qu'on l'osât contredire. Les paons ne sont pas plus vains, les colombes ne sont pas plus voluptueuses, les tortues ont moins de paresse,[15] il ne respirait que la fausse gloire et les faux plaisirs. Zadig entreprit de le corriger.

Il lui envoya de la part du roi un maître de musique avec douze voix et vingt-quatre violons,[16] un maître d'hôtel avec six cuisiniers et quatre chambellans, qui ne devaient pas le quitter. L'ordre du roi portait que l'étiquette suivante serait inviolablement observée, et voici comment les choses se passèrent.

Le premier jour, dès que le voluptueux Irax fut éveillé, le maître de musique entra suivi des voix et des violons. On chanta une cantate qui dura deux heures, et de trois minutes en trois minutes le refrain était:

> Que son mérite est extrême!
> Que de grâces, que de grandeur!
> Ah combien monseigneur
> Doit être content de lui-même!

Après l'exécution de la cantate, un chambellan lui fit une harangue de trois quarts d'heure, dans laquelle on le louait expressément de toutes les bonnes qualités qui lui manquaient. La harangue finie, on le conduisit à table au son des instruments. Le dîner dura trois heures. Dès qu'il ouvrit la bouche pour parler, le premier chambellan dit:

— Il aura raison.

A peine eut-il prononcé quatre paroles que le second chambellan s'écria:

— Il a raison.

Les deux autres chambellans firent de grands éclats de rire des bons mots qu'Irax avait dits, ou qu'il avait dû dire. Après dîner on lui répéta la cantate.

Cette première journée lui parut délicieuse, il crut que le roi des rois l'honorait selon ses mérites; la seconde lui parut moins agréable; la troisième fut gênante; la quatrième fut insupportable; la cinquième fut un supplice: enfin, outré d'entendre toujours chanter: «Ah combien monseigneur doit être content de lui-même!», d'entendre toujours dire qu'il avait raison, et d'être harangué chaque jour à la même heure, il écrivit en cour pour supplier le roi, qu'il daignât rappeler ses chambellans, ses musiciens, son maître d'hôtel; il promit d'être désormais moins

vain et plus appliqué; il se fit moins encenser, eut moins de fêtes,
et fut plus heureux; car, comme dit Sadder,[17] toujours du plaisir
n'est pas du plaisir.


## CHAPITRE VII

### LES DISPUTES ET LES AUDIENCES[1]

C'est ainsi que Zadig montrait tous les jours la subtilité de son
génie et la bonté de son âme; on l'admirait, et cependant on
l'aimait. Il passait pour le plus fortuné de tous les hommes, tout
l'empire était rempli de son nom; toutes les femmes le lorgnaient;[2]
tous les citoyens célébraient sa justice; les savants le regardaient
comme leur oracle; les prêtres même avouaient qu'il en savait plus
que le vieux archimage Yébor. On était bien loin alors de lui
faire des procès sur les griffons; on ne croyait que ce qui lui
semblait croyable.

Il y avait[3] une grande querelle dans Babylone, qui durait
depuis quinze cents années, et qui partageait l'empire en deux
sectes opiniâtres: l'une prétendait qu'il ne fallait jamais entrer
dans le temple de Mithra que du pied gauche; l'autre avait cette
coutume en abomination, et n'entrait jamais que du pied droit.
On attendait le jour de la fête solennelle du feu sacré pour savoir
quelle secte serait favorisée par Zadig. L'univers avait les yeux
sur ses deux pieds, et toute la ville était en agitation et en suspens.
Zadig entra dans le temple en sautant à pieds joints, et il prouva
ensuite, par un discours éloquent, que le Dieu du ciel et de la
terre, qui n'a acception de personne, ne fait pas plus de cas de la
jambe gauche que de la jambe droite.

L'envieux et sa femme prétendirent que dans son discours il
n'y avait pas assez de figures, qu'il n'avait pas fait assez danser les
montagnes et les collines.

— Il est sec et sans génie — disaient-ils — on ne voit chez lui ni la mer s'enfuir, ni les étoiles tomber, ni le soleil se fondre comme de la cire:[4] il n'a point le bon style oriental.

Zadig se contentait d'avoir le style de la raison. Tout le monde fut pour lui, non pas parce qu'il était dans le bon chemin, non pas parce qu'il était raisonnable, non pas parce qu'il était aimable, mais parce qu'il était premier vizir.

Il termina aussi heureusement le grand procès entre les mages blancs et les mages noirs.[5] Les blancs soutenaient que c'était une impiété de se tourner, en priant Dieu, vers l'orient d'hiver; les noirs assuraient que Dieu avait en horreur les prières des hommes qui se tournaient vers le couchant d'été. Zadig ordonna qu'on se tournât comme on voudrait.[6]

Il trouva ainsi le secret d'expédier, le matin, les affaires particulières et les générales; le reste du jour, il s'occupait des embellissements de Babylone:[7] il faisait représenter des tragédies où l'on pleurait, et des comédies où l'on riait,[8] ce qui était passé de mode depuis longtemps, et ce qu'il fit renaître parce qu'il avait du goût. Il ne prétendait pas en savoir plus que les artistes; il les récompensait par des bienfaits et des distinctions, et n'était point jaloux en secret de leurs talents. Le soir, il amusait beaucoup le roi, et surtout la reine. Le roi disait:

— Le grand ministre!

La reine disait:

— L'aimable ministre!

Et tous deux ajoutaient:

— C'eût été grand dommage qu'il eût été pendu.

Jamais homme en place ne fut obligé de donner tant d'audiences aux dames. La plupart venaient lui parler des affaires qu'elles n'avaient point, pour en avoir une avec lui. La femme de l'envieux s'y présenta des premières; elle lui jura par Mithra, par Zenda-Vesta,[9] et par le feu sacré, qu'elle avait détesté la conduite de son mari; elle lui confia ensuite que ce mari était un jaloux, un brutal; elle lui fit entendre que les dieux le punissaient en lui refusant les précieux effets de ce feu sacré par lequel seul l'homme est

semblable aux immortels: elle finit par laisser tomber sa jarretière;
Zadig la ramassa avec sa politesse ordinaire; mais il ne la rattacha
point au genou de la dame; et cette petite faute, si c'en est une,
fut la cause des plus horribles infortunes. Zadig n'y pensa pas,
et la femme de l'envieux y pensa beaucoup.

D'autres dames se présentaient tous les jours. Les annales
secrètes de Babylone prétendent qu'il succomba une fois, mais
qu'il fut tout étonné de jouir sans volupté, et d'embrasser son
amante avec distraction. Celle à qui il donna, sans presque s'en
apercevoir, des marques de sa protection, était une femme de
chambre de la reine Astarté. Cette tendre Babylonienne se disait
à elle-même pour se consoler: «Il faut que cet homme-là ait
prodigieusement d'affaires dans la tête, puisqu'il y songe encore
même en faisant l'amour». Il échappa à Zadig, dans les instants
où plusieurs personnes ne disent mot, et où d'autres ne pro-
noncent que des paroles sacrées, de s'écrier tout d'un coup:

— La reine!

La Babylonienne crut qu'enfin il était revenu à lui dans un bon
moment, et qu'il lui disait:

— Ma reine.

Mais Zadig, toujours très distrait, prononça le nom d'Astarté.[10]
La dame, qui dans ces heureuses circonstances interprétait tout
à son avantage, s'imagina que cela voulait dire:

— Vous êtes plus belle que la reine Astarté.

Elle sortit du sérail de Zadig avec de très beaux présents. Elle
alla conter son aventure à l'envieuse, qui était son amie intime;
celle-ci fut cruellement piquée de la préférence.

— Il n'a pas daigné seulement — dit-elle — me rattacher cette
jarretière que voici, et dont je ne veux plus me servir.

— Oh! oh! — dit la fortunée à l'envieuse — vous portez les
mêmes jarretières que la reine! Vous les prenez donc chez la
même faiseuse?

L'envieuse rêva profondément, ne répondit rien, et alla con-
sulter son mari l'envieux.

Cependant Zadig s'apercevait qu'il avait toujours des distractions quand il donnait des audiences et quand il jugeait; il ne savait à quoi les attribuer: c'était là sa seule peine.

Il eut un songe: il lui semblait qu'il était couché d'abord sur des herbes sèches, parmi lesquelles il y en avait quelques-unes de piquantes qui l'incommodaient; et qu'ensuite il reposait mollement sur un lit de roses, dont il sortait un serpent qui le blessait au cœur de sa langue acérée et envenimée.

— Hélas! — disait-il — j'ai été longtemps couché sur ces herbes sèches et piquantes, je suis maintenant sur le lit de roses, mais quel sera le serpent?

# CHAPITRE VIII

## LA JALOUSIE[1]

Le malheur de Zadig vint de son bonheur même, et surtout de son mérite. Il avait tous les jours des entretiens avec le roi et avec Astarté, son auguste épouse.[2] Les charmes de sa conversation redoublaient encore par cette envie de plaire qui est à l'esprit ce que la parure est à la beauté; sa jeunesse et ses grâces firent insensiblement sur Astarté une impression dont elle ne s'aperçut pas d'abord. Sa passion croissait dans le sein de l'innocence. Astarté se livrait sans scrupule et sans crainte au plaisir de voir et d'entendre un homme cher à son époux et à l'État; elle ne cessait de le vanter au roi; elle en parlait à ses femmes, qui enchérissaient encore sur ses louanges; tout servait à enfoncer dans son cœur le trait qu'elle ne sentait pas. Elle faisait des présents à Zadig, dans lesquels il entrait plus de galanterie qu'elle ne pensait; elle croyait ne lui parler qu'en reine contente de ses services, et quelquefois ses expressions étaient d'une femme sensible.

Astarté était beaucoup plus belle que cette Sémire qui haïssait tant les borgnes, et que cette autre femme qui avait voulu couper

le nez à son époux. La familiarité d'Astarté, ses discours tendres,
dont elle commençait à rougir, ses regards, qu'elle voulait
détourner, et qui se fixaient sur les siens, allumèrent dans le cœur
de Zadig un feu dont il s'étonna. Il combattit; il appela à son
secours la philosophie, qui l'avait toujours secouru; il n'en tira
que des lumières, et n'en reçut aucun soulagement. Le devoir, la
reconnaissance, la majesté souveraine violée, se présentaient à ses
yeux comme des dieux vengeurs; il combattait, il triomphait;
mais cette victoire, qu'il fallait remporter à tout moment, lui
coûtait des gémissements et des larmes. Il n'osait plus parler à la
reine avec cette douce liberté qui avait eu tant de charmes pour
tous deux: ses yeux se couvraient d'un nuage; ses discours étaient
contraints et sans suite: il baissait la vue; et quand, malgré lui,
ses regards se tournaient vers Astarté, ils rencontraient ceux de la
reine mouillés de pleurs, dont il partait des traits de flamme; ils
semblaient se dire l'un à l'autre:

— Nous nous adorons, et nous craignons de nous aimer; nous
brûlons tous deux d'un feu que nous condamnons.

Zadig sortait d'auprès d'elle égaré, éperdu, le cœur surchargé
d'un fardeau qu'il ne pouvait plus porter: dans la violence de ses
agitations, il laissa pénétrer son secret à son ami Cador, comme
un homme qui, ayant soutenu longtemps les atteintes d'une vive
douleur, fait enfin connaître son mal par un cri qu'un redouble-
ment aigu lui arrache, et par la sueur froide qui coule sur son
front.

Cador lui dit:

— J'ai déjà démêlé les sentiments que vous vouliez vous
cacher à vous-même; les passions ont des signes auxquels on ne
peut se méprendre. Jugez, mon cher Zadig, puisque j'ai lu dans
votre cœur, si le roi n'y découvrira pas un sentiment qui l'offense.
Il n'a d'autre défaut que celui d'être le plus jaloux des hommes.
Vous résistez à votre passion avec plus de force que la reine ne
combat la sienne, parce que vous êtes philosophe, et parce que
vous êtes Zadig. Astarté est femme; elle laisse parler ses regards

avec d'autant plus d'imprudence qu'elle ne se croit pas encore coupable. Malheureusement, rassurée sur son innocence, elle néglige des dehors nécessaires. Je tremblerai pour elle tant qu'elle n'aura rien à se reprocher. Si vous étiez d'accord l'un et l'autre, vous sauriez tromper tous les yeux: une passion naissante et combattue éclate; un amour satisfait sait se cacher.

Zadig frémit à la proposition de trahir le roi, son bienfaiteur; et jamais il ne fut plus fidèle à son prince que quand il fut coupable envers lui d'un crime involontaire. Cependant la reine prononçait si souvent le nom de Zadig, son front se couvrait de tant de rougeur en le prononçant, elle était tantôt si animée, tantôt si interdite, quand elle lui parlait en présence du roi; une rêverie si profonde s'emparait d'elle quand il était sorti, que le roi fut troublé. Il crut tout ce qu'il voyait, et imagina tout ce qu'il ne voyait point. Il remarqua surtout que les babouches de sa femme étaient bleues, et que les babouches de Zadig étaient bleues, que les rubans de sa femme étaient jaunes, et que le bonnet de Zadig était jaune; c'étaient là de terribles indices pour un prince délicat.[3] Les soupçons se tournèrent en certitude dans son esprit aigri.

Tous les esclaves des rois et des reines sont autant d'espions de leurs cœurs. On pénétra bientôt qu'Astarté était tendre, et que Moabdar était jaloux. L'envieux engagea l'envieuse à envoyer au roi sa jarretière, qui ressemblait à celle de la reine. Pour surcroît de malheur, cette jarretière était bleue. Le monarque ne songea plus qu'à la manière de se venger.[4] Il résolut une nuit d'empoisonner la reine, et de faire mourir Zadig par le cordeau au point du jour. L'ordre en fut donné à un impitoyable eunuque, exécuteur de ses vengeances.[5] Il y avait alors dans la chambre du roi un petit nain qui était muet, mais qui n'était pas sourd. On le souffrait toujours: il était témoin de ce qui se passait de plus secret, comme un animal domestique. Ce petit muet était très attaché à la reine et à Zadig. Il entendit, avec autant de surprise que d'horreur, donner l'ordre de leur mort. Mais comment faire pour prévenir cet ordre effroyable qui allait s'exécuter dans peu d'heures? Il ne savait pas écrire; mais il avait appris à peindre, et savait surtout faire ressembler. Il passa une partie de la nuit à crayonner ce qu'il voulait faire entendre à la reine. Son dessin représentait le roi agité de fureur, dans un coin du tableau, donnant des ordres à son eunuque; un cordeau bleu[6] et un vase sur une table, avec des jarretières bleues et des rubans jaunes; la reine, dans le milieu du tableau, expirante entre les bras de ses femmes; et Zadig étranglé à ses pieds. L'horizon représentait un soleil levant pour marquer que cette horrible exécution devait se faire aux premiers rayons de l'aurore. Dès qu'il eut fini cet ouvrage, il courut chez une femme d'Astarté, la réveilla, et lui fit entendre qu'il fallait dans l'instant même porter ce tableau à la reine.[7]

Cependant,[8] au milieu de la nuit, on vient frapper à la porte de Zadig; on le réveille; on lui donne un billet de la reine; il doute si c'est un songe; il ouvre la lettre d'une main tremblante. Quelle fut sa surprise, et qui pourrait exprimer la consternation et le désespoir dont il fut accablé quand il lut ces paroles: «Fuyez, dans l'instant même, ou l'on va vous arracher la vie! Fuyez, Zadig; je vous l'ordonne au nom de notre amour et de mes rubans jaunes.[9] Je n'étais point coupable; mais je sens que je vais mourir criminelle.»

Zadig eut à peine la force de parler. Il ordonna qu'on fît venir Cador; et, sans lui rien dire, il lui donna ce billet. Cador le força d'obéir, et de prendre sur-le-champ la route de Memphis.

— Si vous osez aller trouver la reine — lui dit-il — vous hâtez sa mort; si vous parlez au roi, vous la perdez encore. Je me charge de sa destinée; suivez la vôtre. Je répandrai le bruit que vous avez pris la route des Indes. Je viendrai bientôt vous trouver, et je vous apprendrai ce qui se sera passé à Babylone.

Cador, dans le moment même, fit placer deux dromadaires des plus légers à la course vers une porte secrète du palais; il fit monter Zadig, qu'il fallut porter, et qui était près de rendre l'âme. Un seul domestique l'accompagna; et bientôt Cador,

plongé dans l'étonnement et dans la douleur, perdit son ami de
vue.

Cet illustre fugitif, arrivé sur le bord d'une colline d'où on
voyait Babylone, tourna la vue sur le palais de la reine, et
s'évanouit; il ne reprit ses sens que pour verser des larmes et pour
souhaiter la mort. Enfin, après s'être occupé de la destinée
déplorable de la plus aimable des femmes et de la première reine
du monde, il fit un moment de retour sur lui-même, et s'écria:

— Qu'est-ce donc que la vie humaine? O vertu! à quoi m'avez-
vous servi? Deux femmes m'ont indignement trompé; la
troisième, qui n'est point coupable, et qui est plus belle que les
autres, va mourir! Tout ce que j'ai fait de bien a toujours été pour
moi une source de malédictions, et je n'ai été élevé au comble de
la grandeur que pour tomber dans le plus horrible précipice de
l'infortune. Si j'eusse été méchant comme tant d'autres, je serais
heureux comme eux.[10]

Accablé de ces réflexions funestes, les yeux chargés du voile
de la douleur, la pâleur de la mort sur le visage, et l'âme abîmée
dans l'excès d'un sombre désespoir, il continuait son voyage vers
l'Égypte.

## CHAPITRE IX

### LA FEMME BATTUE

Zadig dirigeait sa route sur les étoiles. La constellation d'Orion,
et le brillant astre de Sirius le guidaient vers le pôle de Canope.[1]
Il admirait ces vastes globes de lumière qui ne paraissent que de
faibles étincelles à nos yeux, tandis que la terre, qui n'est en effet
qu'un point imperceptible dans la nature,[2] paraît à notre cupidité
quelque chose de si grand et de si noble. Il se figurait alors les
hommes tels qu'ils sont en effet, des insectes se dévorant les uns
les autres sur un petit atome de boue.[3] Cette image vraie semblait

anéantir ses malheurs, en lui retraçant le néant de son être et celui de Babylone. Son âme s'élançait jusque dans l'infini, et contemplait, détachée de ses sens, l'ordre immuable de l'univers. Mais lorsque ensuite, rendu à lui-même et rentrant dans son cœur, il pensait qu'Astarté était peut-être morte pour lui, l'univers disparaissait à ses yeux, et il ne voyait dans la nature entière qu'Astarté mourante et Zadig infortuné.

Comme il se livrait à ce flux et à ce reflux de philosophie sublime et de douleur accablante, il avançait vers les frontières de l'Égypte:[4] et déjà son domestique fidèle était dans la première bourgade, où il lui cherchait un logement. Zadig cependant se promenait vers les jardins qui bordaient ce village. Il vit, non loin du grand chemin, une femme éplorée qui appelait le ciel et la terre à son secours, et un homme furieux qui la suivait. Elle était déjà atteinte par lui, elle embrassait ses genoux. Cet homme l'accablait de coups et de reproches. Il jugea, à la violence de l'Égyptien et aux pardons réitérés que lui demandait la dame, que l'un était un jaloux, et l'autre une infidèle; mais quand il eut considéré cette femme, qui était d'une beauté touchante, et qui même ressemblait un peu à la malheureuse Astarté, il se sentit pénétré de compassion pour elle, et d'horreur pour l'Égyptien.

— Secourez-moi — s'écria-t-elle à Zadig avec des sanglots — tirez-moi des mains du plus barbare des hommes, sauvez-moi la vie!

A ces cris, Zadig courut se jeter entre elle et ce barbare. Il avait quelque connaissance de la langue égyptienne. Il lui dit en cette langue:

— Si vous avez quelque humanité, je vous conjure de respecter la beauté et la faiblesse. Pouvez-vous outrager ainsi un chef-d'œuvre de la nature, qui est à vos pieds, et qui n'a pour sa défense que des larmes?

— Ah! ah! lui dit cet emporté, tu l'aimes donc aussi! et c'est de toi qu'il faut que je me venge.

En disant ces paroles, il laisse la dame, qu'il tenait d'une main par les cheveux, et, prenant sa lance, il veut en percer l'étranger.

Celui-ci, qui était de sang-froid, évita aisément le coup d'un furieux. Il se saisit de la lance près du fer dont elle est armée. L'un veut la retirer, l'autre l'arracher. Elle se brise entre leurs mains. L'Égyptien tire son épée; Zadig s'arme de la sienne. Ils s'attaquent l'un l'autre. Celui-là porte cent coups précipités; celui-ci les pare avec adresse. La dame, assise sur un gazon, rajuste sa coiffure et les regarde. L'Égyptien était plus robuste que son adversaire, Zadig était plus adroit. Celui-ci se battait en homme dont la tête conduisait le bras, et celui-là comme un emporté dont une colère aveugle guidait les mouvements au hasard. Zadig passe à lui,[5] et le désarme; et tandis que l'Égyptien, devenu plus furieux, veut se jeter sur lui, il le saisit, le presse, le fait tomber en lui tenant l'épée sur la poitrine; il lui offre de lui donner la vie. L'Égyptien, hors de lui, tire son poignard, il en blesse Zadig dans le temps même que le vainqueur lui pardonnait. Zadig, indigné, lui plonge son épée dans le sein. L'Égyptien jette un cri horrible, et meurt en se débattant. Zadig alors s'avança vers la dame, et lui dit d'une voix soumise:

— Il m'a forcé de le tuer: je vous ai vengée; vous êtes délivrée de l'homme le plus violent que j'aie jamais vu. Que voulez-vous maintenant de moi, madame?

— Que tu meures, scélérat — lui répondit-elle — que tu meures! tu as tué mon amant; je voudrais pouvoir déchirer ton cœur.

— En vérité, madame, vous aviez là un étrange homme pour amant — lui répondit Zadig — il vous battait de toutes ses forces et il voulait m'arracher la vie parce que vous m'aviez conjuré de vous secourir.

— Je voudrais qu'il me battît encore — reprit la dame en poussant des cris. — Je le méritais bien, je lui avais donné de la jalousie. Plût au ciel qu'il me battît, et que tu fusses à sa place![6]

Zadig, plus surpris et plus en colère qu'il ne l'avait été de sa vie, lui dit:

— Madame, toute belle que vous êtes, vous mériteriez que je

vous battisse à mon tour, tant vous êtes extravagante; mais je n'en prendrai pas la peine.[7]

Là-dessus il remonta sur son chameau, et avança vers le bourg. A peine avait-il fait quelques pas qu'il se retourne au bruit que faisaient quatre courriers de Babylone. Ils venaient à toute bride. L'un d'eux, en voyant cette femme, s'écria: «C'est elle-même! Elle ressemble au portrait qu'on nous en a fait.» Ils ne s'embarrassèrent pas du mort, et se saisirent incontinent de la dame. Elle ne cessait de crier à Zadig:

— Secourez-moi encore une fois, étranger généreux! je vous demande pardon de m'être plainte de vous: secourez-moi, et je suis à vous jusqu'au tombeau!

L'envie avait passé à Zadig de se battre désormais pour elle.

— A d'autres! — répond-il — vous ne m'y attraperez plus.

D'ailleurs il était blessé, son sang coulait, il avait besoin de secours; et la vue des quatre Babyloniens, probablement envoyés par le roi Moabdar, le remplissait d'inquiétude. Il s'avance en hâte vers le village, n'imaginant pas pourquoi quatre courriers de Babylone venaient prendre cette Égyptienne, mais encore plus étonné du caractère de cette dame.

## CHAPITRE X

### L'ESCLAVAGE

Comme il entrait dans la bourgade égyptienne, il se vit entouré par le peuple. Chacun criait:

— Voilà celui qui a enlevé la belle Missouf, et qui vient d'assassiner Clétofis!

— Messieurs — dit-il — Dieu me préserve d'enlever jamais votre belle Missouf! elle est trop capricieuse; et, à l'égard de Clétofis, je ne l'ai point assassiné; je me suis défendu seulement contre lui. Il voulait me tuer, parce que je lui avais demandé très humblement grâce pour la belle Missouf, qu'il battait impitoyablement. Je suis un étranger qui vient chercher un asile dans l'Égypte; et il n'y a pas d'apparence qu'en venant demander votre protection j'aie commencé par enlever une femme, et par assassiner un homme.

Les Égyptiens étaient alors justes et humains. Le peuple conduisit Zadig à la maison de ville. On commença par le faire panser de sa blessure, et ensuite on l'interrogea, lui et son domestique séparément, pour savoir la vérité. On reconnut que Zadig n'était point un assassin; mais il était coupable du sang d'un homme: la loi le condamnait à être esclave. On vendit au profit de la bourgade ses deux chameaux; on distribua aux habitants tout l'or qu'il avait apporté; sa personne fut exposée en vente dans la place publique, ainsi que celle de son compagnon de voyage. Un marchand arabe, nommé Sétoc, y mit l'enchère; mais le valet, plus propre à la fatigue, fut vendu bien plus chèrement que le maître. On ne faisait pas de comparaison entre ces deux hommes. Zadig fut donc esclave subordonné à son valet: on les attacha ensemble avec une chaîne qu'on leur passa aux pieds, et en cet état ils suivirent le marchand arabe dans sa maison. Zadig, en chemin, consolait son domestique, et l'exhortait à la patience; mais, selon sa coutume, il faisait des réflexions sur la vie humaine.

— Je vois — lui disait-il — que les malheurs de ma destinée se répandent sur la tienne. Tout m'a tourné jusqu'ici d'une façon bien étrange. J'ai été condamné à l'amende pour avoir vu passer une chienne; j'ai pensé être empalé pour un griffon; j'ai été envoyé au supplice parce que j'avais fait des vers à la louange du roi; j'ai été sur le point d'être étranglé parce que la reine avait des rubans jaunes, et me voici esclave avec toi parce qu'un brutal a battu sa maîtresse. Allons, ne perdons point courage; tout ceci finira peut-être; il faut bien que les marchands arabes aient des esclaves; et pourquoi ne le serais-je pas comme un autre, puisque je suis homme comme un autre? Ce marchand ne sera pas impitoyable; il faut qu'il traite bien ses esclaves, s'il en veut tirer des services.

Il parlait ainsi, et dans le fond de son cœur il était occupé du sort de la reine de Babylone.

Sétoc, le marchand, partit deux jours après pour l'Arabie déserte avec ses esclaves et ses chameaux. Sa tribu habitait vers le désert d'Horeb. Le chemin fut long et pénible. Sétoc, dans la route, faisait bien plus de cas du valet que du maître, parce que le premier chargeait bien mieux les chameaux; et toutes les petites distinctions furent pour lui.

Un chameau mourut à deux journées d'Horeb: on répartit sa charge sur le dos de chacun des serviteurs; Zadig en eut sa part. Sétoc se mit à rire en voyant tous ses esclaves marcher courbés. Zadig prit la liberté de lui en expliquer la raison, et lui apprit les lois de l'équilibre. Le marchand, étonné, commença à le regarder d'un autre œil. Zadig, voyant qu'il avait excité sa curiosité,[1] la redoubla en lui apprenant beaucoup de choses qui n'étaient point étrangères à son commerce; les pesanteurs spécifiques des métaux et des denrées sous un volume égal: les propriétés de plusieurs animaux utiles; le moyen de rendre tels ceux qui ne l'étaient pas; enfin il lui parut un sage. Sétoc lui donna la préférence sur son camarade, qu'il avait tant estimé. Il le traita bien, et n'eut pas sujet de s'en repentir.

Arrivé dans sa tribu, Sétoc commença par redemander cinq cents onces d'argent à un Hébreu auquel il les avait prêtées en présence de deux témoins; mais ces deux témoins étaient morts, et l'Hébreu, ne pouvant être convaincu, s'appropriait l'argent du marchand, en remerciant Dieu de ce qu'il lui avait donné le moyen de tromper un Arabe. Sétoc confia sa peine à Zadig, qui était devenu son conseil.

— En quel endroit — demanda Zadig — prêtâtes-vous vos cinq cents onces à cet infidèle?

— Sur une large pierre — répondit le marchand — qui est auprès du mont Horeb.

— Quel est le caractère de votre débiteur? — dit Zadig.

— Celui d'un fripon — reprit Sétoc.

— Mais je vous demande si c'est un homme vif ou flegmatique, avisé ou imprudent.

— C'est de tous les mauvais payeurs — dit Sétoc — le plus vif que je connaisse.

— Eh bien! — insista Zadig — permettez que je plaide votre cause devant le juge.[2]

En effet il cita l'Hébreu au tribunal, et il parla ainsi au juge:

— Oreiller du trône d'équité, je viens redemander à cet homme, au nom de mon maître, cinq cents onces d'argent qu'il ne veut pas rendre.

— Avez-vous des témoins? — dit le juge.

— Non, ils sont morts; mais il reste une large pierre sur laquelle l'argent fut compté; et s'il plaît à Votre Grandeur d'ordonner qu'on aille chercher la pierre, j'espère qu'elle portera témoignage; nous resterons ici, l'Hébreu et moi, en attendant que la pierre vienne; je l'enverrai chercher aux dépens de Sétoc, mon maître.

— Très volontiers — répondit le juge — et il se mit à expédier d'autres affaires.

A la fin de l'audience:

— Eh bien! — dit-il à Zadig — votre pierre n'est pas encore venue?

L'Hébreu, en riant, répondit:

— Votre Grandeur resterait ici jusqu'à demain que la pierre ne serait pas encore arrivée; elle est à plus de six milles d'ici, et il faudrait quinze hommes pour la remuer.

— Eh bien! — s'écria Zadig — je vous avais bien dit que la pierre porterait témoignage; puisque cet homme sait où elle est, il avoue donc que c'est sur elle que l'argent fut compté.

L'Hébreu, déconcerté, fut bientôt contraint de tout avouer. Le juge ordonna qu'il serait lié à la pierre, sans boire ni manger, jusqu'à ce qu'il eût rendu les cinq cents onces, qui furent bientôt payées.

L'esclave Zadig et la pierre furent en grande recommandation dans l'Arabie.

## CHAPITRE XI

### LE BÛCHER

Sétoc, enchanté, fit de son esclave son ami intime. Il ne pouvait pas plus se passer de lui qu'avait fait le roi de Babylone; et Zadig fut heureux que Sétoc n'eût point de femme. Il découvrait dans son maître un naturel porté au bien, beaucoup de droiture et de bon sens. Il fut fâché de voir qu'il adorait l'armée céleste, c'est-à-dire le soleil, la lune, et les étoiles, selon l'ancien usage d'Arabie. Il lui en parlait quelquefois avec beaucoup de discrétion. Enfin il lui dit que c'étaient des corps comme les autres, qui ne méritaient pas plus son hommage qu'un arbre ou un rocher.

— Mais — disait Sétoc — ce sont des êtres éternels dont nous tirons tous nos avantages; ils animent la nature; ils règlent les saisons; ils sont d'ailleurs si loin de nous qu'on ne peut pas s'empêcher de les révérer.

— Vous recevez plus d'avantages — répondit Zadig — des eaux de la mer Rouge, qui portent vos marchandises aux Indes. Pourquoi ne serait-elle pas aussi ancienne que les étoiles? Et si vous adorez ce qui est éloigné de vous, vous devez adorer la terre des Gangarides,[1] qui est aux extrémités du monde.

— Non — disait Sétoc — les étoiles sont trop brillantes pour que je ne les adore pas.

Le soir venu, Zadig alluma un grand nombre de flambeaux dans la tente où il devait souper avec Sétoc; et dès que son patron parut, il se jeta à genoux devant ces cires[2] allumées, et leur dit:

— Éternelles et brillantes clartés, soyez-moi toujours propices!

Ayant proféré ces paroles, il se mit à table sans regarder Sétoc.

— Que faites-vous donc? — lui dit Sétoc étonné.

— Je fais comme vous — répondit Zadig — j'adore ces chandelles, et je néglige leur maître et le mien.

Sétoc comprit le sens profond de cet apologue. La sagesse de son esclave entra dans son âme; il ne prodigua plus son encens aux créatures, et adora l'Être éternel qui les a faites.[3]

Il y avait[4] alors dans l'Arabie une coutume affreuse, venue originairement de Scythie, et qui, s'étant établie dans les Indes par le crédit des brahmanes,[5] menaçait d'envahir tout l'Orient. Lorsqu'un homme marié était mort, et que sa femme bien-aimée voulait être sainte, elle se brûlait en public sur le corps de son mari. C'était une fête solennelle qui s'appelait *le bûcher du veuvage*. La tribu dans laquelle il y avait eu le plus de femmes brûlées était la plus considérée. Un Arabe de la tribu de Sétoc étant mort, sa veuve, nommée Almona, qui était fort dévote, fit savoir le jour et l'heure où elle se jetterait dans le feu au son des tambours et des trompettes. Zadig remontra à Sétoc combien cette horrible coutume était contraire au bien du genre humain; qu'on laissait brûler tous les jours de jeunes veuves qui pouvaient donner des enfants à l'État, ou du moins élever les leurs; et il le fit convenir qu'il fallait, si on pouvait, abolir un usage si barbare. Sétoc répondit:

— Il y a plus de mille ans que les femmes sont en possession de[6] se brûler. Qui de nous osera changer une loi que le temps a consacrée? Y a-t-il rien de plus respectable qu'un ancien abus?

— La raison est plus ancienne — reprit Zadig. — Parlez aux chefs des tribus, et je vais trouver la jeune veuve.

Il se fit présenter à elle; et après s'être insinué dans son esprit par des louanges sur sa beauté, après lui avoir dit combien c'était dommage de mettre au feu tant de charmes, il la loua encore sur sa constance et sur son courage.

— Vous aimiez donc prodigieusement votre mari? — lui dit-il.

— Moi? point du tout — répondit la dame arabe. — C'était

un brutal, un jaloux, un homme insupportable; mais je suis fermement résolue de me jeter sur son bûcher.

— Il faut — dit Zadig — qu'il y ait apparemment un plaisir bien délicieux à être brûlée vive.

— Ah! cela fait frémir la nature — dit la dame — mais il faut en passer par là. Je suis dévote;[7] je serais perdue de réputation, et tout le monde se moquerait de moi si je ne me brûlais pas.

Zadig, l'ayant fait convenir qu'elle se brûlait pour les autres et par vanité, lui parla longtemps d'une manière à lui faire aimer un peu la vie, et parvint même à lui inspirer quelque bienveillance pour celui qui lui parlait.

— Que feriez-vous enfin — lui dit-il — si la vanité de vous brûler ne vous tenait pas?

— Hélas! — dit la dame — je crois que je vous prierais de m'épouser.

Zadig était trop rempli de l'idée d'Astarté pour ne pas éluder cette déclaration; mais il alla dans l'instant trouver les chefs des tribus, leur dit ce qui s'était passé, et leur conseilla de faire une loi par laquelle il ne serait permis à une veuve de se brûler qu'après avoir entretenu un jeune homme tête à tête pendant une heure entière. Depuis ce temps, aucune dame ne se brûla en Arabie. On eut au seul Zadig l'obligation d'avoir détruit en un jour une coutume si cruelle, qui durait depuis tant de siècles. Il était donc le bienfaiteur de l'Arabie.


# CHAPITRE XII

### LE SOUPER[1]

Sétoc, qui ne pouvait se séparer de cet homme en qui habitait la sagesse, le mena à la grande foire de Bassora, où devaient se rendre les plus grands négociants de la terre habitable. Ce fut

pour Zadig une consolation sensible de voir tant d'hommes de
diverses contrées réunis dans la même place. Il lui paraissait que
l'univers était une grande famille qui se rassemblait à Bassora.
Il se trouva à table, dès le second jour, avec un Égyptien, un
Indien gangaride, un habitant du Cathay,[2] un Grec, un Celte, et
plusieurs autres étrangers qui, dans leurs fréquents voyages vers
le golfe Arabique, avaient appris assez d'arabe pour se faire
entendre. L'Égyptien paraissait fort en colère.

— Quel abominable pays que Bassora! — disait-il — on m'y
refuse mille onces d'or sur le meilleur effet du monde.

— Comment donc? — dit Sétoc — sur quel effet vous a-t-on
refusé cette somme?

— Sur le corps de ma tante — répondit l'Égyptien; —
c'était la plus brave femme d'Égypte. Elle m'accompagnait
toujours; elle est morte en chemin: j'en ai fait une des plus belles
momies que nous ayons; et je trouverais dans mon pays tout
ce que je voudrais en la mettant en gage. Il est bien étrange
qu'on ne veuille pas seulement me donner ici mille onces d'or
sur un effet si solide.

Tout en se courrouçant, il était prêt à manger d'une excellente
poule bouillie, quand l'Indien, le prenant par la main, s'écria
avec douleur:

— Ah! qu'allez-vous faire?

— Manger de cette poule — dit l'homme à la momie.

— Gardez-vous-en bien — dit le Gangaride; — il se pourrait
faire que l'âme de la défunte fût passée dans le corps de cette
poule, et vous ne voudriez pas vous exposer à manger votre
tante. Faire cuire des poules, c'est outrager manifestement la
nature.[3]

— Que voulez-vous dire avec votre nature et vos poules? —
reprit le colérique Égyptien; — nous adorons un bœuf,[4] et nous
en mangeons bien.

— Vous adorez un bœuf! est-il possible? — dit l'homme du
Gange.

— Il n'y a rien de si possible — repartit l'autre; — il y a cent trente-cinq mille ans que nous en usons ainsi, et personne parmi nous n'y trouve à redire.

— Ah! cent trente-cinq mille ans! — dit l'Indien — ce compte est un peu exagéré; il n'y en a que quatre-vingt mille que l'Inde est peuplée, et assurément nous sommes vos anciens, et Brama nous avait défendu de manger des bœufs avant que vous vous fussiez avisés de les mettre sur les autels et à la broche.

— Voilà un plaisant animal que votre Brama, pour le comparer à Apis! — dit l'Égyptien; — qu'a donc fait votre Brama de si beau?

Le bramin répondit:

— C'est lui qui a appris aux hommes à lire et à écrire, et à qui toute la terre doit le jeu des échecs.

— Vous vous trompez — dit un Chaldéen qui était auprès de lui; — c'est le poisson Oannès[5] à qui on doit de si grands bienfaits, et il est juste de ne rendre qu'à lui ses hommages. Tout le monde vous dira que c'était un être divin, qu'il avait la queue dorée, avec une belle tête d'homme, et qu'il sortait de l'eau pour venir prêcher à terre trois heures par jour. Il eut plusieurs enfants qui furent rois, comme chacun sait.[6] J'ai son portrait chez moi, que je révère comme je le dois. On peut manger du bœuf tant qu'on veut; mais c'est assurément une très grande impiété de faire cuire du poisson; d'ailleurs vous êtes tous deux d'une origine trop peu noble et trop récente pour me rien disputer. La nation égyptienne ne compte que cent trente-cinq mille ans, et les Indiens ne se vantent que de quatre-vingt mille, tandis que nous avons des almanachs de quatre mille siècles. Croyez-moi, renoncez à vos folies, et je vous donnerai à chacun un beau portrait d'Oannès.

L'homme de Cambalu,[7] prenant la parole, dit:

— Je respecte fort les Égyptiens, les Chaldéens, les Grecs, les Celtes, Brama, le bœuf Apis, le beau poisson Oannès; mais

peut-être que le Li ou le Tien,[b] comme on voudra l'appeler, vaut
bien les bœufs et les poissons. Je ne dirai rien de mon pays; il est
aussi grand que la terre d'Égypte, la Chaldée et les Indes
ensemble. Je ne dispute pas d'antiquité, parce qu'il suffit d'être
heureux, et que c'est fort peu de chose d'être ancien; mais, s'il
fallait parler d'almanachs, je dirais que toute l'Asie prend les
nôtres, et que nous en avions de fort bons avant qu'on sût
l'arithmétique en Chaldée.[8]

— Vous êtes de grands ignorants tous tant que vous êtes! —
s'écria le Grec; — est-ce que vous ne savez pas que le chaos est
le père de tout, et que la forme et la matière ont mis le monde
dans l'état où il est?[9]

Ce Grec parla longtemps; mais il fut enfin interrompu par le
Celte,[10] qui, ayant beaucoup bu pendant qu'on disputait, se
crut alors plus savant que tous les autres, et dit en jurant qu'il
n'y avait que Teutath[11] et le gui de chêne qui valussent la peine
qu'on en parlât; que, pour lui, il avait toujours du gui dans sa
poche; que les Scythes, ses ancêtres, étaient les seules gens de
bien qui eussent jamais été au monde; qu'ils avaient, à la vérité,
quelquefois mangé des hommes, mais que cela n'empêchait pas
qu'on ne dût avoir beaucoup de respect pour sa nation; et
qu'enfin, si quelqu'un parlait mal de Teutath, il lui apprendrait à
vivre. La querelle s'échauffa pour lors, et Sétoc vit le moment où
la table allait être ensanglantée. Zadig, qui avait gardé le silence
pendant toute la dispute, se leva enfin: il s'adressa d'abord au
Celte, comme au plus furieux; il lui dit qu'il avait raison, et lui
demanda du gui; il loua le Grec sur son éloquence, et adoucit
tous les esprits échauffés. Il ne dit que très peu de chose à
l'homme du Cathay, parce qu'il avait été le plus raisonnable de
tous. Ensuite il leur dit:

— Mes amis, vous alliez vous quereller pour rien, car vous
êtes tous du même avis.

b. Mots chinois qui signifient proprement: *Li*, la lumière naturelle, la raison;
et *Tien*, le ciel; et qui signifient aussi Dieu. (*Note de Voltaire.*)

A ce mot, ils se récrièrent tous.

— N'est-il pas vrai — dit-il au Celte — que vous n'adorez pas ce gui, mais celui qui a fait le gui et le chêne?

— Assurément — répondit le Celte.

— Et vous, monsieur l'Égyptien, vous révérez apparemment dans un certain bœuf celui qui vous a donné les bœufs?

— Oui — dit l'Égyptien.

— Le poisson Oannès — continua-t-il — doit céder à celui qui a fait la mer et les poissons.

— D'accord — dit le Chaldéen.

— L'Indien — ajouta-t-il — et le Cathayen, reconnaissent comme vous un premier principe; je n'ai pas trop bien compris les choses admirables que le Grec a dites, mais je suis sûr qu'il admet aussi un Être supérieur, de qui la forme et la matière dépendent.

Le Grec, qu'on admirait, dit que Zadig avait très bien pris sa pensée.

— Vous êtes donc tous de même avis — répliqua Zadig — et il n'y a pas là de quoi se quereller.[12]

Tout le monde l'embrassa. Sétoc, après avoir vendu fort cher ses denrées, reconduisit son ami Zadig dans sa tribu. Zadig apprit en arrivant qu'on lui avait fait son procès en son absence, et qu'il allait être brûlé à petit feu.

# CHAPITRE XIII

## LE RENDEZ-VOUS

Pendant son voyage à Bassora, les prêtres des étoiles avaient résolu de le punir. Les pierreries et les ornements des jeunes veuves qu'ils envoyaient au bûcher leur appartenaient de droit; c'était bien le moins qu'ils fissent brûler Zadig pour le mauvais

tour qu'il leur avait joué. Ils accusèrent donc Zadig d'avoir des
sentiments erronés sur l'armée céleste; ils déposèrent contre lui,
et jurèrent qu'ils lui avaient entendu dire que les étoiles ne se
couchaient pas dans la mer. Ce blasphème effroyable fit frémir
les juges; ils furent près de déchirer leurs vêtements, quand ils
ouïrent ces paroles impies, et ils l'auraient fait, sans doute, si
Zadig avait eu de quoi les payer. Mais, dans l'excès de leur
douleur, ils se contentèrent de le condamner à être brûlé à petit
feu. Sétoc, désespéré, employa en vain son crédit pour sauver
son ami; il fut bientôt obligé de se taire. La jeune veuve Almona,
qui avait pris beaucoup de goût à la vie, et qui en avait obligation
à Zadig, résolut de le tirer du bûcher, dont il lui avait fait
connaître l'abus. Elle roula son dessein dans sa tête, sans en
parler à personne. Zadig devait être exécuté le lendemain; elle
n'avait que la nuit pour le sauver: voici comme elle s'y prit en
femme charitable et prudente.

Elle se parfuma; elle releva sa beauté par l'ajustement le plus
riche et le plus galant, et alla demander une audience secrète au
chef des prêtres des étoiles. Quand elle fut devant ce vieillard
vénérable, elle lui parla en ces termes:

— Fils aîné de la grande Ourse, frère du Taureau, cousin du
grand Chien (c'étaient les titres de ce pontife), je viens vous
confier mes scrupules. J'ai bien peur d'avoir commis un péché
énorme en ne me brûlant pas dans le bûcher de mon cher mari.
En effet qu'avais-je à conserver? une chair périssable, et qui est
déjà toute flétrie.

En disant ces paroles, elle tira de ses longues manches de
soie ses bras nus, d'une forme admirable et d'une blancheur
éblouissante.

— Vous voyez — dit-elle — le peu que cela vaut.

Le pontife trouva dans son cœur que cela valait beaucoup.
Ses yeux le dirent, et sa bouche le confirma: il jura qu'il n'avait
vu de sa vie de si beaux bras.

— Hélas! — lui dit la veuve — les bras peuvent être un peu

moins mal que le reste; mais vous m'avouerez que la gorge n'était pas digne de mes attentions.

Alors elle laissa voir le sein le plus charmant que la nature eût jamais formé. Un bouton de rose sur une pomme d'ivoire n'eût paru auprès que de la garance sur du buis, et les agneaux sortant du lavoir auraient semblé d'un jaune brun. Cette gorge, ses grands yeux noirs qui languissaient en brillant doucement d'un feu tendre, ses joues animées de la plus belle pourpre mêlée au blanc de lait le plus pur; son nez, qui n'était pas comme la tour du mont Liban;[1] ses lèvres, qui étaient comme deux bordures de corail renfermant les plus belles perles de la mer d'Arabie, tout cela ensemble fit croire au vieillard qu'il avait vingt ans. Il fit en bégayant une déclaration tendre. Almona, le voyant enflammé, lui demanda la grâce de Zadig.

— Hélas! — dit-il — ma belle dame, quand je vous accorderais sa grâce, mon indulgence ne servirait de rien; il faut qu'elle soit signée de trois autres de mes confrères.

— Signez toujours — dit Almona.

— Volontiers — dit le prêtre — à condition que vos faveurs seront le prix de ma facilité.

— Vous me faites trop d'honneur — dit Almona; — ayez seulement pour agréable de venir dans ma chambre après que le soleil sera couché, et dès que la brillante étoile *Sheat* sera sur l'horizon, vous me trouverez sur un sofa couleur de rose, et vous en userez comme vous pourrez avec votre servante.

Elle sortit alors, emportant avec elle la signature, et laissa le vieillard plein d'amour et de défiance de ses forces. Il employa le reste du jour à se baigner; il but une liqueur composée de la cannelle de Ceylan, et des précieuses épices de Tidor et de Ternate, et attendit avec impatience que l'étoile *Sheat* vînt à paraître.

Cependant la belle Almona alla trouver le second pontife. Celui-ci l'assura que le soleil, la lune, et tous les feux du firmament, n'étaient que des feux follets en comparaison de ses charmes. Elle lui demanda la même grâce, et on lui proposa d'en donner le prix. Elle se laissa vaincre, et donna rendez-vous au second pontife au lever de l'étoile *Algénib*. De là elle passa chez le troisième et chez le quatrième prêtre, prenant toujours une signature, et donnant un rendez-vous d'étoile en étoile. Alors elle fit avertir les juges de venir chez elle pour une affaire importante. Ils s'y rendirent: elle leur montra les quatre noms, et leur dit à quel prix les prêtres avaient vendu la grâce de Zadig. Chacun d'eux arriva à l'heure prescrite; chacun fut bien étonné d'y trouver ses confrères, et plus encore d'y trouver les juges, devant qui leur honte fut manifestée. Zadig fut sauvé. Sétoc fut si charmé de l'habileté d'Almona, qu'il en fit sa femme.

# CHAPITRE XIV

## LA DANSE[1]

Sétoc devait aller, pour les affaires de son commerce, dans l'île de Serendib;[2] mais le premier mois de son mariage qui est, comme on sait, la lune du miel, ne lui permettait ni de quitter sa femme, ni de croire qu'il pût jamais la quitter: il pria son ami Zadig de faire pour lui le voyage.

— Hélas! — disait Zadig — faut-il que je mette encore un plus vaste espace entre la belle Astarté et moi? Mais il faut servir mes bienfaiteurs.

Il dit, il pleura, et il partit.

Il ne fut pas longtemps dans l'île de Serendib sans y être regardé comme un homme extraordinaire. Il devint l'arbitre de tous les différends entre les négociants, l'ami des sages, le conseil du petit nombre de gens qui prennent conseil. Le roi voulut le voir et l'entendre. Il connut bientôt tout ce que valait Zadig; il eut confiance en sa sagesse, et en fit son ami. La familiarité et l'estime du roi fit trembler Zadig. Il était nuit et jour pénétré du malheur que lui avaient attiré les bontés de Moabdar. «Je plais au roi — disait-il — ne serai-je pas perdu?» Cependant il ne pouvait se dérober aux caresses de Sa Majesté: car il faut avouer que Nabussan, roi de Serendib, fils de Nussanab, fils de Nabassun, fils de Sanbusna, était un des meilleurs princes de l'Asie; et que, quand on lui parlait, il était difficile de ne le pas aimer.

Ce bon prince était toujours loué, trompé et volé: c'était à qui pillerait ses trésors. Le receveur général[3] de l'île de Serendib donnait toujours cet exemple, fidèlement suivi par les autres. Le roi le savait; il avait changé de trésorier plusieurs fois; mais il n'avait pu changer la mode établie de partager les revenus du roi en deux moitiés inégales, dont la plus petite revenait toujours à Sa Majesté, et la plus grosse aux administrateurs.

Le roi Nabussan confia sa peine au sage Zadig.

— Vous qui savez tant de belles choses — lui dit-il — ne sauriez-vous point le moyen de me faire trouver un trésorier qui ne me vole point?

— Assurément — répondit Zadig — je sais une façon infaillible de vous donner un homme qui ait les mains nettes.

Le roi, charmé, lui demanda, en l'embrassant comment il fallait s'y prendre.

— Il n'y a — dit Zadig — qu'à faire danser tous ceux qui se présenteront pour la dignité de trésorier, et celui qui dansera avec le plus de légèreté sera infailliblement le plus honnête homme.[4]

— Vous vous moquez — dit le roi; — voilà une plaisante façon de choisir un receveur de mes finances! Quoi, vous prétendez que celui qui fera le mieux un entrechat sera le financier le plus intègre et le plus habile!

— Je ne vous réponds pas qu'il sera le plus habile — repartit Zadig; — mais je vous assure que ce sera indubitablement le plus honnête homme.

Zadig parlait avec tant de confiance que le roi crut qu'il avait quelque secret surnaturel pour connaître les financiers.

— Je n'aime pas le surnaturel — dit Zadig; — les gens et les livres à prodiges m'ont toujours déplu:[5] si Votre Majesté veut me laisser faire l'épreuve que je lui propose, elle sera bien convaincue que mon secret est la chose la plus simple et la plus aisée.

Nabussan, roi de Serendib, fut bien plus étonné d'entendre que ce secret était simple, que si on le lui avait donné pour un miracle:

— Or bien — dit-il — faites comme vous l'entendrez.

— Laissez-moi faire — dit Zadig — vous gagnerez à cette épreuve plus que vous ne pensez.

Le jour même il fit publier, au nom du roi, que tous ceux qui prétendaient à l'emploi de haut receveur des deniers de Sa Gracieuse Majesté Nabussan, fils de Nussanab, eussent à se rendre, en habits de soie légère, le premier de la lune du crocodile, dans l'antichambre du roi. Ils s'y rendirent au nombre de soixante et quatre. On avait fait venir des violons[6] dans un salon voisin; tout était préparé pour le bal; mais la porte de ce salon était fermée, et il fallait, pour y entrer, passer par une petite galerie assez obscure. Un huissier vint chercher et introduire chaque candidat, l'un après l'autre, par ce passage dans lequel on le laissait seul quelques minutes. Le roi, qui avait le mot, avait étalé tous ses trésors dans cette galerie. Lorsque tous les prétendants furent arrivés dans le salon, Sa Majesté ordonna qu'on les fît danser. Jamais on ne dansa plus pesamment et avec moins de grâce; ils avaient tous la tête baissée, les reins courbés, les mains collées à leurs côtés.

— Quels fripons! — disait tout bas Zadig.

Un seul d'entre eux formait des pas avec agilité, la tête haute, le regard assuré, les bras étendus, le corps droit, le jarret ferme.

— Ah! l'honnête homme! le brave homme! — disait Zadig.

Le roi embrassa ce bon danseur, le déclara trésorier, et tous les autres furent punis et taxés avec la plus grande justice du monde: car chacun, dans le temps qu'il avait été dans la galerie,

avait rempli ses poches, et pouvait à peine marcher. Le roi fut
fâché pour la nature humaine que de ces soixante et quatre
danseurs il y eût soixante et trois filous. La galerie obscure fut
appelée *le corridor de la tentation*. On aurait en Perse empalé
ces soixante et trois seigneurs; en d'autres pays on eût fait une
chambre de justice qui eût consommé en frais le triple de l'argent
volé, et qui n'eût rien remis dans les coffres du souverain; dans
un autre royaume, ils se seraient pleinement justifiés, et auraient
fait disgracier ce danseur si léger: à Serendib, ils ne furent
condamnés qu'à augmenter le trésor public, car Nabussan était
fort indulgent.[7]

Il était fort reconnaissant; il donna à Zadig une somme d'argent
plus considérable qu'aucun trésorier n'en avait jamais volé au roi
son maître. Zadig s'en servit pour envoyer des exprès à Babylone,
qui devaient l'informer de la destinée d'Astarté. Sa voix trembla
en donnant cet ordre, son sang reflua vers son cœur, ses yeux se
couvrirent de ténèbres, son âme fut prête à l'abandonner. Le
courrier partit, Zadig le vit embarquer; il rentra chez le roi, ne
voyant personne, croyant être dans sa chambre, et prononçant
le nom d'amour.

— Ah! l'amour — dit le roi; — c'est précisément ce dont il
s'agit; vous avez deviné ce qui fait ma peine. Que vous êtes un
grand homme! J'espère que vous m'apprendrez à connaître une
femme à toute épreuve, comme vous m'avez fait trouver un
trésorier désintéressé. Zadig, ayant repris ses sens, lui promit de le
servir en amour comme en finance, quoique la chose parût plus
difficile encore.

## CHAPITRE XV

### LES YEUX BLEUS

— Le corps et le cœur — dit le roi à Zadig . . .

A ces mots, le Babylonien ne put s'empêcher d'interrompre
Sa Majesté.

— Que je vous sais bon gré — dit-il — de n'avoir point dit
*l'esprit et le cœur!*[1] Car on n'entend que ces mots dans les
conversations de Babylone; on ne voit que des livres où il est
question du cœur et de l'esprit, composés par des gens qui n'ont
ni de l'un ni de l'autre; mais, de grâce, sire, poursuivez.

Nabussan continua ainsi:

— Le corps et le cœur sont chez moi destinés à aimer; la
première de ces deux puissances a tout lieu d'être satisfaite. J'ai
ici cent femmes à mon service, toutes belles, complaisantes,
prévenantes, voluptueuses même, ou feignant de l'être avec moi.
Mon cœur n'est pas à beaucoup près si heureux. Je n'ai que trop
éprouvé qu'on caresse beaucoup le roi de Serendib, et qu'on se
soucie fort peu de Nabussan. Ce n'est pas que je croie mes femmes
infidèles; mais je voudrais trouver une âme qui fût à moi; je
donnerais pour un pareil trésor les cents beautés dont je possède
les charmes: voyez si, sur ces cent sultanes, vous pouvez m'en
trouver une dont je sois sûr d'être aimé.

Zadig lui répondit comme il avait fait sur l'article des financiers:

— Sire, laissez-moi faire; mais permettez d'abord que je
dispose de ce que vous aviez étalé dans la galerie de la tentation;
je vous en rendrai bon compte, et vous n'y perdrez rien.

Le roi le laissa le maître absolu. Il choisit dans Serendib trente-
trois petits bossus des plus vilains qu'il put trouver, trente-trois
pages des plus beaux, et trente-trois bonzes[2] des plus éloquents
et des plus robustes. Il leur laissa à tous la liberté d'entrer dans
les cellules des sultanes; chaque petit bossu eut quatre mille

pièces d'or à donner; et dès le premier jour tous les bossus furent heureux. Les pages, qui n'avaient rien à donner qu'eux-mêmes, ne triomphèrent qu'au bout de deux ou trois jours. Les bonzes eurent un peu plus de peine; mais enfin trente-trois dévotes se rendirent à eux. Le roi, par des jalousies qui avaient vue sur toutes les cellules, vit toutes ces épreuves, et fut émerveillé. De ses cent femmes, quatre-vingt-dix-neuf succombèrent à ses yeux. Il en restait une toute jeune, toute neuve, de qui Sa Majesté n'avait jamais approché. On lui détacha, un, deux, trois bossus, qui lui offrirent jusqu'à vingt mille pièces; elle fut incorruptible, et ne put s'empêcher de rire de l'idée qu'avaient ces bossus de croire que de l'argent les rendrait mieux faits. On lui présenta les deux plus beaux pages; elle dit qu'elle trouvait le roi encore plus beau. On lui lâcha le plus éloquent des bonzes, et ensuite le plus intrépide; elle trouva le premier un bavard, et ne daigna pas même soupçonner le mérite du second.

— Le cœur fait tout — disait-elle — je ne céderai jamais ni à l'or d'un bossu, ni aux grâces d'un jeune homme, ni aux séductions d'un bonze: j'aimerai uniquement Nabussan, fils de Nussanab, et j'attendrai qu'il daigne m'aimer.

Le roi fut transporté de joie, d'étonnement et de tendresse. Il reprit tout l'argent qui avait fait réussir les bossus, et en fit présent à la belle Falide: c'était le nom de cette jeune personne. Il lui donna son cœur: elle le méritait bien. Jamais la fleur de la jeunesse ne fut si brillante; jamais les charmes de la beauté ne furent si enchanteurs. La vérité de l'histoire ne permet pas de taire qu'elle faisait mal la révérence, mais elle dansait comme les fées, chantait comme les sirènes, et parlait comme les Grâces: elle était pleine de talents et de vertus.

Nabussan, aimé, l'adora; mais elle avait les yeux bleus, et ce fut la source des plus grands malheurs. Il y avait une ancienne loi qui défendait aux rois d'aimer une de ces femmes que les Grecs ont appelées depuis boopies.[3] Le chef des bonzes avait établi cette loi il y avait plus de cinq mille ans; c'était pour s'approprier la maîtresse du premier roi de l'île de Serendib que ce premier bonze avait fait passer l'anathème des yeux bleus en constitution fondamentale d'État. Tous les ordres de l'empire vinrent faire à Nabussan des remontrances. On disait publiquement que les derniers jours du royaume étaient arrivés, que l'abomination était à son comble, que toute la nature était menacée d'un événement sinistre; qu'en un mot Nabussan, fils de Nussanab, aimait deux grands yeux bleus. Les bossus, les financiers, les bonzes, et les brunes, remplirent le royaume de leurs plaintes.

Les peuples sauvages qui habitent le nord de Serendib profitèrent de ce mécontentement général. Ils firent une irruption dans les États du bon Nabussan. Il demanda des subsides à ses sujets; les bonzes, qui possédaient la moitié des revenus de l'État, se contentèrent de lever les mains au ciel, et refusèrent de les mettre dans leurs coffres pour aider le roi. Ils firent de belles prières en musique et laissèrent l'État en proie aux barbares.

— O mon cher Zadig, me tireras-tu encore de cet horrible embarras? — s'écria douloureusement Nabussan.

— Très volontiers — répondit Zadig; — vous aurez de l'argent des bonzes tant que vous en voudrez. Laissez à l'abandon les terres où sont situés leurs châteaux, et défendez seulement les vôtres.

Nabussan n'y manqua pas: les bonzes vinrent se jeter aux pieds du roi, et implorer son assistance. Le roi leur répondit par une belle musique dont les paroles étaient des prières au ciel pour la conservation de leurs terres. Les bonzes enfin donnèrent de l'argent, et le roi finit heureusement la guerre.[4] Ainsi Zadig, par ses conseils sages et heureux, et par les plus grands services, s'était attiré l'irréconciliable inimitié des hommes les plus puissants de l'État; les bonzes et les brunes jurèrent sa perte; les financiers et les bossus ne l'épargnèrent pas; on le rendit suspect au bon Nabussan. Les services rendus restent souvent dans l'antichambre, et les soupçons entrent dans le cabinet, selon la sentence de Zoroastre: c'était tous les jours de nouvelles accusations; la première est repoussée, la seconde effleure, la troisième blesse, la quatrième tue.

Zadig, intimidé, qui avait bien fait les affaires de son ami Sétoc, et qui lui avait fait tenir son argent, ne songea plus qu'à partir de l'île, et résolut d'aller lui-même chercher des nouvelles d'Astarté.

— Car — disait-il — si je reste dans Serendib, les bonzes me feront empaler; mais où aller? je serai esclave en Égypte, brûlé selon toutes les apparences en Arabie, étranglé à Babylone. Cependant il faut savoir ce qu'Astarté est devenue: partons, et voyons à quoi me réserve ma triste destinée.[5]

# CHAPITRE XVI

### LE BRIGAND

En arrivant aux frontières qui séparent l'Arabie Pétrée de la Syrie, comme il passait près d'un château assez fort, des Arabes armés en sortirent. Il se vit entouré; on lui criait:

— Tout ce que vous avez nous appartient, et votre personne appartient à notre maître.

Zadig, pour réponse, tira son épée; son valet, qui avait du courage, en fit autant. Ils renversèrent morts les premiers Arabes qui mirent la main sur eux; le nombre redoubla: ils ne s'étonnèrent point, et résolurent de périr en combattant. On voyait deux hommes se défendre contre une multitude; un tel combat ne pouvait durer longtemps. Le maître du château, nommé Arbogad, ayant vu d'une fenêtre les prodiges de valeur que faisait Zadig, conçut de l'estime pour lui. Il descendit en hâte, et vint lui-même écarter ses gens, et délivrer les deux voyageurs.

— Tout ce qui passe sur mes terres est à moi — dit-il —

aussi bien que ce que je trouve sur les terres des autres; mais
vous me paraissez un si brave homme que je vous exempte de la
loi commune. Il le fit entrer dans son château, ordonnant à ses
gens de le bien traiter; et le soir Arbogad voulut souper avec
Zadig.

Le seigneur du château était un de ces Arabes qu'on appelle
*voleurs*;[1] mais il faisait quelquefois de bonnes actions parmi une
foule de mauvaises; il volait avec une rapacité furieuse, et
donnait libéralement: intrépide dans l'action, assez doux dans le
commerce, débauché à table, gai dans la débauche, et surtout
plein de franchise. Zadig lui plut beaucoup; sa conversation, qui
s'anima, fit durer le repas; enfin Arbogad lui dit:

— Je vous conseille de vous enrôler sous moi, vous ne
sauriez mieux faire; ce métier-ci n'est pas mauvais; vous pourrez
un jour devenir ce que je suis.

— Puis-je vous demander — dit Zadig — depuis quel temps
vous exercez cette noble profession?

— Dès ma plus tendre jeunesse — reprit le seigneur. —
J'étais valet d'un Arabe assez habile; ma situation m'était
insupportable. J'étais au désespoir de voir que, dans toute la
terre qui appartient également aux hommes, la destinée ne m'eût
pas réservé ma portion. Je confiai mes peines à un vieil Arabe,
qui me dit:

— Mon fils, ne désespérez pas; il y avait autrefois un grain de
sable qui se lamentait d'être un atome ignoré dans les déserts; au
bout de quelques années il devint diamant, et il est à présent le
plus bel ornement de la couronne du roi des Indes.

Ce discours me fit impression; j'étais le grain de sable, je
résolus de devenir diamant.[2] Je commençai par voler deux
chevaux; je m'associai des camarades; je me mis en état de voler
de petites caravanes: ainsi je fis cesser peu à peu la disproportion
qui était d'abord entre les hommes et moi. J'eus ma part aux
biens de ce monde, et je fus même dédommagé avec usure: on
me considéra beaucoup; je devins seigneur brigand; j'acquis ce

château par voie de fait. Le satrape de Syrie voulut m'en déposséder; mais j'étais déjà trop riche pour avoir rien à craindre; je donnai de l'argent au satrape, moyennant quoi je conservai ce château, et j'agrandis mes domaines; il me nomma même trésorier des tributs que l'Arabie Pétrée payait au roi des rois. Je fis ma charge de receveur, et point du tout celle de payeur.

Le grand desterham[3] de Babylone envoya ici, au nom du roi Moabdar, un petit satrape pour me faire étrangler. Cet homme arriva avec son ordre: j'étais instruit de tout; je fis étrangler en sa présence les quatre personnes qu'il avait amenées avec lui pour serrer le lacet; après quoi je lui demandai ce que pouvait lui valoir la commission de m'étrangler. Il me répondit que ses honoraires pouvaient aller à trois cents pièces d'or. Je lui fis voir clair qu'il y aurait plus à gagner avec moi. Je le fis sous-brigand; il est aujourd'hui un de mes meilleurs officiers, et des plus riches. Si vous m'en croyez, vous réussirez comme lui. Jamais la saison de voler n'a été meilleure, depuis que Moabdar est tué, et que tout est en confusion dans Babylone.

— Moabdar est tué! — dit Zadig; — et qu'est devenue la reine Astarté?

— Je n'en sais rien — reprit Arbogad; — tout ce que je sais, c'est que Moabdar est devenu fou, qu'il a été tué, que Babylone est un grand coupe-gorge, que tout l'empire est désolé, qu'il y a de beaux coups à faire encore, et que pour ma part, j'en ai fait d'admirables.

— Mais la reine — dit Zadig; — de grâce, ne savez-vous rien de la destinée de la reine?

— On m'a parlé d'un prince d'Hyrcanie — reprit-il; — elle est probablement parmi ses concubines, si elle n'a pas été tuée dans le tumulte; mais je suis plus curieux de butin que de nouvelles. J'ai pris plusieurs femmes dans mes courses, je n'en garde aucune; je les vends cher quand elles sont belles, sans m'informer de ce qu'elles sont. On n'achète point le rang; une reine qui serait laide ne trouverait pas marchand: peut-être ai-je vendu la reine Astarté, peut-être est-elle morte; mais peu m'importe, et je pense que vous ne devez pas vous en soucier plus que moi.

En parlant ainsi il buvait avec tant de courage, il confondait tellement toutes les idées, que Zadig n'en put tirer aucun éclaircissement.

Il restait interdit, accablé, immobile. Arbogad buvait toujours, faisait des contes, répétait sans cesse qu'il était le plus heureux de tous les hommes, exhortant Zadig à se rendre aussi heureux que lui. Enfin, doucement assoupi par les fumées du vin, il alla dormir d'un sommeil tranquille. Zadig passa la nuit dans l'agitation la plus violente.

— Quoi — disait-il — le roi est devenu fou! il est tué! Je ne puis m'empêcher de le plaindre. L'empire est déchiré, et ce brigand est heureux: ô fortune! ô destinée! un voleur est heureux, et ce que la nature a fait de plus aimable a péri peut-être d'une manière affreuse, ou vit dans un état pire que la mort. O Astarté! qu'êtes-vous devenue?

Dès le point du jour il interrogea tous ceux qu'il rencontrait dans le château; mais tout le monde était occupé, personne ne lui répondit: on avait fait pendant la nuit de nouvelles conquêtes, on partageait les dépouilles. Tout ce qu'il put obtenir dans cette confusion tumultueuse, ce fut la permission de partir. Il en profita sans tarder, plus abîmé que jamais dans ses réflexions douloureuses.

Zadig marchait inquiet, agité, l'esprit tout occupé de la malheureuse Astarté, du roi de Babylone, de son fidèle Cador, de l'heureux brigand Arbogad, de cette femme si capricieuse que des Babyloniens avaient enlevée sur les confins de l'Égypte, enfin de tous les contretemps et de toutes les infortunes qu'il avait éprouvés.

# CHAPITRE XVII

## LE PÊCHEUR[1]

A quelques lieues du château d'Arbogad, il se trouva sur le bord d'une petite rivière, toujours déplorant sa destinée, et se regardant comme le modèle du malheur. Il vit un pêcheur couché sur la rive, tenant à peine d'une main languissante son filet, qu'il semblait abandonner, et levant les yeux vers le ciel.

— Je suis certainement le plus malheureux de tous les hommes — disait le pêcheur. — J'ai été, de l'aveu de tout le monde, le plus célèbre marchand de fromages à la crème dans Babylone, et j'ai été ruiné. J'avais la plus jolie femme qu'homme de ma sorte pût posséder, et j'en[2] ai été trahi. Il me restait une chétive maison, je l'ai vue pillée et détruite. Réfugié dans une cabane, je n'ai de ressource que ma pêche, et je ne prends pas un poisson. O mon filet! je ne te jetterai plus dans l'eau, c'est à moi de m'y jeter.

En disant ces mots il se lève, et s'avance dans l'attitude d'un homme qui allait se précipiter et finir sa vie.

— Eh quoi! — se dit Zadig à lui-même — il y a donc des hommes aussi malheureux que moi![3]

L'ardeur de sauver la vie au pêcheur fut aussi prompte que cette réflexion. Il court à lui, il l'arrête, il l'interroge d'un air attendri et consolant. On prétend qu'on en est moins malheureux quand on ne l'est pas seul; mais, selon Zoroastre, ce n'est pas par malignité, c'est par besoin. On se sent alors entraîné vers un infortuné comme vers son semblable. La joie d'un homme heureux serait une insulte; mais deux malheureux sont comme deux arbrisseaux faibles qui, s'appuyant l'un sur l'autre, se fortifient contre l'orage.[4]

— Pourquoi succombez-vous à vos malheurs? — dit Zadig au pêcheur.

— C'est — répondit-il — parce que je n'y vois pas de

ressource. J'ai été le plus considéré du village de Derlback auprès
de Babylone, et je faisais, avec l'aide de ma femme, les meilleurs
fromages à la crème de l'empire. La reine Astarté et le fameux
ministre Zadig les aimaient passionnément. J'avais fourni à leurs
maisons six cents fromages. J'allai un jour à la ville pour être
payé; j'appris en arrivant dans Babylone que la reine et Zadig
avaient disparu. Je courus chez le seigneur Zadig, que je n'avais
jamais vu; je trouvai les archers du grand desterham, qui, munis
d'un papier royal, pillaient sa maison loyalement[5] et avec ordre.
Je volai aux cuisines de la reine; quelques-uns des seigneurs de la
bouche me dirent qu'elle était morte; d'autres dirent qu'elle était
en prison; d'autres prétendirent qu'elle avait pris la fuite; mais
tous m'assurèrent qu'on ne me payerait point mes fromages.
J'allai avec ma femme chez le seigneur Orcan, qui était une de
mes pratiques: nous lui demandâmes sa protection dans notre
disgrâce. Il l'accorda à ma femme, et me la refusa. Elle était plus
blanche que ses fromages à la crème qui commencèrent mon
malheur; et l'éclat de la pourpre de Tyr n'était pas plus brillant
que l'incarnat qui animait cette blancheur. C'est ce qui fit
qu'Orcan la retint, et me chassa de sa maison. J'écrivis à ma
chère femme la lettre d'un désespéré. Elle dit au porteur:

— Ah, ah! oui! je sais quel est l'homme qui m'écrit, j'en ai
entendu parler: on dit qu'il fait des fromages à la crème excellents;
qu'on m'en apporte, et qu'on les lui paye.

Dans mon malheur, je voulus m'adresser à la justice. Il me
restait six onces d'or: il fallut en donner deux onces à l'homme de
loi que je consultai, deux au procureur qui entreprit mon affaire,
deux au secrétaire du premier juge. Quand tout cela fut fait, mon
procès n'était pas encore commencé, et j'avais déjà dépensé plus
d'argent que mes fromages et ma femme ne valaient. Je retournai
à mon village dans l'intention de vendre ma maison pour avoir
ma femme.

Ma maison valait bien soixante onces d'or; mais on me voyait
pauvre et pressé de vendre. Le premier à qui je m'adressai m'en

offrit trente onces; le second, vingt; et le troisième, dix. J'étais près enfin de conclure, tant j'étais aveuglé, lorsqu'un prince d'Hyrcanie vint à Babylone, et ravagea tout sur son passage. Ma maison fut d'abord saccagée, et ensuite brûlée.

Ayant ainsi perdu mon argent, ma femme et ma maison, je me suis retiré dans ce pays où vous me voyez; j'ai tâché de subsister du métier de pêcheur. Les poissons se moquent de moi comme les hommes: je ne prends rien, je meurs de faim; et sans vous, auguste consolateur, j'allais mourir dans la rivière.

Le pêcheur ne fit point ce récit tout de suite;[6] car à tout moment Zadig, ému et transporté, lui disait:

— Quoi! vous ne savez rien de la destinée de la reine?

— Non, seigneur — répondait le pêcheur; — mais je sais que la reine et Zadig ne m'ont point payé mes fromages à la crème, qu'on a pris ma femme, et que je suis au désespoir.

— Je me flatte — dit Zadig — que vous ne perdrez pas tout votre argent. J'ai entendu parler de ce Zadig; il est honnête homme; et s'il retourne à Babylone, comme il l'espère, il vous donnera plus qu'il ne vous doit; mais pour votre femme, qui n'est pas si honnête, je vous conseille de ne pas chercher à la reprendre. Croyez-moi, allez à Babylone; j'y serai avant vous, parce que je suis à cheval[7] et que vous êtes à pied. Adressez-vous à l'illustre Cador; dites-lui que vous avez rencontré son ami; attendez-moi chez lui.[8] Allez; peut-être ne serez-vous pas toujours malheureux.

— O puissant Orosmade! — continua-t-il — vous vous servez de moi pour consoler cet homme; de qui vous servirez-vous pour me consoler?

En parlant ainsi il donnait au pêcheur la moitié de tout l'argent qu'il avait apporté d'Arabie, et le pêcheur, confondu et ravi, baisait les pieds de l'ami de Cador, et disait:

— Vous êtes un ange sauveur.

Cependant Zadig demandait toujours des nouvelles, et versait des larmes.

— Quoi! seigneur — s'écria le pêcheur — vous seriez donc aussi malheureux, vous qui faites du bien?

— Plus malheureux que toi cent fois — répondait Zadig.

— Mais comment se peut-il faire — disait le bonhomme — que celui qui donne soit plus à plaindre que celui qui reçoit?

— C'est que ton plus grand malheur — reprit Zadig — était le besoin, et que je suis infortuné par le cœur.

— Orcan vous aurait-il pris votre femme? — dit le pêcheur.

Ce mot rappela dans l'esprit de Zadig toutes ses aventures; il répétait la liste de ses infortunes, à commencer depuis la chienne de la reine jusqu'à son arrivée chez le brigand Arbogad.

— Ah! — dit-il au pêcheur — Orcan mérite d'être puni. Mais d'ordinaire ce sont ces gens-là qui sont les favoris de la destinée. Quoi qu'il en soit, va chez le seigneur Cador, et attends-moi.

Ils se séparèrent: le pêcheur marcha en remerciant son destin, et Zadig courut en accusant toujours le sien.


# CHAPITRE XVIII

## LE BASILIC[1]

Arrivé dans une belle prairie, il y vit plusieurs femmes qui cherchaient quelque chose avec beaucoup d'application. Il prit la liberté de s'approcher de l'une d'elles, et de lui demander s'il pouvait avoir l'honneur de les aider dans leurs recherches.

— Gardez-vous-en bien — répondit la Syrienne; — ce que nous cherchons ne peut être touché que par des femmes.

— Voilà qui est bien étrange — dit Zadig; — oserai-je vous prier de m'apprendre ce que c'est qu'il n'est permis qu'aux femmes de toucher?

— C'est un basilic — dit-elle.

— Un basilic, madame! et pour quelle raison, s'il vous plaît, cherchez-vous un basilic?

— C'est pour notre seigneur et maître Ogul, dont vous voyez le château sur le bord de cette rivière, au bout de la prairie. Nous sommes ses très humbles esclaves; le seigneur Ogul est malade; son médecin lui a ordonné de manger un basilic cuit dans l'eau rose; et comme c'est un animal fort rare, et qui ne se laisse jamais prendre que par des femmes, le seigneur Ogul a promis de choisir pour sa femme bien-aimée celle de nous qui lui apporterait un basilic: laissez-moi chercher, s'il vous plaît, car vous voyez ce qu'il m'en coûterait si j'étais prévenue par mes compagnes.

Zadig laissa cette Syrienne et les autres chercher leur basilic, et continua de marcher dans la prairie. Quand il fut au bord d'un petit ruisseau, il y trouva une autre dame couchée sur le gazon, et qui ne cherchait rien. Sa taille paraissait majestueuse, mais son visage était couvert d'un voile. Elle était penchée vers le ruisseau; de profonds soupirs sortaient de sa bouche. Elle tenait en main une petite baguette, avec laquelle elle traçait des caractères sur un sable fin qui se trouvait entre le gazon et le ruisseau. Zadig eut la curiosité de voir ce que cette femme écrivait; il s'approcha, il vit la lettre Z, puis un A: il fut étonné; puis parut un D: il tressaillit. Jamais surprise ne fut égale à la sienne quand il vit les deux dernières lettres de son nom. Il demeura quelque temps immobile; enfin, rompant le silence d'une voix entrecoupée:

— O généreuse[2] dame! pardonnez à un étranger, à un infortuné, d'oser vous demander par quelle aventure étonnante je trouve ici le nom de ZADIG tracé de votre main divine?

A cette voix, à ces paroles, la dame releva son voile d'une main tremblante, regarda Zadig, jeta un cri d'attendrissement, de surprise et de joie, et succombant sous tous les mouvements divers qui assaillaient à la fois son âme, elle tomba évanouie entre ses bras. C'était Astarté elle-même, c'était la reine de Babylone, c'était celle que Zadig adorait, et qu'il se reprochait d'adorer, c'était celle dont il avait tant pleuré et tant craint la destinée. Il fut un moment privé de l'usage de ses sens; et quand il eut attaché ses regards sur les yeux d'Astarté, qui se rouvraient avec une langueur mêlée de confusion et de tendresse:

— O puissances immortelles! — s'écria-t-il — qui présidez aux destins des faibles humains, me rendez-vous Astarté? En quel temps, en quels lieux, en quel état la revois-je?

Il se jeta à genoux devant Astarté, et il attacha son front à la poussière de ses pieds. La reine de Babylone le relève, et le fait asseoir auprès d'elle sur le bord de ce ruisseau; elle essuyait à plusieurs reprises ses yeux, dont les larmes recommençaient toujours à couler. Elle reprenait vingt fois des discours que ses gémissements interrompaient; elle l'interrogeait sur le hasard qui les rassemblait, et prévenait soudain ses réponses par d'autres questions. Elle entamait le récit de ses malheurs, et voulait savoir ceux de Zadig. Enfin tous deux ayant un peu apaisé le tumulte de leurs âmes, Zadig lui conta en peu de mots par quelle aventure il se trouvait dans cette prairie.[3]

— Mais, ô malheureuse et respectable reine! comment vous retrouvé-je en ce lieu écarté, vêtue en esclave, et accompagnée d'autres femmes esclaves qui cherchent un basilic pour le faire cuire dans de l'eau rose par ordonnance du médecin?

— Pendant qu'elles cherchent leur basilic — dit la belle Astarté — je vais vous apprendre tout ce que j'ai souffert, et tout ce que je pardonne au ciel depuis que je vous revois. Vous savez que le roi mon mari trouva mauvais que vous fussiez le plus aimable de tous les hommes; et ce fut pour cette raison qu'il prit une nuit la résolution de vous faire étrangler et de m'empoisonner. Vous savez comme le ciel permit que mon petit muet m'avertît de l'ordre de sa Sublime Majesté. A peine le fidèle Cador vous eut-il forcé de m'obéir et de partir, qu'il osa entrer chez moi au milieu de la nuit par une issue secrète. Il m'enleva, et me conduisit dans le temple d'Orosmade, où le mage, son frère, m'enferma dans une statue colossale dont la base touche aux fondements du temple, et dont la tête atteint la voûte. Je fus là comme ensevelie,

mais servie par le mage, et ne manquant d'aucune chose nécessaire. Cependant, au point du jour, l'apothicaire de Sa Majesté
entra dans ma chambre avec une potion mêlée de jusquiame,
d'opium, de ciguë, d'ellébore noir et d'aconit; et un autre officier
alla chez vous avec un lacet de soie bleue. On ne trouva personne.
Cador, pour mieux tromper le roi, feignit de venir nous accuser
tous deux. Il dit que vous aviez pris la route des Indes, et moi
celle de Memphis: on envoya des satellites après vous et après moi.

Les courriers qui me cherchaient ne me connaissaient pas. Je
n'avais presque jamais montré mon visage qu'à vous seul, en
présence et par ordre de mon époux. Ils coururent à ma poursuite,
sur le portrait qu'on leur faisait de ma personne: une femme de la
même taille que moi, et qui peut-être avait plus de charmes,
s'offrit à leurs regards sur les frontières de l'Égypte. Elle était
éplorée, errante. Ils ne doutèrent pas que cette femme ne fût la
reine de Babylone; ils la menèrent à Moabdar. Leur méprise fit
entrer d'abord le roi dans une violente colère; mais bientôt,
ayant considéré de plus près cette femme, il la trouva très belle,
et fut consolé. On l'appelait Missouf. On m'a dit depuis que ce
nom signifie en langue égyptienne *la belle capricieuse*. Elle l'était
en effet; mais elle avait autant d'art que de caprice. Elle plut à
Moabdar. Elle le subjugua au point de se faire déclarer sa femme.
Alors son caractère se développa tout entier: elle se livra sans
crainte à toutes les folies de son imagination. Elle voulut obliger
le chef des mages, qui était vieux et goutteux, de danser devant
elle; et sur le refus du mage, elle le persécuta violemment. Elle
ordonna à son grand-écuyer de lui faire une tourte de confitures.
Le grand-écuyer eut beau lui représenter qu'il n'était point
pâtissier, il fallut qu'il fît la tourte; et on le chassa, parce qu'elle
était trop brûlée. Elle donna la charge de grand-écuyer à son nain,
et la place de chancelier à un page. C'est ainsi qu'elle gouverna
Babylone. Tout le monde me regrettait. Le roi, qui avait été
assez honnête homme jusqu'au moment où il avait voulu m'empoisonner et vous faire étrangler, semblait avoir noyé ses vertus

dans l'amour prodigieux qu'il avait pour la belle capricieuse. Il
vint au temple le grand jour du feu sacré. Je le vis implorer les
dieux pour Missouf au pied de la statue où j'étais renfermée.
J'élevai la voix; je lui criai: «Les dieux refusent les vœux d'un
roi devenu tyran, qui a voulu faire mourir une femme raisonnable
pour épouser une extravagante.»[4] Moabdar fut confondu de ces
paroles au point que sa tête se troubla. L'oracle que j'avais rendu,
et la tyrannie de Missouf, suffisaient pour lui faire perdre le
jugement. Il devint fou en peu de jours.

Sa folie, qui parut un châtiment du ciel, fut le signal de la
révolte. On se souleva, on courut aux armes. Babylone, si longtemps plongée dans une mollesse oisive, devint le théâtre d'une
guerre civile affreuse. On me tira du creux de ma statue, et on me
mit à la tête d'un parti. Cador courut à Memphis, pour vous
ramener à Babylone. Le prince d'Hyrcanie, apprenant ces funestes
nouvelles, revint avec son armée faire un troisième parti dans la
Chaldée. Il attaqua le roi, qui courut au-devant de lui avec son
extravagante Égyptienne. Moabdar mourut percé de coups.
Missouf tomba aux mains du vainqueur. Mon malheur voulut que
je fusse prise moi-même par un parti hyrcanien, et qu'on me
menât devant le prince précisément dans le temps qu'on lui
amenait Missouf. Vous serez flatté, sans doute, en apprenant que
le prince me trouva plus belle que l'Égyptienne; mais vous serez
fâché d'apprendre qu'il me destina à son sérail. Il me dit fort
résolument que, dès qu'il aurait fini une expédition militaire qu'il
allait exécuter, il viendrait à moi. Jugez de ma douleur. Mes liens
avec Moabdar étaient rompus, je pouvais être à Zadig; et je
tombais dans les chaînes de ce barbare. Je lui répondis avec toute
la fierté que me donnaient mon rang et mes sentiments. J'avais
toujours entendu dire que le ciel attachait aux personnes de ma
sorte un caractère de grandeur qui, d'un mot et d'un coup d'œil,
faisait rentrer dans l'abaissement du plus profond respect les
téméraires qui osaient s'en écarter. Je parlai en reine, mais je fus
traitée en demoiselle suivante.[5] L'Hyrcanien, sans daigner seule-

ment m'adresser la parole, dit à son eunuque noir que j'étais une
impertinente, mais qu'il me trouvait jolie. Il lui ordonna d'avoir
soin de moi et de me mettre au régime des favorites, afin de me
rafraîchir le teint, et de me rendre plus digne de ses faveurs pour
le jour où il aurait la commodité de m'en honorer. Je lui dis que
je me tuerais: il répliqua, en riant, qu'on ne se tuait point, qu'il
était fait à ces façons-là, et me quitta comme un homme qui vient
de mettre un perroquet dans sa ménagerie. Quel état pour la
première reine de l'univers, et je dirai plus, pour un cœur qui
était à Zadig!

A ces paroles il se jeta à ses genoux et les baigna de larmes.
Astarté le releva tendrement, et elle continua ainsi:

— Je me voyais au pouvoir d'un barbare, et rivale d'une folle
avec qui j'étais renfermée. Elle me raconta son aventure d'Égypte.
Je jugeai par les traits dont elle vous peignait, par le temps, par
le dromadaire sur lequel vous étiez monté, par toutes les circonstances, que c'était Zadig qui avait combattu pour elle. Je ne
doutai pas que vous ne fussiez à Memphis; je pris la résolution de
m'y retirer.

— Belle Missouf — lui dis-je — vous êtes beaucoup plus
plaisante que moi, vous divertirez bien mieux que moi le prince
d'Hyrcanie. Facilitez-moi les moyens de me sauver; vous
régnerez seule; vous me rendrez heureuse, en vous débarrassant
d'une rivale.

Missouf concerta avec moi les moyens de ma fuite. Je partis
donc secrètement avec une esclave égyptienne.

J'étais déjà près de l'Arabie, lorsqu'un fameux voleur, nommé
Arbogad, m'enleva, et me vendit à des marchands qui m'ont
amenée dans ce château, où demeure le seigneur Ogul. Il m'a
achetée sans savoir qui j'étais. C'est un homme voluptueux qui
ne cherche qu'à faire grande chère et qui croit que Dieu l'a mis au
monde pour tenir table. Il est d'un embonpoint excessif, qui est
toujours prêt à le suffoquer. Son médecin, qui n'a que peu de
crédit auprès de lui quand il digère bien, le gouverne despotique-

ment quand il a trop mangé. Il lui a persuadé qu'il le guérirait avec un basilic cuit dans de l'eau rose. Le seigneur Ogul a promis sa main à celle de ses esclaves qui lui apporterait un basilic. Vous voyez que je les laisse s'empresser à mériter cet honneur, et je n'ai jamais eu moins d'envie de trouver ce basilic que depuis que le ciel a permis que je vous revisse.

Alors Astarté et Zadig se dirent tout ce que des sentiments longtemps retenus, tout ce que leurs malheurs et leurs amours pouvaient inspirer aux cœurs les plus nobles et les plus passionnés; et les génies qui président à l'amour portèrent leurs paroles jusqu'à la sphère de Vénus.[6]

Les femmes rentrèrent chez Ogul sans avoir rien trouvé. Zadig se fit présenter à lui, et lui parla en ces termes:

— Que la santé immortelle descende du ciel pour avoir soin de tous vos jours! Je suis médecin, j'ai accouru vers vous sur le bruit de votre maladie, et je vous ai apporté un basilic cuit dans de l'eau rose. Ce n'est pas que je prétende vous épouser: je ne vous demande que la liberté d'une jeune esclave de Babylone que vous avez depuis quelques jours; et je consens de rester en esclavage à sa place si je n'ai pas le bonheur de guérir le magnifique seigneur Ogul.

La proposition fut acceptée. Astarté partit pour Babylone avec le domestique de Zadig, en lui promettant de lui envoyer incessamment un courrier pour l'instruire de tout ce qui se serait passé. Leurs adieux furent aussi tendres que l'avait été leur reconnaissance. Le moment où l'on se retrouve, et celui où l'on se sépare, sont les deux plus grandes époques de la vie, comme dit le grand livre du Zend. Zadig aimait la reine autant qu'il le jurait, et la reine aimait Zadig plus qu'elle ne lui disait.

Cependant Zadig parla ainsi à Ogul:

— Seigneur, on ne mange point mon basilic, toute sa vertu doit entrer chez vous par les pores. Je l'ai mis dans une petite outre bien enflée et couverte d'une peau fine: il faut que vous poussiez cette outre de toute votre force, et que je vous la renvoie à plusieurs reprises; et en peu de jours de régime vous verrez ce que peut mon art.

Ogul, dès le premier jour, fut tout essoufflé, et crut qu'il mourrait de fatigue. Le second, il fut moins fatigué, et dormit mieux. En huit jours il recouvra toute la force, la santé, la légèreté et la gaieté de ses plus brillantes années.[7]

— Vous avez joué au ballon, et vous avez été sobre — lui dit Zadig :— apprenez qu'il n'y a point de basilic dans la nature, qu'on se porte toujours bien avec de la sobriété et de l'exercice, et que l'art de faire subsister ensemble l'intempérance et la santé est un art aussi chimérique que la pierre philosophale,[8] l'astrologie judiciaire et la théologie des mages.

Le premier médecin d'Ogul, sentant combien cet homme était dangereux pour la médecine, s'unit avec l'apothicaire du corps pour envoyer Zadig chercher des basilics dans l'autre monde. Ainsi, après avoir été toujours puni pour avoir bien fait, il était près de périr pour avoir guéri un seigneur gourmand. On l'invita à un excellent dîner. Il devait être empoisonné au second service; mais il reçut un courrier de la belle Astarté au premier. Il quitta la table, et partit. Quand on est aimé d'une belle femme, dit le grand Zoroastre, on se tire toujours d'affaire dans ce monde.

# CHAPITRE XIX

## LES COMBATS[1]

La reine avait été reçue à Babylone avec les transports qu'on a toujours pour une belle princesse qui a été malheureuse. Babylone alors paraissait être plus tranquille. Le prince d'Hyrcanie avait été tué dans un combat. Les Babyloniens, vainqueurs, déclarèrent qu'Astarté épouserait celui qu'on choisirait pour souverain. On ne voulut point que la première place du monde, qui serait celle

de mari d'Astarté et de roi de Babylone, dépendît des intrigues
et des cabales. On jura de reconnaître pour roi le plus vaillant et
le plus sage. Une grande lice, bordée d'amphithéâtres magnifiquement ornés, fut formée à quelques lieues de la ville. Les
combattants devaient s'y rendre armés de toutes pièces. Chacun
d'eux avait derrière les amphithéâtres un appartement séparé, où
il ne devait être vu ni connu de personne. Il fallait courir quatre
lances. Ceux qui seraient assez heureux pour vaincre quatre
chevaliers devaient combattre ensuite les uns contre les autres;
de façon que celui qui resterait le dernier maître du camp serait
proclamé le vainqueur des jeux. Il devait revenir quatre jours
après avec les mêmes armes, et expliquer les énigmes proposées
par les mages. S'il n'expliquait point les énigmes, il n'était point
roi, et il fallait recommencer à courir des lances, jusqu'à ce qu'on
trouvât un homme qui fût vainqueur dans ces deux combats: car
on voulait absolument pour roi le plus vaillant et le plus sage.
La reine, pendant tout ce temps, devait être étroitement gardée:
on lui permettait seulement d'assister aux jeux, couverte d'un
voile; mais on ne souffrait pas qu'elle parlât à aucun des prétendants, afin qu'il n'y eût ni faveur ni injustice.

Voilà ce qu'Astarté faisait savoir à son amant, espérant qu'il
montrerait pour elle plus de valeur et d'esprit que personne. Il
partit, et pria Vénus[2] de fortifier son courage et d'éclairer son
esprit. Il arriva sur le rivage de l'Euphrate la veille de ce grand
jour. Il fit inscrire sa devise parmi celles des combattants, en
cachant son visage et son nom, comme la loi l'ordonnait, et alla
se reposer dans l'appartement qui lui échut par le sort. Son ami
Cador, qui était revenu à Babylone, après l'avoir inutilement
cherché en Égypte, fit porter dans sa loge une armure complète
que la reine lui envoyait. Il lui fit amener aussi de sa part le plus
beau cheval de Perse. Zadig reconnut Astarté à ces présents: son
courage et son amour en prirent de nouvelles forces et de
nouvelles espérances.

Le lendemain, la reine étant venue se placer sous un dais de

pierreries, et les amphithéâtres étant remplis de toutes les dames[3]
et de tous les ordres de Babylone, les combattants parurent dans
le cirque. Chacun d'eux vint mettre sa devise aux pieds du grand
mage. On tira au sort les devises; celle de Zadig fut la dernière.
Le premier qui s'avança était un seigneur très riche, nommé
Itobad, fort vain, peu courageux, très maladroit, et sans esprit.
Ses domestiques l'avaient persuadé qu'un homme comme lui
devait être roi; il leur avait répondu:

— Un homme comme moi doit régner.

Ainsi on l'avait armé de pied en cap. Il portait une armure
d'or émaillée de vert, un panache vert, une lance ornée de rubans
verts. On s'aperçut d'abord,[4] à la manière dont Itobad gouvernait
son cheval, que ce n'était pas un homme comme lui à qui le ciel
réservait le sceptre de Babylone. Le premier chevalier qui courut
contre lui le désarçonna; le second le renversa sur la croupe de
son cheval, les deux jambes en l'air et les bras étendus. Itobad se
remit, mais de si mauvaise grâce que tout l'amphithéâtre se mit à
rire. Un troisième ne daigna pas se servir de sa lance; mais, en
lui faisant une passe, il le prit par la jambe droite, et lui faisant
faire un demi-tour, il le fit tomber sur le sable: les écuyers
des jeux accoururent à lui en riant, et le remirent en selle. Le
quatrième combattant le prend par la jambe gauche, et le fait
tomber de l'autre côté. On le conduisit avec des huées à sa loge,
où il devait passer la nuit selon la loi; et il disait en marchant à
peine:[5]

— Quelle aventure pour un homme comme moi!

Les autres chevaliers s'acquittèrent mieux de leur devoir. Il y
en eut qui vainquirent deux combattants de suite; quelques-uns
allèrent jusqu'à trois. Il n'y eut que le prince Otame qui en vain-
quit quatre. Enfin Zadig combattit à son tour; il désarçonna
quatre cavaliers de suite avec toute la grâce possible. Il fallut donc
voir qui serait vainqueur d'Otame ou de Zadig. Le premier
portait des armes bleues et or, avec un panache de même; celles
de Zadig étaient blanches. Tous les vœux se partageaient entre le

chevalier bleu et le chevalier blanc. La reine, à qui le cœur
palpitait, faisait des prières au ciel pour la couleur blanche.

Les deux champions firent des passes et des voltes avec tant
d'agilité, ils se donnèrent de si beaux coups de lance, ils étaient
si fermes sur leurs arçons, que tout le monde, hors la reine,
souhaitait qu'il y eût deux rois dans Babylone. Enfin, leurs
chevaux étant lassés et leurs lances rompues, Zadig usa de cette
adresse: il passe derrière le prince bleu, s'élance sur la croupe de
son cheval, le prend par le milieu du corps, le jette à terre, se met
en selle à sa place, et caracole autour d'Otame étendu sur la place.
Tout l'amphithéâtre crie:

— Victoire au cavalier blanc!

Otame, indigné, se relève, tire son épée; Zadig saute de cheval,
le sabre à la main. Les voilà tous deux sur l'arène, livrant un
nouveau combat où la force et l'agilité triomphent tour à tour.
Les plumes de leur casque, les clous de leurs brassards, les mailles
de leur armure sautent au loin sous mille coups précipités. Ils
frappent de pointe et de taille,[6] à droite, à gauche, sur la tête, sur
la poitrine; ils reculent, ils avancent, ils se mesurent, ils se
rejoignent, ils se saisissent, ils se replient comme des serpents, ils
s'attaquent comme des lions; le feu jaillit à tout moment des
coups qu'ils se portent. Enfin Zadig, ayant un moment repris
ses esprits, s'arrête, fait une feinte, passe sur Otame,[7] le fait
tomber, le désarme, et Otame s'écrie:

— O chevalier blanc! c'est vous qui devez régner sur Babylone.

La reine était au comble de la joie. On reconduisit le chevalier
bleu et le chevalier blanc chacun à leur loge, ainsi que tous les
autres, selon ce qui était porté par la loi. Des muets vinrent les
servir et leur apporter à manger. On peut juger si le petit muet
de la reine ne fut pas celui qui servit Zadig. Ensuite on les laissa
dormir seuls jusqu'au lendemain matin, temps où le vainqueur
devait apporter sa devise au grand mage, pour la confronter et se
faire reconnaître.

Zadig dormit, quoique amoureux, tant il était fatigué. Itobad, qui était couché auprès de lui, ne dormit point. Il se leva pendant la nuit, entra dans sa loge, prit les armes blanches de Zadig avec sa devise, et mit son armure verte à la place. Le point du jour étant venu, il alla fièrement au grand mage déclarer qu'un homme comme lui était vainqueur. On ne s'y attendait pas; mais il fut proclamé pendant que Zadig dormait encore. Astarté, surprise, et le désespoir dans le cœur, s'en retourna dans Babylone. Tout l'amphithéâtre était déjà presque vide lorsque Zadig s'éveilla; il chercha ses armes, et ne trouva que cette armure verte. Il était obligé de s'en couvrir, n'ayant rien autre chose auprès de lui. Étonné et indigné, il les endosse avec fureur, il avance dans cet équipage.

Tout ce qui était encore sur l'amphithéâtre et dans le cirque le reçut avec des huées. On l'entourait; on lui insultait en face. Jamais homme n'essuya des mortifications si humiliantes. La patience lui échappa; il écarta à coups de sabre la populace qui osait l'outrager; mais il ne savait quel parti prendre. Il ne pouvait voir la reine; il ne pouvait réclamer l'armure blanche qu'elle lui avait envoyée: c'eût été la compromettre;[8] ainsi, tandis qu'elle était plongée dans la douleur, il était pénétré de fureur et d'inquiétude. Il se promenait sur les bords de l'Euphrate, persuadé que son étoile le destinait à être malheureux sans ressource, repassant dans son esprit toutes ses disgrâces depuis l'aventure de la femme qui haïssait les borgnes, jusqu'à celle de son armure.

— Voilà ce que c'est — disait-il — de m'être éveillé trop tard; si j'avais moins dormi, je serais roi de Babylone, je posséderais Astarté. Les sciences, les mœurs, le courage, n'ont donc jamais servi qu'à mon infortune. Il lui échappa enfin de murmurer contre la Providence, et il fut tenté de croire que tout était gouverné par une destinée cruelle qui opprimait les bons et qui faisait prospérer les chevaliers verts. Un de ses chagrins était de porter cette armure verte qui lui avait attiré tant de huées. Un marchand passa, il la lui vendit à vil prix, et prit du marchand une robe et un bonnet long. Dans cet équipage, il côtoyait l'Euphrate, rempli de désespoir et accusant en secret la Providence, qui le persécutait toujours.


## CHAPITRE XX

### L'ERMITE[1]

Il rencontra en marchant un ermite, dont la barbe blanche et vénérable lui descendait jusqu'à la ceinture. Il tenait en main un livre qu'il lisait attentivement. Zadig s'arrêta, et lui fit une profonde inclination. L'ermite le salua d'un air si noble et si doux que Zadig eut la curiosité de l'entretenir. Il lui demanda quel livre il lisait.

— C'est le livre des destinées — dit l'ermite; — voulez-vous en lire quelque chose?

Il mit le livre dans les mains de Zadig, qui, tout instruit qu'il était dans plusieurs langues, ne put déchiffrer un seul caractère du livre.[2] Cela redoubla encore sa curiosité.

— Vous me paraissez bien chagrin — lui dit ce bon père.

— Hélas! que j'en ai sujet! — dit Zadig.

— Si vous permettez que je vous accompagne — repartit le vieillard — peut-être vous serai-je utile: j'ai quelquefois répandu des sentiments de consolation dans l'âme des malheureux.

Zadig se sentit du respect pour l'air, pour la barbe, et pour le livre de l'ermite. Il lui trouva dans la conversation des lumières supérieures. L'ermite parlait de la destinée, de la justice, de la morale, du souverain bien, de la faiblesse humaine, des vertus et des vices, avec une éloquence si vive et si touchante que Zadig se sentit entraîné vers lui par un charme invincible. Il le pria avec instance de ne le point quitter, jusqu'à ce qu'ils fussent de retour à Babylone.

— Je vous demande moi-même cette grâce — lui dit le

vieillard; — jurez-moi par Orosmade que vous ne vous séparerez point de moi d'ici à quelques jours, quelque chose que je fasse.

Zadig jura, et ils partirent ensemble.

Les deux voyageurs arrivèrent le soir à un château superbe. L'ermite demanda l'hospitalité pour lui et pour le jeune homme qui l'accompagnait. Le portier, qu'on aurait pris pour un grand seigneur, les introduisit avec une espèce de bonté dédaigneuse. On les présenta à un principal domestique, qui leur fit voir les appartements magnifiques du maître. Ils furent admis à sa table au bas bout, sans que le seigneur du château les honorât d'un regard; mais ils furent servis comme les autres avec délicatesse et profusion. On leur donna ensuite à laver dans un bassin d'or garni d'émeraudes et de rubis. On les mena coucher dans un bel appartement, et le lendemain matin un domestique leur apporta à chacun une pièce d'or, après quoi on les congédia.

— Le maître de la maison — dit Zadig en chemin — me paraît être un homme généreux, quoique un peu fier; il exerce noblement l'hospitalité.

En disant ces paroles, il aperçut qu'une espèce de poche très large que portait l'ermite paraissait tendue et enflée: il y vit le bassin d'or garni de pierreries, que celui-ci avait volé. Il n'osa d'abord en rien témoigner; mais il était dans une étrange surprise.

Vers le midi, l'ermite se présenta à la porte d'une maison très petite, où logeait un riche avare; il y demanda l'hospitalité pour quelques heures. Un vieux valet mal habillé le reçut d'un ton rude, et fit entrer l'ermite et Zadig dans l'écurie, où on leur donna quelques olives pourries, de mauvais pain, et de la bière gâtée. L'ermite but et mangea d'un air aussi content que la veille; puis s'adressant à ce vieux valet qui les observait tous deux pour voir s'ils ne volaient rien, et qui les pressait de partir, il lui donna les deux pièces d'or qu'il avait reçues le matin, et le remercia de toutes ses attentions.

— Je vous prie — ajouta-t-il — faites-moi parler à votre maître.

Le valet, étonné, introduisit les deux voyageurs:

— Magnifique seigneur — dit l'ermite — je ne puis que vous rendre de très humbles grâces de la manière noble dont vous nous avez reçus: daignez accepter ce bassin d'or comme un faible gage de ma reconnaissance. L'avare fut près de tomber à la renverse. L'ermite ne lui donna pas le temps de revenir de son saisissement; il partit au plus vite avec son jeune voyageur.

— Mon père — lui dit Zadig — qu'est-ce que tout ce que je vois? Vous ne me paraissez ressembler en rien aux autres hommes: vous volez un bassin d'or garni de pierreries à un seigneur qui vous reçoit magnifiquement, et vous le donnez à un avare qui vous traite avec indignité.

— Mon fils — répondit le vieillard — cet homme magnifique, qui ne reçoit les étrangers que par vanité, et pour faire admirer ses richesses, deviendra plus sage; l'avare apprendra à exercer l'hospitalité: ne vous étonnez de rien, et suivez-moi.

Zadig ne savait encore s'il avait affaire au plus fou ou au plus sage de tous les hommes; mais l'ermite parlait avec tant d'ascendant que Zadig, lié d'ailleurs par son serment, ne put s'empêcher de le suivre.

Ils arrivèrent le soir à une maison agréablement bâtie, mais simple, où rien ne sentait ni la prodigalité ni l'avarice. Le maître était un philosophe retiré du monde, qui cultivait en paix la sagesse et la vertu, et qui cependant ne s'ennuyait pas. Il s'était plu à bâtir cette retraite dans laquelle il recevait les étrangers avec une noblesse qui n'avait rien de l'ostentation. Il alla lui-même au-devant des deux voyageurs, qu'il fit reposer d'abord dans un appartement commode. Quelque temps après, il les vint prendre lui-même pour les inviter à un repas propre et bien entendu, pendant lequel il parla avec discrétion des dernières révolutions de Babylone. Il parut sincèrement attaché à la reine, et souhaita que Zadig eût paru dans la lice pour disputer la couronne.

— Mais les hommes — ajouta-t-il — ne méritent pas d'avoir un roi comme Zadig.

Celui-ci rougissait, et sentait redoubler ses douleurs. On convint dans la conversation que les choses de ce monde n'allaient pas toujours au gré des plus sages. L'ermite soutint toujours qu'on ne connaissait pas les voies de la Providence, et que les hommes avaient tort de juger d'un tout dont ils n'apercevaient que la plus petite partie.[3]

On parla des passions.

— Ah! qu'elles sont funestes! — disait Zadig.

— Ce sont les vents qui enflent les voiles du vaisseau[4] — repartit l'ermite: — elles le submergent quelquefois; mais sans elles il ne pourrait voguer. La bile rend colère et malade; mais sans la bile l'homme ne saurait vivre. Tout est dangereux ici-bas, et tout est nécessaire.[5]

On parla de plaisir, et l'ermite prouva que c'est un présent de la Divinité;[6] — car — dit-il — l'homme ne peut se donner ni sensations ni idées, il reçoit tout; la peine et le plaisir lui viennent d'ailleurs comme son être.[7]

Zadig admirait comment un homme qui avait fait des choses si extravagantes pouvait raisonner si bien. Enfin, après un entretien aussi instructif qu'agréable, l'hôte reconduisit ses deux voyageurs dans leur appartement, en bénissant le Ciel qui lui avait envoyé deux hommes si sages et si vertueux. Il leur offrit de l'argent d'une manière aisée et noble qui ne pouvait déplaire. L'ermite le refusa, et lui dit qu'il prenait congé de lui, comptant partir pour Babylone avant le jour. Leur séparation fut tendre; Zadig surtout se sentait plein d'estime et d'inclination pour un homme si aimable.

Quand l'ermite et lui furent dans leur appartement, ils firent longtemps l'éloge de leur hôte. Le vieillard au point du jour éveilla son camarade.

— Il faut partir — dit-il; — mais tandis que tout le monde dort encore, je veux laisser à cet homme un témoignage de mon estime et de mon affection.

En disant ces mots, il prit un flambeau, et mit le feu à la

maison. Zadig, épouvanté, jeta des cris, et voulut l'empêcher de commettre une action si affreuse. L'ermite l'entraînait par une force supérieure; la maison était enflammée. L'ermite, qui était déjà assez loin avec son compagnon, la regardait brûler tranquillement.

— Dieu merci! — dit-il — voilà la maison de mon cher hôte détruite de fond en comble! L'heureux homme!

A ces mots Zadig fut tenté à la fois d'éclater de rire, de dire des injures au révérend père, de le battre, et de s'enfuir; mais il ne fit rien de tout cela, et, toujours subjugué par l'ascendant de l'ermite, il le suivit malgré lui à la dernière couchée.

Ce fut chez une veuve charitable et vertueuse qui avait un neveu de quatorze ans, plein d'agréments et son unique espérance. Elle fit du mieux qu'elle put les honneurs de sa maison. Le lendemain, elle ordonna à son neveu d'accompagner les voyageurs jusqu'à un pont qui, étant rompu depuis peu, était devenu un passage dangereux. Le jeune homme, empressé, marche au-devant d'eux. Quand ils furent sur le pont:

— Venez — dit l'ermite au jeune homme — il faut que je marque ma reconnaissance à votre tante.

Il le prend alors par les cheveux, et le jette dans la rivière. L'enfant tombe, reparaît un moment sur l'eau, et est engouffré dans le torrent.

— O monstre! ô le plus scélérat de tous les hommes! — s'écria Zadig.

— Vous m'aviez promis plus de patience — lui dit l'ermite en l'interrompant; — apprenez que sous les ruines de cette maison où la Providence a mis le feu, le maître a trouvé un trésor immense; apprenez que ce jeune homme dont la Providence a tordu le cou aurait assassiné sa tante dans un an, et vous dans deux.

— Qui te l'a dit, barbare? — cria Zadig; — et quand tu aurais lu cet événement dans ton livre des destinées, t'est-il permis de noyer un enfant qui ne t'a point fait de mal?

Tandis que le Babylonien parlait, il aperçut que le vieillard n'avait plus de barbe, que son visage prenait les traits de la jeunesse. Son habit d'ermite disparut; quatre belles ailes couvraient un corps majestueux et resplendissant de lumière.

— O envoyé du ciel! ô ange divin! — s'écria Zadig en se prosternant — tu es donc descendu de l'empyrée pour apprendre à un faible mortel à se soumettre aux ordres éternels?

— Les hommes — dit l'ange Jesrad — jugent de tout sans rien connaître: tu étais celui de tous les hommes qui méritait le plus d'être éclairé.

Zadig lui demanda la permission de parler.[8]

— Je me défie de moi-même — dit-il; — mais oserai-je te prier de m'éclaircir un doute: ne vaudrait-il pas mieux avoir corrigé cet enfant, et l'avoir rendu vertueux, que de le noyer?

Jesrad reprit:

— S'il avait été vertueux, et s'il eût vécu, son destin était d'être assassiné lui-même avec la femme qu'il devait épouser, et le fils qui en devait naître.

— Mais quoi! — dit Zadig — il est donc nécessaire qu'il y ait des crimes et des malheurs? et les malheurs tombent sur les gens de bien!

— Les méchants — répondit Jesrad — sont toujours malheureux:[9] ils servent à éprouver un petit nombre de justes répandus sur la terre, et il n'y a point de mal dont il ne naisse un bien.[10]

— Mais — dit Zadig — s'il n'y avait que du bien, et point de mal?

— Alors — reprit Jesrad — cette terre serait une autre terre, l'enchaînement des événements serait un autre ordre de sagesse; et cet autre ordre, qui serait parfait, ne peut être que dans la demeure éternelle de l'Être suprême, de qui le mal ne peut approcher. Il a créé des millions de mondes dont aucun ne peut ressembler à l'autre. Cette immense variété est un attribut de sa puissance immense. Il n'y a ni deux feuilles d'arbre sur la terre, ni

deux globes dans les champs infinis du ciel, qui soient semblables,
et tout ce que tu vois sur le petit atome où tu es né devait être
dans sa place et dans son temps fixe, selon les ordres immuables
de celui qui embrasse tout. Les hommes pensent que cet enfant
qui vient de périr est tombé dans l'eau par hasard, que c'est par
un même hasard que cette maison est brûlée; mais il n'y a point
de hasard: tout est épreuve, ou punition, ou récompense, ou
prévoyance. Souviens-toi de ce pêcheur qui se croyait le plus
malheureux de tous les hommes. Orosmade t'a envoyé pour
changer sa destinée. Faible mortel! cesse de disputer contre ce
qu'il faut adorer.[11]

— Mais — dit Zadig...

Comme il disait *mais*, l'ange prenait déjà son vol vers la
dixième sphère. Zadig, à genoux, adora la Providence, et se
soumit.[12] L'ange lui cria du haut des airs:

— Prends ton chemin vers Babylone.


# CHAPITRE XXI

## LES ÉNIGMES

Zadig, hors de lui-même et comme un homme auprès de qui
est tombé le tonnerre, marchait au hasard. Il entra dans Babylone
le jour où ceux qui avaient combattu dans la lice étaient déjà
assemblés dans le grand vestibule du palais pour expliquer les
énigmes, et pour répondre aux questions du grand mage. Tous
les chevaliers étaient arrivés, excepté l'armure verte. Dès que
Zadig parut dans la ville, le peuple s'assembla autour de lui; les
yeux ne se rassasiaient point de le voir, les bouches de le bénir, les
cœurs de lui souhaiter l'empire. L'envieux le vit passer, frémit,
et se détourna; le peuple le porta jusqu'au lieu de l'assemblée.
La reine, à qui on apprit son arrivée, fut en proie à l'agitation de

la crainte et de l'espérance; l'inquiétude la dévorait: elle ne pouvait comprendre ni pourquoi Zadig était sans armes, ni comment Itobad portait l'armure blanche. Un murmure confus s'éleva à la vue de Zadig. On était surpris et charmé de le revoir; mais il n'était permis qu'aux chevaliers qui avaient combattu de paraître dans l'assemblée.

— J'ai combattu comme un autre — dit-il; — mais un autre porte ici mes armes; et, en attendant que j'aie l'honneur de le prouver, je demande la permission de me présenter pour expliquer les énigmes.

On alla aux voix:[1] sa réputation de probité était encore si fortement imprimée dans les esprits qu'on ne balança pas à l'admettre.

Le grand mage proposa d'abord cette question:

— Quelle est de toutes les choses du monde la plus longue et la plus courte, la plus prompte et la plus lente, la plus divisible et la plus étendue, la plus négligée et la plus regrettée, sans qui rien ne se peut faire, qui dévore tout ce qui est petit, et qui vivifie tout ce qui est grand?

C'était à Itobad à parler. Il répondit qu'un homme comme lui n'entendait rien aux énigmes, et qu'il lui suffisait d'avoir vaincu à grands coups de lance. Les uns dirent que le mot de l'énigme était la fortune, d'autres la terre, d'autres la lumière. Zadig dit que c'était le temps:

— Rien n'est plus long, ajouta-t-il — puisqu'il est la mesure de l'éternité; rien n'est plus court, puisqu'il manque à tous nos projets; rien n'est plus lent pour qui attend; rien de plus rapide pour qui jouit; il s'étend jusqu'à l'infini en grand; il se divise jusque dans l'infini en petit; tous les hommes le négligent, tous en regrettent la perte; rien ne se fait sans lui; il fait oublier tout ce qui est indigne de la postérité, et il immortalise les grandes choses.

L'assemblée convint que Zadig avait raison.

On demanda ensuite:

— Quelle est la chose qu'on reçoit sans remercier, dont on

jouit sans savoir comment, qu'on donne aux autres quand on ne sait où l'on en est, et qu'on perd sans s'en apercevoir?

Chacun dit son mot: Zadig devina seul que c'était la vie. Il expliqua toutes les autres énigmes avec la même facilité. Itobad disait toujours que rien n'était plus aisé, et qu'il en serait venu à bout tout aussi facilement s'il avait voulu s'en donner la peine. On proposa des questions sur la justice, sur le souverain bien, sur l'art de régner. Les réponses de Zadig furent jugées les plus solides.

— C'est bien dommage — disait-on — qu'un si bon esprit soit un si mauvais cavalier.

— Illustres seigneurs — dit Zadig — j'ai eu l'honneur de vaincre dans la lice. C'est à moi qu'appartient l'armure blanche.[2] Le seigneur Itobad s'en empara pendant mon sommeil: il jugea apparemment qu'elle lui siérait mieux que la verte. Je suis prêt à lui prouver d'abord devant vous, avec ma robe et mon épée, contre toute cette belle armure blanche qu'il m'a prise, que c'est moi qui ai eu l'honneur de vaincre le brave Otame.

Itobad accepta le défi avec la plus grande confiance. Il ne doutait pas qu'étant casqué, cuirassé, brassardé, il ne vînt aisément à bout d'un champion en bonnet de nuit et en robe de chambre. Zadig tira son épée, en saluant la reine, qui le regardait, pénétrée de joie et de crainte. Itobad tira la sienne, en ne saluant personne. Il s'avança sur Zadig comme un homme qui n'avait rien à craindre. Il était prêt à lui fendre la tête: Zadig sut parer le coup, en opposant ce qu'on appelle le fort de l'épée[3] au faible de son adversaire, de façon que l'épée d'Itobad se rompit. Alors Zadig, saisissant son ennemi au corps, le renversa par terre; et lui portant la pointe de son épée au défaut de la cuirasse:

— Laissez-vous désarmer — dit-il — ou je vous tue.

Itobad, toujours surpris des disgrâces qui arrivaient à un homme comme lui, laissa faire Zadig, qui lui ôta paisiblement son magnifique casque, sa superbe cuirasse, ses beaux brassards, ses brillants cuissards, s'en revêtit, et courut dans cet équipage se jeter aux genoux d'Astarté. Cador prouva aisément que l'armure appartenait à Zadig.[4] Il fut reconnu roi d'un consentement unanime, et surtout de celui d'Astarté, qui goûtait, après tant d'adversités, la douceur de voir son amant digne aux yeux de l'univers d'être son époux. Itobad alla se faire appeler monseigneur dans sa maison. Zadig fut roi, et fut heureux. Il avait présent à l'esprit ce que lui avait dit l'ange Jesrad. Il se souvenait même du grain de sable devenu diamant. La reine et lui adorèrent la Providence. Zadig laissa la belle capricieuse Missouf courir le monde. Il envoya chercher le brigand Arbogad, auquel il donna un grade honorable dans son armée, avec promesse de l'avancer aux premières dignités s'il se comportait en vrai guerrier, et de le faire pendre s'il faisait le métier de brigand.

Sétoc fut appelé du fond de l'Arabie, avec la belle Almona, pour être à la tête du commerce de Babylone. Cador fut placé et chéri selon ses services; il fut l'ami du roi, et le roi fut alors le seul monarque de la terre qui eût un ami. Le petit muet ne fut pas oublié. On donna une belle maison au pêcheur. Orcan fut condamné à lui payer une grosse somme, et à lui rendre sa femme; mais le pêcheur, devenu sage, ne prit que l'argent.

Ni la belle Sémire ne se consolait d'avoir cru que Zadig serait borgne, ni Azora ne cessait de pleurer d'avoir voulu lui couper le nez. Il adoucit leurs douleurs par des présents. L'envieux mourut de rage et de honte. L'empire jouit de la paix, de la gloire et de l'abondance; ce fut le plus beau siècle de la terre: elle était gouvernée par la justice et par l'amour. On bénissait Zadig, et Zadig bénissait le ciel.

# LE MONDE COMME IL VA

## VISION DE BABOUC

### ÉCRITE PAR LUI-MÊME

PARMI les génies qui président aux empires du monde, Ituriel tient un des premiers rangs, et il a le département de la haute Asie. Il descendit un matin dans la demeure du Scythe Babouc, sur le rivage de l'Oxus, et lui dit:

— Babouc, les folies et les excès des Perses ont attiré notre colère: il s'est tenu hier une assemblée des génies de la haute Asie pour savoir si on châtierait Persépolis, ou si on la détruirait. Va dans cette ville, examine tout; tu reviendras m'en rendre un compte fidèle, et je me déterminerai, sur ton rapport, à corriger la ville ou à l'exterminer.[1]

— Mais, seigneur — dit humblement Babouc — je n'ai jamais été en Perse; je n'y connais personne.

— Tant mieux — dit l'ange — tu ne seras point partial; tu as reçu du Ciel le discernement et j'y ajoute le don d'inspirer la confiance; marche, regarde, écoute, observe, et ne crains rien; tu seras partout bien reçu.

Babouc monta sur son chameau et partit avec ses serviteurs. Au bout de quelques journées, il rencontra vers les plaines de Sennaar l'armée persane, qui allait combattre l'armée indienne.[2] Il s'adressa d'abord à un soldat qu'il trouva écarté. Il lui parla, et lui demanda quel était le sujet de la guerre.

— Par tous les dieux — dit le soldat — je n'en sais rien. Ce n'est pas mon affaire: mon métier est de tuer et d'être tué pour gagner ma vie; il n'importe qui je serve. Je pourrais bien même dès demain passer dans le camp des Indiens: car on dit qu'ils donnent près d'une demi-drachme de cuivre par jour à leurs soldats de plus que nous n'en avons dans ce maudit service de Perse. Si vous voulez savoir pourquoi on se bat, parlez à mon capitaine.

Babouc ayant fait un petit présent au soldat entra dans le camp. Il fit bientôt connaissance avec le capitaine, et lui demanda le sujet de la guerre.

— Comment voulez-vous que je le sache? — dit le capitaine — et que m'importe ce beau sujet? J'habite à deux cents lieues de Persépolis; j'entends dire que la guerre est déclarée; j'abandonne aussitôt ma famille, et je vais chercher, selon notre coutume, la fortune ou la mort, attendu que je n'ai rien à faire.

— Mais vos camarades — dit Babouc — ne sont-ils pas un peu plus instruits que vous?

— Non — dit l'officier; — il n'y a guère que nos principaux satrapes qui savent bien précisément pourquoi on s'égorge.[3]

Babouc, étonné, s'introduisit chez les généraux; il entra dans leur familiarité. L'un d'eux lui dit enfin:

— La cause de cette guerre, qui désole depuis vingt ans l'Asie, vient originairement d'une querelle entre un eunuque d'une femme du grand roi de Perse, et un commis d'un bureau du grand roi des Indes. Il s'agissait d'un droit qui revenait à peu près à la trentième partie d'une darique.[4] Le premier ministre des Indes et le nôtre soutinrent dignement les droits de leurs maîtres. La querelle s'échauffa. On mit de part et d'autre en campagne une armée d'un million de soldats. Il faut recruter cette armée tous les ans de plus de quatre cent mille hommes. Les meurtres, les incendies, les ruines, les dévastations, se multiplient; l'univers souffre, et l'acharnement continue. Notre premier ministre et celui des Indes protestent souvent qu'ils n'agissent que pour le bonheur du genre humain; et à chaque protestation il y a toujours quelques villes détruites et quelques provinces ravagées.

Le lendemain, sur un bruit qui se répandit que la paix allait être conclue, le général persan et le général indien s'empressèrent de donner bataille; elle fut sanglante. Babouc en vit toutes les fautes et toutes les abominations; il fut témoin des manœuvres des principaux satrapes, qui firent ce qu'ils purent pour faire battre leur chef. Il vit des officiers tués par leurs propres troupes; il vit des soldats qui achevaient d'égorger leurs camarades expirants pour leur arracher quelques lambeaux sanglants, déchirés et couverts de fange. Il entra dans les hôpitaux où l'on transportait les blessés, dont la plupart expiraient par la négligence inhumaine de ceux mêmes que le roi de Perse payait chèrement pour les secourir.

— Sont-ce là des hommes — s'écria Babouc — ou des bêtes féroces? Ah! je vois bien que Persépolis sera détruite.

Occupé de cette pensée, il passa dans le camp des Indiens: il y fut aussi bien reçu que dans celui des Perses, selon ce qui lui avait été prédit; mais il y vit tous les mêmes excès qui l'avaient saisi d'horreur.

— Oh, oh! — dit-il en lui-même — si l'ange Ituriel veut exterminer les Persans, il faut donc que l'ange des Indes détruise aussi les Indiens.

S'étant ensuite informé plus en détail de ce qui s'était passé dans l'une et l'autre armée, il apprit des actions de générosité, de grandeur d'âme, d'humanité, qui l'étonnèrent et le ravirent.

— Inexplicables humains — s'écria-t-il — comment pouvez-vous réunir tant de bassesse et de grandeur, tant de vertus et de crimes?

Cependant la paix fut déclarée. Les chefs des deux armées, dont aucun n'avait remporté la victoire, mais qui, pour leur seul intérêt, avaient fait verser le sang de tant d'hommes, leurs semblables, allèrent briguer dans leurs cours des récompenses. On célébra la paix dans des écrits publics qui n'annonçaient que le retour de la vertu et de la félicité sur la terre.

— Dieu soit loué! — dit Babouc; — Persépolis sera le séjour de l'innocence épurée; elle ne sera point détruite comme le

voulaient ces vilains génies: courons sans tarder dans cette
capitale de l'Asie.

Il arriva dans cette ville immense par l'ancienne entrée, qui
était toute barbare, et dont la rusticité dégoûtante offensait les
yeux.[5] Toute cette partie de la ville se ressentait du temps où elle
avait été bâtie: car, malgré l'opiniâtreté des hommes à louer
l'antique aux dépens du moderne, il faut avouer qu'en tout genre
les premiers essais sont toujours grossiers.[6]

Babouc[7] se mêla dans la foule d'un peuple composé de ce
qu'il y avait de plus sale et de plus laid dans les deux sexes. Cette
foule se précipitait d'un air hébété dans un enclos vaste et
sombre. Au bourdonnement continuel, au mouvement qu'il y
remarqua, à l'argent que quelques personnes donnaient à d'autres
pour avoir droit de s'asseoir, il crut être dans un marché où l'on
vendait des chaises de paille; mais bientôt, voyant que plusieurs
femmes se mettaient à genoux, en faisant semblant de regarder
fixement devant elles, et en regardant les hommes de côté, il
s'aperçut qu'il était dans un temple. Des voix aigres, rauques,
sauvages, discordantes, faisaient retentir la voûte de sons mal
articulés qui faisaient le même effet que les voix des onagres
quand elles répondent, dans les plaines des Pictaves, au cornet à
bouquin qui les appelle. Il se bouchait les oreilles; mais il fut
près de se boucher encore les yeux et le nez quand il vit entrer
dans ce temple des ouvriers avec des pinces et des pelles. Ils
remuèrent une large pierre, et jetèrent à droite et à gauche une
terre dont s'exhalait une odeur empestée; ensuite on vint poser
un mort dans cette ouverture, et on remit la pierre par-dessus.

— Quoi! — s'écria Babouc — ces peuples enterrent leurs
morts dans les mêmes lieux où ils adorent la Divinité! Quoi!
leurs temples sont pavés de cadavres! Je ne m'étonne plus de ces
maladies pestilentielles qui désolent souvent Persépolis. La
pourriture des morts, et celle de tant de vivants rassemblés et
pressés dans le même lieu, est capable d'empoisonner le globe

terrestre. Ah! la vilaine ville que Persépolis! Apparemment que
les anges veulent la détruire pour en rebâtir une plus belle, et pour
la peupler d'habitants moins malpropres, et qui chantent mieux.
La Providence peut avoir ses raisons; laissons-la faire.

Cependant le soleil approchait du haut de sa carrière. Babouc
devait aller dîner à l'autre bout de la ville, chez une dame pour
laquelle son mari, officier de l'armée, lui avait donné des lettres.
Il fit d'abord plusieurs tours dans Persépolis; il vit d'autres
temples mieux bâtis et mieux ornés, remplis d'un peuple poli, et
retentissant d'une musique harmonieuse; il remarqua des fon-
taines publiques lesquelles, quoique mal placées, frappaient les
yeux par leur beauté,[8] des places où semblaient respirer en bronze
les meilleurs rois qui avaient gouverné la Perse;[9] d'autres places
où il entendait le peuple s'écrier: — Quand verrons-nous ici le
maître que nous chérissons? Il admira les ponts magnifiques
élevés sur le fleuve, les quais superbes et commodes, les palais
bâtis à droite et à gauche, une maison immense où des milliers de
vieux soldats blessés et vainqueurs rendaient chaque jour grâce au
Dieu des armées.[10] Il entra enfin chez la dame, qui l'attendait à
dîner avec une compagnie d'honnêtes gens. La maison était
propre et ornée, le repas délicieux, la dame jeune, belle, spirituelle,
engageante, la compagnie digne d'elle; et Babouc disait en lui-
même à tout moment: — L'ange Ituriel se moque du monde de
vouloir détruire une ville si charmante.

Cependant il s'aperçut que la dame, qui avait commencé par
lui demander tendrement des nouvelles de son mari, parlait plus
tendrement encore, sur la fin du repas, à un jeune mage.[11] Il vit
un magistrat qui, en présence de sa femme, pressait avec vivacité
une veuve; et cette veuve indulgente avait une main passée
autour du cou du magistrat, tandis qu'elle tendait l'autre à un
jeune citoyen très beau et très modeste. La femme du magistrat
se leva de table la première pour aller entretenir dans un cabinet

voisin son directeur, qui arrivait trop tard et qu'on avait attendu à dîner; et le directeur, homme éloquent, lui parla dans ce cabinet avec tant de véhémence et d'onction que la dame avait, quand elle revint, les yeux humides, les joues enflammées, la démarche mal assurée, la parole tremblante.

Alors Babouc commença à craindre que le génie Ituriel n'eût raison. Le talent qu'il avait d'attirer la confiance le mit dès le jour même dans les secrets de la dame: elle lui confia son goût pour le jeune mage, et l'assura que dans toutes les maisons de Persépolis il trouverait l'équivalent de ce qu'il avait vu dans la sienne. Babouc conclut qu'une telle société ne pouvait subsister; que la jalousie, la discorde, la vengeance, devaient désoler toutes les maisons; que les larmes et le sang devaient couler tous les jours; que certainement les maris tueraient les galants de leurs femmes, ou en seraient tués; et qu'enfin Ituriel faisait fort bien de détruire tout d'un coup une ville abandonnée à de continuels désordres.

Il était plongé dans ces idées funestes, quand il se présenta à la porte un homme grave, en manteau noir, qui demanda humblement à parler au jeune magistrat. Celui-ci, sans se lever, sans le regarder, lui donna fièrement, et d'un air distrait, quelques papiers, et le congédia. Babouc demanda quel était cet homme. La maîtresse de la maison lui dit tout bas:

— C'est un des meilleurs avocats de la ville; il y a cinquante ans qu'il étudie les lois. Monsieur, qui n'a que vingt-cinq ans, et qui est satrape de loi[12] depuis deux jours, lui donne à faire l'extrait d'un procès qu'il doit juger, qu'il n'a pas encore examiné.

— Ce jeune étourdi fait sagement — dit Babouc — de demander conseil à un vieillard; mais pourquoi n'est-ce pas ce vieillard qui est juge?

— Vous vous moquez — lui dit-on; — jamais ceux qui ont vieilli dans les emplois laborieux et subalternes ne parviennent aux dignités. Ce jeune homme a une grande charge, parce que son père est riche, et qu'ici le droit de rendre la justice s'achète comme une métairie.

— O mœurs! ô malheureuse ville! — s'écria Babouc; — voilà le comble du désordre; sans doute, ceux qui ont ainsi acheté le droit de juger vendent leurs jugements: je ne vois ici que des abîmes d'iniquité.[13]

Comme il marquait ainsi sa douleur et sa surprise, un jeune guerrier, qui était revenu ce jour même de l'armée, lui dit:

— Pourquoi ne voulez-vous pas qu'on achète les emplois de la robe? J'ai bien acheté, moi, le droit d'affronter la mort à la tête de deux mille hommes, que je commande; il m'en a coûté quarante mille dariques[14] d'or, cette année, pour coucher sur la terre trente nuits de suite en habit rouge, et pour recevoir ensuite deux bons coups de flèches dont je me sens encore. Si je me ruine pour servir l'empereur persan, que je n'ai jamais vu, M. le satrape de robe peut bien payer quelque chose pour avoir le plaisir de donner audience à des plaideurs.

Babouc, indigné, ne put s'empêcher de condamner dans son cœur un pays où l'on mettait à l'encan les dignités de la paix et de la guerre; il conclut précipitamment que l'on y devait ignorer absolument la guerre et les lois, et que, quand même Ituriel n'exterminerait pas ces peuples, ils périraient par leur détestable administration.

Sa mauvaise opinion augmenta encore à l'arrivée d'un gros homme qui, ayant salué très familièrement toute la compagnie, s'approcha du jeune officier, et lui dit:

— Je ne peux vous prêter que cinquante mille dariques[14] d'or, car, en vérité, les douanes de l'empire ne m'en ont rapporté que trois cent mille cette année.

Babouc s'informa quel était cet homme qui se plaignait de gagner si peu; il apprit qu'il y avait dans Persépolis quarante rois plébéiens qui tenaient à bail l'empire de Perse, et qui en rendaient quelque chose au monarque.[15]

*    *    *

Après dîner, il alla dans un des plus superbes temples de la ville; il s'assit au milieu d'une troupe de femmes et d'hommes qui étaient venus là pour passer le temps. Un mage parut dans une machine élevée,[16] qui parla longtemps du vice et de la vertu. Ce mage divisa en plusieurs parties ce qui n'avait pas besoin d'être divisé; il prouva méthodiquement tout ce qui était clair; il enseigna tout ce qu'on savait. Il se passionna froidement, et sortit suant et hors d'haleine. Toute l'assemblée alors se réveilla, et crut avoir assisté à une instruction. Babouc dit:

— Voilà un homme qui a fait de son mieux pour ennuyer deux ou trois cents de ses concitoyens; mais son intention était bonne, et il n'y a pas là de quoi détruire Persépolis.[17]

Au sortir de cette assemblée, on le mena voir une fête publique qu'on donnait tous les jours de l'année: c'était dans une espèce de basilique, au fond de laquelle on voyait un palais.[18] Les plus belles citoyennes de Persépolis, les plus considérables satrapes, rangés avec ordre, formaient un spectacle si beau que Babouc crut d'abord que c'était là toute la fête. Deux ou trois personnes, qui paraissaient des rois et des reines, parurent bientôt dans le vestibule de ce palais; leur langage était très différent de celui du peuple; il était mesuré, harmonieux, et sublime. Personne ne dormait, on écoutait dans un profond silence, qui n'était interrompu que par les témoignages de la sensibilité et de l'admiration publique. Le devoir des rois, l'amour de la vertu, les dangers des passions, étaient exprimés par des traits si vifs et si touchants que Babouc versa des larmes. Il ne douta pas que ces héros et ces héroïnes, ces rois et ces reines qu'il venait d'entendre, ne fussent les prédicateurs de l'empire; il se proposa même d'engager Ituriel à les venir entendre, bien sûr qu'un tel spectacle le réconcilierait pour jamais avec la ville.

Dès que cette fête fut finie, il voulut voir la principale reine qui avait débité dans ce beau palais une morale si noble et si pure; il se fit introduire chez Sa Majesté; on le mena par un petit escalier au second étage, dans un appartement mal meublé, ou il trouva une femme mal vêtue qui lui dit, d'un air noble et pathétique:

— Ce métier-ci ne me donne pas de quoi vivre; un des princes que vous avez vus m'a fait un enfant; j'accoucherai bientôt; je manque d'argent et sans argent on n'accouche point.

Babouc lui donna cent dariques d'or, en disant:

— S'il n'y avait que ce mal-là dans la ville, Ituriel aurait tort de se tant fâcher.

De là il alla passer sa soirée chez des marchands de magnificences inutiles. Un homme intelligent, avec lequel il avait fait connaissance, l'y mena; il acheta ce qui lui plut, et on le lui vendit avec politesse beaucoup plus qu'il ne valait. Son ami, de retour chez lui, lui fit voir combien on le trompait. Babouc mit sur ses tablettes le nom du marchand, pour le faire distinguer par Ituriel au jour de la punition de la ville. Comme il écrivait, on frappa à sa porte; c'était le marchand lui-même qui venait lui rapporter sa bourse, que Babouc avait laissée par mégarde sur son comptoir.

— Comment se peut-il — s'écria Babouc — que vous soyez si fidèle et si généreux, après n'avoir pas eu de honte de me vendre des colifichets quatre fois au-dessus de leur valeur?

— Il n'y a aucun négociant un peu connu dans cette ville — lui répondit le marchand — qui ne fût venu vous rapporter votre bourse; mais on vous a trompé quand on vous a dit que je vous avais vendu ce que vous avez pris chez moi quatre fois plus qu'il ne vaut: je vous l'ai vendu dix fois davantage, et cela est si vrai que, si dans un mois vous voulez le revendre, vous n'en aurez pas même ce dixième. Mais rien n'est plus juste; c'est la fantaisie des hommes qui met le prix à ces choses frivoles; c'est cette fantaisie qui fait vivre cent ouvriers que j'emploie; c'est elle qui me donne une belle maison, un char commode, des chevaux; c'est elle qui excite l'industrie, qui entretient le goût, la circulation, et l'abondance. Je vends aux nations voisines les mêmes bagatelles plus chèrement qu'à vous, et par là je suis utile à l'empire.

Babouc, après avoir un peu rêvé, le raya de ses tablettes.[19]

Babouc, fort incertain sur ce qu'il devait penser de Persépolis, résolut de voir les mages et les lettrés: car les uns étudient la sagesse, et les autres la religion; et il se flatta que ceux-là obtiendraient grâce pour le reste du peuple. Dès le lendemain matin il se transporta dans un collège de mages.[20] L'archimandrite lui avoua qu'il avait cent mille écus de rente pour avoir fait vœu de pauvreté, et qu'il exerçait un empire assez étendu en vertu de son vœu d'humilité; après quoi il laissa Babouc entre les mains d'un petit frère qui lui fit les honneurs.

Tandis que ce frère lui montrait les magnificences de cette maison de pénitence, un bruit se répandit qu'il était venu pour réformer toutes ces maisons. Aussitôt il reçut des mémoires de chacune d'elles; et les mémoires disaient tous en substance: «Conservez-nous, et détruisez toutes les autres».

A entendre leurs apologies, ces sociétés étaient toutes nécessaires; à entendre leurs accusations réciproques, elles méritaient toutes d'être anéanties. Il admirait comme il n'y en avait aucune d'elles qui, pour édifier l'univers, ne voulût en avoir l'empire. Alors il se présenta un petit homme qui était un demi-mage,[21] et qui lui dit:

— Je vois bien que l'œuvre va s'accomplir, car Zerdust[22] est revenu sur la terre; les petites filles prophétisent en se faisant donner des coups de pincettes par-devant et le fouet par-derrière. Ainsi nous vous demandons votre protection contre le grand-lama.[23]

— Comment! — dit Babouc — contre ce pontife-roi qui réside au Thibet?

— Contre lui-même.

— Vous lui faites donc la guerre, et vous levez contre lui des armées?

— Non; mais il dit que l'homme est libre et nous n'en croyons rien; nous écrivons contre lui de petits livres qu'il ne lit pas: à peine a-t-il entendu parler de nous; il nous a seulement fait condamner, comme un maître ordonne qu'on échenille les arbres de ses jardins.

Babouc frémit de la folie de ces hommes qui faisaient profession de sagesse, des intrigues de ceux qui avaient renoncé au monde, de l'ambition et de la convoitise orgueilleuse de ceux qui enseignaient l'humilité et le désintéressement; il conclut qu'Ituriel avait de bonnes raisons pour détruire toute cette engeance.

Retiré chez lui, il envoya chercher des livres nouveaux pour adoucir son chagrin, et il pria quelques lettrés à dîner pour se réjouir. Il en vint deux fois plus qu'il n'en avait demandé, comme les guêpes que le miel attire. Ces parasites se pressaient de manger et de parler; ils louaient deux sortes de personnes, les morts et eux-mêmes, et jamais leurs contemporains, excepté le maître de la maison. Si quelqu'un d'eux disait un bon mot, les autres baissaient les yeux et se mordaient les lèvres de douleur de ne l'avoir pas dit. Ils avaient moins de dissimulation que les mages, parce qu'ils n'avaient pas de si grands objets d'ambition. Chacun d'eux briguait une place de valet et une réputation de grand homme; ils se disaient en face des choses insultantes, qu'ils croyaient des traits d'esprit. Ils avaient eu quelque connaissance de la mission de Babouc. L'un d'eux le pria tout bas d'exterminer un auteur qui ne l'avait pas assez loué il y avait cinq ans; un autre demanda la perte d'un citoyen qui n'avait jamais ri à ses comédies; un troisième demanda l'extinction de l'Académie, parce qu'il n'avait jamais pu parvenir à y être admis. Le repas fini, chacun d'eux s'en alla seul, car il n'y avait pas dans toute la troupe deux hommes qui pussent se souffrir, ni même se parler ailleurs que chez les riches qui les invitaient à leur table. Babouc jugea qu'il n'y aurait pas grand mal quand cette vermine périrait dans la destruction générale.

Dès qu'il se fut défait d'eux, il se mit à lire quelques livres

nouveaux. Il y reconnut l'esprit de ses convives. Il vit surtout
avec indignation ces gazettes de la médisance, ces archives du
mauvais goût, que l'envie, la bassesse et la faim ont dictées; ces
lâches satires où l'on ménage le vautour et où l'on déchire la
colombe; ces romans dénués d'imagination, où l'on voit tant de
portraits de femmes que l'auteur ne connaît pas.

Il jeta au feu tous ces détestables écrits, et sortit pour aller le
soir à la promenade. On le présenta à un vieux lettré qui n'était
point venu grossir le nombre de ses parasites. Ce lettré fuyait
toujours la foule, connaissait les hommes, en faisait usage, et se
communiquait avec discrétion. Babouc lui parla avec douleur de
ce qu'il avait lu et de ce qu'il avait vu.

— Vous avez lu des choses bien méprisables — lui dit le sage
lettré; — mais dans tous les temps, et dans tous les pays, et dans
tous les genres, le mauvais fourmille, et le bon est rare. Vous
avez reçu chez vous le rebut de la pédanterie, parce que, dans
toutes les professions, ce qu'il y a de plus indigne de paraître est
toujours ce qui se présente avec le plus d'impudence. Les
véritables sages vivent entre eux retirés et tranquilles; il y a
encore parmi nous des hommes et des livres dignes de votre
attention.

Dans le temps qu'il parlait ainsi, un autre lettré les joignit;
leurs discours furent si agréables et si instructifs, si élevés au-
dessus des préjugés et si conformes à la vertu, que Babouc
avoua n'avoir jamais rien entendu de pareil.

— Voilà des hommes — disait-il tout bas — à qui l'ange
Ituriel n'osera toucher, ou il sera bien impitoyable.

Raccommodé avec les lettrés, il était toujours en colère contre
le reste de la nation.

— Vous êtes étranger — lui dit l'homme judicieux qui lui
parlait; — les abus se présentent à vos yeux en foule, et le bien,
qui est caché et qui résulte quelquefois de ces abus mêmes, vous
échappe.

Alors il apprit que parmi les lettrés il y en avait quelques-uns qui n'étaient pas envieux, et que parmi les mages mêmes il y en avait de vertueux.[24] Il conçut à la fin que ces grands corps, qui semblaient en se choquant préparer leurs communes ruines, étaient au fond des institutions salutaires; que chaque société de mages était un frein à ses rivales;[25] que si ces émules différaient dans quelques opinions, ils enseignaient tous la même morale, qu'ils instruisaient le peuple, et qu'ils vivaient soumis aux lois, semblables aux précepteurs qui veillent sur le fils de la maison, tandis que le maître veille sur eux-mêmes. Il en pratiqua plusieurs, et vit des âmes célestes. Il apprit même que parmi les fous qui prétendaient faire la guerre au grand-lama, il y avait eu de très grands hommes. Il soupçonna enfin qu'il pourrait bien en être des mœurs de Persépolis comme des édifices, dont les uns lui avaient paru dignes de pitié, et les autres l'avaient ravi en admiration.

Il dit à son lettré:

— Je connais très bien que ces mages, que j'avais crus si dangereux, sont en effet très utiles, surtout quand un gouvernement sage les empêche de se rendre trop nécessaires; mais vous m'avouerez au moins que vos jeunes magistrats, qui achètent une charge de juge dès qu'ils ont appris à monter à cheval, doivent étaler dans les tribunaux tout ce que l'impertinence a de plus ridicule, et tout ce que l'iniquité a de plus pervers; il vaudrait mieux sans doute donner ces places gratuitement à ces vieux jurisconsultes qui ont passé toute leur vie à peser le pour et le contre.

Le lettré lui répliqua:

— Vous avez vu notre armée avant d'arriver à Persépolis; vous savez que nos jeunes officiers se battent très bien, quoiqu'ils aient acheté leurs charges: peut-être verrez-vous que nos jeunes magistrats ne jugent pas mal, quoiqu'ils aient payé pour juger.

Il le mena le lendemain au grand tribunal, où l'on devait rendre un arrêt important. La cause était connue de tout le monde. Tous ces vieux avocats qui en parlaient étaient flottants dans leurs opinions; ils alléguaient cent lois, dont aucune n'était applicable au fond de la question; ils regardaient l'affaire par cent côtés, dont aucun n'était dans son vrai jour: les juges décidèrent plus vite que les avocats ne doutèrent. Leur jugement fut presque unanime; ils jugèrent bien, parce qu'ils suivaient les lumières de la raison;[26] et les autres avaient opiné mal, parce qu'ils n'avaient consulté que leurs livres.[27]

Babouc conclut qu'il y avait souvent de très bonnes choses dans les abus. Il vit dès le jour même que les richesses des financiers, qui l'avaient tant révolté, pouvaient produire un effet excellent, car, l'empereur ayant eu besoin d'argent, il trouva en une heure, par leur moyen, ce qu'il n'aurait pas eu en six mois par les voies ordinaires;[28] il vit que ces gros nuages, enflés de la rosée de la terre, lui rendaient en pluie ce qu'ils en recevaient. D'ailleurs, les enfants de ces hommes nouveaux, souvent mieux élevés que ceux des familles plus anciennes, valaient quelquefois beaucoup mieux: car rien n'empêche qu'on ne soit un bon juge, un brave guerrier, un homme d'État habile, quand on a eu un père bon calculateur.

Insensiblement Babouc faisait grâce à l'avidité du financier, qui n'est pas au fond plus avide que les autres hommes, et qui est nécessaire. Il excusait la folie de se ruiner pour juger et pour se battre, folie qui produit de grands magistrats et des héros. Il pardonnait à l'envie des lettrés, parmi lesquels il se trouvait des hommes qui éclairaient le monde; il se réconciliait avec les mages ambitieux et intrigants, chez lesquels il y avait plus de grandes vertus encore que de petits vices; mais il lui restait bien des griefs, et surtout les galanteries des dames, et les désolations qui en devaient être la suite, le remplissaient d'inquiétude et d'effroi.

Comme il voulait pénétrer dans toutes les conditions humaines, il se fit mener chez un ministre; mais il tremblait toujours en chemin que quelque femme ne fût assassinée en sa présence par son mari.[29] Arrivé chez l'homme d'État, il resta deux heures dans l'antichambre sans être annoncé, et deux heures encore après l'avoir été. Il se promettait bien dans cet intervalle de recommander à l'ange Ituriel et le ministre et ses insolents huissiers. L'antichambre était remplie de dames de tout étage, de mages de toutes couleurs, de juges, de marchands, d'officiers, de pédants; tous se plaignaient du ministre. L'avare et l'usurier disaient:

— Sans doute cet homme-là pille les provinces.

Le capricieux lui reprochait d'être bizarre; le voluptueux disait:

— Il ne songe qu'à ses plaisirs.[30]

L'intrigant se flattait de le voir bientôt perdu par une cabale; les femmes espéraient qu'on leur donnerait bientôt un ministre plus jeune.

Babouc entendait leurs discours; il ne put s'empêcher de dire:

— Voilà un homme bien heureux, il a tous ses ennemis dans son antichambre; il écrase de son pouvoir ceux qui l'envient; il voit à ses pieds ceux qui le détestent.

Il entra enfin; il vit un petit vieillard courbé sous le poids des années et des affaires, mais encore vif et plein d'esprit.[31]

Babouc lui plut, et il parut à Babouc un homme estimable. La conversation devint intéressante. Le ministre lui avoua qu'il était un homme très malheureux, qu'il passait pour riche, et qu'il était pauvre; qu'on le croyait tout puissant, et qu'il était toujours contredit: qu'il n'avait guère obligé que des ingrats, et que dans un travail continuel de quarante années il avait eu à peine un moment de consolation. Babouc en fut touché, et pensa que, si cet homme avait fait des fautes, et si l'ange Ituriel voulait le punir, il ne fallait pas l'exterminer, mais seulement lui laisser sa place.

Tandis qu'il parlait au ministre entre brusquement la belle dame chez qui Babouc avait dîné; on voyait dans ses yeux et sur son front les symptômes de la douleur et de la colère. Elle éclata en reproches contre l'homme d'État, elle en versa des larmes; elle se plaignit avec amertume de ce qu'on avait refusé à son mari une place où sa naissance lui permettait d'aspirer, et que ses services et ses blessures méritaient; elle s'exprima avec tant de force, elle mit tant de grâces dans ses plaintes, elle détruisit les objections avec tant d'adresse, elle fit valoir les raisons avec tant d'éloquence, qu'elle ne sortit point de la chambre sans avoir fait la fortune de son mari.

Babouc lui donna la main:

— Est-il possible, madame — lui dit-il — que vous vous soyez donné toute cette peine pour un homme que vous n'aimez point, et dont vous avez tout à craindre?

— Un homme que je n'aime point! — s'écria-t-elle; — sachez que mon mari est le meilleur ami que j'aie au monde, qu'il n'y a rien que je ne lui sacrifie, hors mon amant; et qu'il ferait tout pour moi, hors de quitter sa maîtresse. Je veux vous la faire connaître: c'est une femme charmante, pleine d'esprit, et du meilleur caractère du monde; nous soupons ensemble ce soir avec mon mari et mon petit mage, venez partager notre joie.

La dame mena Babouc chez elle. Le mari, qui était enfin arrivé plongé dans la douleur, revit sa femme avec des transports d'allégresse et de reconnaissance: il embrassait tour à tour sa femme, sa maîtresse, le petit mage, et Babouc. L'union, la gaieté, l'esprit, et les grâces, furent l'âme de ce repas.

— Apprenez — lui dit la belle dame chez laquelle il soupait — que celles qu'on appelle quelquefois de malhonnêtes femmes ont presque toujours le mérite d'un très honnête homme; et pour vous en convaincre, venez demain dîner avec moi chez la belle Téone. Il y a quelques vieilles vestales qui la déchirent; mais elle fait plus de bien qu'elles toutes ensemble. Elle ne commettrait pas une légère injustice pour le plus grand intérêt; elle ne donne à son amant que des conseils généreux; elle n'est occupée que de sa gloire: il rougirait devant elle s'il avait laissé échapper une occasion de faire du bien, car rien n'encourage plus aux actions vertueuses que d'avoir pour témoin et pour juge de sa conduite une maîtresse dont on veut mériter l'estime.

Babouc ne manqua pas au rendez-vous. Il vit une maison où régnaient tous les plaisirs. Téone régnait sur eux; elle savait parler à chacun son langage. Son esprit naturel mettait à son aise celui des autres; elle plaisait sans presque le vouloir; elle était aussi aimable que bienfaisante; et, ce qui augmentait le prix de toutes ses bonnes qualités, elle était belle.[32]

Babouc, tout Scythe et tout envoyé qu'il était d'un génie, s'aperçut que, s'il restait encore à Persépolis, il oublierait Ituriel pour Téone. Il s'affectionnait à la ville, dont le peuple était poli, doux et bienfaisant, quoique léger, médisant, et plein de vanité.[33] Il craignait que Persépolis ne fût condamnée; il craignait même le compte qu'il allait rendre.

Voici comme il s'y prit pour rendre ce compte. Il fit faire par le meilleur fondeur de la ville une petite statue composée de tous les métaux, des terres et des pierres les plus précieuses et les plus viles; il la porta à Ituriel:

— Casserez-vous — dit-il — cette jolie statue parce que tout n'y est pas or et diamants?

Ituriel entendit à demi-mot; il résolut de ne pas même songer à corriger Persépolis, et de laisser aller *le monde comme il va*; car, dit-il, *si tout n'est pas bien, tout est passable.*[34] On laissa donc subsister Persépolis, et Babouc fut bien loin de se plaindre, comme Jonas, qui se fâcha de ce qu'on ne détruisait pas Ninive. Mais quand on a été trois jours dans le corps d'une baleine, on n'est pas de si bonne humeur que quand on a été à l'opéra, à la comédie, et qu'on a soupé en bonne compagnie.[35]

# HISTOIRE DES VOYAGES DE SCARMENTADO

## ÉCRITE PAR LUI-MÊME

Je naquis dans la ville de Candie, en 1600. Mon père en était gouverneur; et je me souviens qu'un poète médiocre qui n'était pas médiocrement dur, nommé *Iro*,[1] fit de mauvais vers à ma louange, dans lesquels il me faisait descendre de Minos en droite ligne; mais mon père ayant été disgracié, il fit d'autres vers où je ne descendais plus que de Pasiphaé et de son amant.[2] C'était un bien méchant homme que cet Iro, et le plus ennuyeux coquin qui fût dans l'île.

Mon père m'envoya, à l'âge de quinze ans, étudier à Rome. J'arrivai dans l'espérance d'apprendre toutes les vérités; car jusque là on m'avait enseigné tout le contraire, selon l'usage de ce bas monde, depuis Chine jusqu'aux Alpes. Monsignor Profondo, à qui j'étais recommandé, était un homme singulier, et un des plus terribles savants qu'il y eût au monde. Il voulut m'apprendre les catégories d'Aristote,[3] et fut sur le point de me mettre dans la catégorie de ses mignons: je l'échappai belle. Je vis des processions, des exorcismes, et quelques rapines. On disait, mais très faussement, que la signora Olimpia,[4] personne d'une grande prudence, vendait beaucoup de choses qu'on ne doit point vendre. J'étais dans un âge où tout cela me paraissait fort plaisant. Une jeune dame de mœurs très douces, nommée la signora Fatelo,[5] s'avisa de m'aimer. Elle était courtisée par le révérend père Poignardini, et par le révérend père Aconiti, jeunes profès d'un ordre qui ne subsiste plus: elle les mit d'accord en

me donnant ses bonnes grâces; mais en même temps je courus
risque d'être excommunié et empoisonné. Je partis, très content
de l'architecture de Saint-Pierre.

Je voyageai en France; c'était le temps du règne de Louis le
Juste.[6] La première chose qu'on me demanda, ce fut si je voulais
à mon déjeuner un petit morceau du maréchal d'Ancre, dont le
peuple avait fait rôtir la chair, et qu'on distribuait à fort bon
compte à ceux qui en voulaient.[7]

Cet État était continuellement en proie aux guerres civiles,
quelquefois pour une place au conseil, quelquefois pour deux
pages de controverse. Il y avait plus de soixante ans que
ce feu, tantôt couvert et tantôt soufflé avec violence, désolait
ces beaux climats. C'étaient là les libertés de l'Église gallicane.
«Hélas! — dis-je — ce peuple est pourtant né doux: qui
peut l'avoir tiré ainsi de son caractère? Il plaisante, et il fait
des Saint-Barthélemy.[8] Heureux le temps où il ne fera que
plaisanter!»

Je passai en Angleterre: les mêmes querelles y excitaient les
mêmes fureurs. De saints catholiques avaient résolu, pour le
bien de l'Église, de faire sauter en l'air, avec de la poudre, le roi,
la famille royale, et tout le parlement, et de délivrer l'Angleterre
de ces hérétiques.[9] On me montra la place où la bienheureuse
reine Marie, fille de Henri VIII, avait fait brûler plus de cinq
cents de ses sujets.[10] Un prêtre hibernois[11] m'assura que c'était
une très bonne action: premièrement, parce que ceux qu'on avait
brûlés étaient Anglais; en second lieu, parce qu'ils ne prenaient
jamais d'eau bénite, et qu'ils ne croyaient pas au trou de St.
Patrice.[12] Il s'étonnait surtout que la reine Marie ne fût pas encore
canonisée; mais il espérait qu'elle le serait bientôt, quand le
cardinal-neveu[13] aurait un peu de loisir.

J'allai en Hollande, où j'espérais trouver plus de tranquillité
chez des peuples plus flegmatiques. On coupait la tête à un
vieillard vénérable lorsque j'arrivai à La Haye. C'était la tête
chauve du premier ministre Barneveldt,[14] l'homme qui avait le

mieux mérité de la république. Touché de pitié, je demandai quel était son crime, et s'il avait trahi l'État.

— Il a fait bien pis — me répondit un prédicant à manteau noir; — c'est un homme qui croit que l'on peut se sauver par les bonnes œuvres aussi bien que par la foi. Vous sentez bien que, si de telles opinions s'établissaient, une république ne pourrait subsister, et qu'il faut des lois sévères pour réprimer de si scandaleuses horreurs.

Un profond politique du pays me dit en soupirant:

— Hélas! monsieur, le bon temps ne durera pas toujours; ce n'est que par hasard que ce peuple est si zélé; le fond de son caractère est porté au dogme abominable de la tolérance, un jour il y viendra: cela fait frémir.[15]

Pour moi, en attendant que ce temps funeste de la modération et de l'indulgence fût arrivé, je quittai bien vite un pays où la sévérité n'était adoucie par aucun agrément, et je m'embarquai pour l'Espagne.

La cour était à Séville, les galions[16] étaient arrivés, tout respirait l'abondance et la joie dans la plus belle saison de l'année. Je vis au bout d'une allée d'orangers et de citronniers une espèce de lice immense entourée de gradins couverts d'étoffes précieuses. Le roi, la reine, les infants, les infantes, étaient sous un dais superbe. Vis-à-vis de cette auguste famille était un autre trône, mais plus élevé. Je dis à un de mes compagnons de voyage:

— A moins que ce trône ne soit réservé pour Dieu, je ne vois pas à quoi il peut servir.

Ces indiscrètes paroles furent entendues d'un grave Espagnol, et me coûtèrent cher. Cependant je m'imaginais que nous allions voir quelque carrousel ou quelque fête de taureaux, lorsque le grand inquisiteur parut sur ce trône d'où il bénit le roi et le peuple.

Ensuite vint une armée de moines défilant deux à deux, blancs, noirs, gris, chaussés, déchaussés, avec barbe, sans barbe, avec capuchon pointu, et sans capuchon; puis marchait le bourreau;

puis on voyait au milieu des alguazils et des grands environ quarante personnes couvertes de sacs sur lesquels on avait peint des diables et des flammes.[17] C'étaient des juifs qui n'avaient pas voulu renoncer absolument à Moïse, c'étaient des chrétiens qui avaient épousé leurs commères, ou qui n'avaient pas adoré Notre-Dame d'Atocha,[18] ou qui n'avaient pas voulu se défaire de leur argent comptant en faveur des frères hiéronymites.[19] On chanta dévotement de très belles prières, après quoi on brûla à petit feu tous les coupables; de quoi toute la famille royale parut extrêmement édifiée.

Le soir, dans le temps que j'allais me mettre au lit, arrivèrent chez moi deux familiers[20] de l'Inquisition avec la sainte Hermandad: ils m'embrassèrent tendrement, et me menèrent, sans me dire un seul mot, dans un cachot très frais,[21] meublé d'un lit de natte et d'un beau crucifix. Je restai là six semaines, au bout desquelles le révérend père inquisiteur m'envoya prier de venir lui parler: il me serra quelque temps entre ses bras, avec une affection toute paternelle; il me dit qu'il était sincèrement affligé d'avoir appris que je fusse si mal logé; mais que tous les appartements de la maison étaient remplis, et qu'une autre fois il espérait que je serais plus à mon aise. Ensuite il me demanda cordialement si je ne savais pas pourquoi j'étais là. Je dis au révérend père que c'était apparemment pour mes péchés.

— Eh bien, mon cher enfant, pour quel péché? parlez-moi avec confiance.

J'eus beau imaginer, je ne devinai point; il me mit charitablement sur les voies.

Enfin je me souvins de mes indiscrètes paroles. J'en fus quitte pour la discipline et une amende de trente mille réales.[22] On me mena faire la révérence au grand inquisiteur: c'était un homme poli, qui me demanda comment j'avais trouvé sa petite fête. Je lui dis que cela était délicieux, et j'allai presser mes compagnons de voyage de quitter ce pays, tout beau qu'il est. Ils avaient eu le temps de s'instruire de toutes les grandes choses que les Espagnols avaient faites pour la religion. Ils avaient lu les mémoires du fameux évêque de Chiapa, par lesquels il paraît qu'on avait égorgé, ou brûlé, ou noyé dix millions d'infidèles en Amérique pour les convertir. Je crus que cet évêque exagérait; mais quand on réduirait ces sacrifices à cinq millions de victimes, cela serait encore admirable.[23]

Le désir de voyager me pressait toujours. J'avais compté finir mon tour de l'Europe par la Turquie: nous en prîmes la route. Je me proposai bien de ne plus dire mon avis sur les fêtes que je verrais.

— Ces Turcs — dis-je à mes compagnons — sont des mécréants qui n'ont point été baptisés, et qui par conséquent seront bien plus cruels que les révérends pères inquisiteurs. Gardons le silence quand nous serons chez les mahométans.

J'allai donc chez eux. Je fus étrangement surpris de voir en Turquie beaucoup plus d'églises chrétiennes qu'il n'y en avait dans Candie. J'y vis jusqu'à des troupes nombreuses de moines qu'on laissait prier la vierge Marie librement, et maudire Mahomet, ceux-ci en grec, ceux-là en latin, quelques autres en arménien. «Les bonnes gens que les Turcs!» m'écriai-je. Les chrétiens grecs et les chrétiens latins étaient ennemis mortels dans Constantinople; ces esclaves se persécutaient les uns les autres, comme des chiens qui se mordent dans la rue, et à qui leurs maîtres donnent des coups de bâtons pour les séparer. Le grand vizir protégeait alors les Grecs. Le patriarche grec m'accusa d'avoir soupé chez le patriarche latin, et je fus condamné en plein divan[24] à cent coups de latte sur la plante des pieds, rachetables de cinq cents sequins. Le lendemain le grand vizir fut étranglé; le surlendemain son successeur, qui était pour le parti des Latins, et qui ne fut étranglé qu'un mois après, me condamna à la même amende, pour avoir soupé chez le patriarche grec. Je fus dans la triste nécessité de ne plus fréquenter ni l'Église grecque ni la latine. Pour m'en consoler, je pris à loyer une fort belle Circassienne, qui était la personne la plus tendre dans le tête-à-tête, et la plus dévote à la mosquée. Une nuit, dans les

doux transports de son amour, elle s'écria en m'embrassant: *Alla,*
*Illa, Alla*: ce sont les paroles sacramentales des Turcs: je crus
que c'étaient celles de l'amour; je m'écriai aussi fort tendrement:

— *Alla, Illa, Alla.*

— Ah! — me dit-elle — le Dieu miséricordieux soit loué!
vous êtes Turc.[25]

Je lui dis que je le bénissais de m'en avoir donné la force, et je
me crus trop heureux. Le matin l'iman vint pour me circoncire;
et, comme je fis quelque difficulté, le cadi du quartier, homme
loyal, me proposa de m'empaler: je sauvai mon prépuce et mon
derrière avec mille sequins, et je m'enfuis vite en Perse, résolu
de ne plus entendre ni messe grecque ni latine en Turquie, et de
ne plus crier: *Alla, Illa, Alla,* dans un rendez-vous.

En arrivant à Ispahan on me demanda si j'étais pour le mouton
noir ou pour le mouton blanc. Je répondis que cela m'était fort
indifférent, pourvu qu'il fût tendre. Il faut savoir que les factions
du *Mouton blanc* et du *Mouton noir* partageaient encore les
Persans.[26] On crut que je me moquais des deux partis; de sorte
que je me trouvai déjà une violente affaire sur les bras aux portes
de la ville: il m'en coûta encore grand nombre de sequins pour
me débarrasser des moutons.

Je poussai jusqu'à la Chine avec un interprète, qui m'assura
que c'était là le pays où l'on vivait librement et gaiement. Les
Tartares s'en étaient rendus maîtres, après avoir tout mis à feu
et à sang;[27] et les révérends pères jésuites d'un côté, comme les
révérends pères dominicains de l'autre, disaient qu'ils y gagnaient
des âmes à Dieu, sans que personne en sût rien. On n'a jamais
vu de convertisseurs si zélés: car ils se persécutaient les uns les
autres tour à tour; ils écrivaient à Rome des volumes de calomnies;
ils se traitaient d'infidèles et de prévaricateurs pour une âme. Il
y avait surtout une horrible querelle entre eux sur la manière de
faire la révérence. Les jésuites voulaient que les Chinois saluassent
leurs pères et leurs mères à la mode de la Chine, et les dominicains voulaient qu'on les saluât à la mode de Rome.[28] Il m'arriva

d'être pris par les jésuites pour un dominicain. On me fit passer chez Sa Majesté tartare pour un espion du pape. Le conseil suprême chargea un premier mandarin, qui ordonna à un sergent, qui commanda à quatre sbires du pays de m'arrêter et de me lier en cérémonie. Je fus conduit après cent quarante génuflexions devant Sa Majesté. Elle me fit demander si j'étais l'espion du pape, et s'il était vrai que ce prince dût venir en personne le détrôner. Je lui répondis que le pape était un prêtre de soixante et dix ans; qu'il demeurait à quatre mille lieues de Sa Sacrée Majesté tartaro-chinoise; qu'il avait environ deux mille soldats qui montaient la garde avec un parasol; qu'il ne détrônait personne, et que Sa Majesté pouvait dormir en sûreté. Ce fut l'aventure la moins funeste de ma vie. On m'envoya à Macao, d'où je m'embarquai pour l'Europe.

Mon vaisseau eut besoin d'être radoubé vers les côtes de Golconde.[29] Je pris ce temps pour aller voir la cour du grand Aureng-Zeb,[30] dont on disait des merveilles dans le monde: il était alors dans Delhi. J'eus la consolation de l'envisager le jour de la pompeuse cérémonie dans laquelle il reçut le présent céleste que lui envoyait le shérif de la Mecque. C'était le balai avec lequel on avait balayé la maison sainte, le Caaba, le Beth Alla. Ce balai est le symbole qui balaye toutes les ordures de l'âme. Aureng-Zeb ne paraissait pas en avoir besoin; c'était l'homme le plus pieux de tout l'Indoustan. Il est vrai qu'il avait égorgé un de ses frères et empoisonné son père.[31] Vingt rayas[32] et autant d'omras[33] étaient morts dans les supplices; mais cela n'était rien, et on ne parlait que de sa dévotion. On ne lui comparait que la sacrée majesté du sérénissime empereur de Maroc, Muley-Ismaël,[34] qui coupait des têtes tous les vendredis après la prière.

Je ne disais mot; les voyages m'avaient formé, et je sentais qu'il ne m'appartenait pas de décider entre ces deux augustes souverains. Un jeune Français, avec qui je logeais, manqua, je l'avoue, de respect à l'empereur des Indes et à celui de Maroc. Il s'avisa de dire très indiscrètement qu'il y avait en Europe de très pieux souverains qui gouvernaient bien leurs États et qui fréquentaient même les églises, sans pourtant tuer leurs pères et leurs frères, et sans couper les têtes de leurs sujets. Notre interprète transmit en indou le discours impie de mon jeune homme. Instruit par le passé, je fis vite seller mes chameaux: nous partîmes, le Français et moi. J'ai su depuis que la nuit même les officiers du grand Aureng-Zeb étant venus pour nous prendre, ils ne trouvèrent que l'interprète. Il fut exécuté en place publique, et tous les courtisans avouèrent sans flatterie que sa mort était très juste.

Il me restait de voir l'Afrique, pour jouir de toutes les douceurs de notre continent. Je la vis en effet. Mon vaisseau fut pris par des corsaires nègres.[35] Notre patron fit de grandes plaintes; il leur demanda pourquoi ils violaient ainsi les lois des nations. Le capitaine nègre lui répondit:

— Vous avez le nez long, et nous l'avons plat; vos cheveux sont tout droits, et notre laine est frisée; vous avez la peau de couleur de cendre, et nous de couleur d'ébène; par conséquent nous devons, par les lois sacrées de la nature, être toujours ennemis. Vous nous achetez aux foires de la côte de Guinée, comme des bêtes de somme, pour nous faire travailler à je ne sais quel emploi aussi pénible que ridicule. Vous nous faites fouiller à coups de nerfs de bœuf dans des montagnes pour en tirer une espèce de terre jaune qui par elle-même n'est bonne à rien, et qui ne vaut pas, à beaucoup près, un bon oignon d'Égypte; aussi quand nous vous rencontrons, et que nous sommes les plus forts, nous vous faisons esclaves, nous vous faisons labourer nos champs, ou nous vous coupons le nez et les oreilles.[36]

On n'avait rien à répliquer à un discours si sage. J'allai labourer le champ d'une vieille négresse, pour conserver mes oreilles et mon nez. On me racheta au bout d'un an. J'avais vu tout ce qu'il y a de beau, de bon et d'admirable sur la terre: je résolus de ne plus voir que mes pénates. Je me mariai chez moi: je fus cocu, et je vis que c'était l'état le plus doux de la vie.[37]

# HISTOIRE D'UN BON BRAMIN

JE rencontrai dans mes voyages un vieux bramin, homme fort sage, plein d'esprit et très savant: de plus il était riche, et partant il en était plus sage encore; car, ne manquant de rien, il n'avait besoin de tromper personne. Sa famille était très bien gouvernée par trois belles femmes qui s'étudiaient à lui plaire; et quand il ne s'amusait pas avec ses femmes, il s'occupait à philosopher.

Près de sa maison, qui était belle, ornée et accompagnée de jardins charmants, demeurait une vieille Indienne, bigote, imbécile et assez pauvre.

Le bramin me dit un jour: — Je voudrais n'être jamais né. — Je lui demandai pourquoi. Il me répondit: — J'étudie depuis quarante ans, ce sont quarante années de perdues; j'enseigne les autres, et j'ignore tout; cet état porte dans mon âme tant d'humiliation et de dégoût que la vie m'est insupportable: je suis né, je vis dans le temps, et je ne sais pas ce que c'est que le temps: je me trouve dans un point entre deux éternités, comme disent nos sages, et je n'ai nulle idée de l'éternité: je suis composé de matière; je pense, je n'ai jamais pu m'instruire de ce qui produit la pensée: j'ignore si mon entendement est en moi une simple faculté, comme celle de marcher, de digérer, et si je pense avec ma tête comme je prends avec mes mains. Non seulement le principe de ma pensée m'est inconnu, mais le principe de mes mouvements m'est également caché: je ne sais pourquoi j'existe; cependant on me fait chaque jour des questions sur tous ces points: il faut répondre; je n'ai rien de bon à dire; je parle beaucoup, et je demeure confus et honteux de moi-même après avoir parlé.

C'est bien pis quand on me demande si Brama a été produit par Vitsnou, ou s'ils sont tous deux éternels.[1] Dieu m'est témoin que je n'en sais pas un mot, et il y paraît bien à mes réponses. Ah! mon révérend père, me dit-on, apprenez-nous comment le

mal inonde toute la terre. Je suis aussi en peine que ceux qui me
font cette question: je leur dis quelquefois que tout est le mieux
du monde; mais ceux qui ont été ruinés et mutilés à la guerre
n'en croient rien, ni moi non plus: je me retire chez moi accablé
de ma curiosité et de mon ignorance. Je lis nos anciens livres, et
ils redoublent mes ténèbres. Je parle à mes compagnons; les uns
me répondent qu'il faut jouir de la vie, et se moquer des hommes;
les autres croient savoir quelque chose, et se perdent dans des
idées extravagantes; tout augmente le sentiment douloureux que
j'éprouve. Je suis près quelquefois de tomber dans le désespoir,
quand je songe qu'après toutes mes recherches je ne sais ni d'où
je viens, ni ce que je suis, ni où j'irai, ni ce que je deviendrai.[2]

L'état de ce bon homme me fit une vraie peine: personne
n'était ni plus raisonnable, ni de meilleure foi que lui. Je conçus
que plus il avait de lumières dans son entendement, et de sensibilité dans son cœur, plus il était malheureux.

Je vis le même jour la vieille femme qui demeurait dans son
voisinage: je lui demandai si elle avait jamais été affligée de ne
savoir pas comment son âme était faite. Elle ne comprit seulement
pas ma question: elle n'avait jamais réfléchi un seul moment de
sa vie sur un seul des points qui tourmentaient le bramin; elle
croyait aux métamorphoses de Vitsnou de tout son cœur, et
pourvu qu'elle pût avoir quelquefois de l'eau du Gange pour se
laver, elle se croyait la plus heureuse des femmes.

Frappé du bonheur de cette pauvre créature, je revins à mon
philosophe, et je lui dis: — N'êtes-vous pas honteux d'être malheureux, dans le temps qu'à votre porte il y a un vieil automate
qui ne pense à rien, et qui vit content? — Vous avez raison,
me répondit-il; je me suis dit cent fois que je serais heureux si
j'étais aussi sot que ma voisine, et cependant je ne voudrais pas
d'un tel bonheur.

Cette réponse de mon bramin me fit une plus grande impression que tout le reste; je m'examinai moi-même, et je vis qu'en
effet je n'aurais pas voulu être heureux à condition d'être imbécile.

Je proposai la chose à des philosophes, et ils furent de mon avis. — Il y a pourtant — disais-je — une furieuse contradiction dans cette manière de penser: car enfin de quoi s'agit-il? D'être heureux. Qu'importe d'avoir de l'esprit ou d'être sot? Il y a bien plus: ceux qui sont contents de leur être sont bien sûrs d'être contents; ceux qui raisonnent ne sont pas si sûrs de bien raisonner. Il est donc clair — disais-je — qu'il faudrait choisir de n'avoir pas le sens commun, pour peu que ce sens commun contribue à notre mal-être. — Tout le monde fut de mon avis, et cependant je ne trouvai personne qui voulût accepter le marché de devenir imbécile pour devenir content. De là je conclus que, si nous faisons cas du bonheur, nous faisons encore plus de cas de la raison.

Mais, après y avoir réfléchi, il paraît que de préférer la raison à la félicité, c'est être très insensé. Comment donc cette contradiction peut-elle s'expliquer? Comme toutes les autres. Il y a là de quoi parler beaucoup.

# LE BLANC ET LE NOIR

Tout le monde dans la province de Candahar connaît l'aventure du jeune Rustan. Il était fils unique d'un mirza du pays: c'est comme qui dirait marquis parmi nous, ou baron chez les Allemands. Le mirza son père avait un bien honnête. On devait marier le jeune Rustan à une demoiselle, ou mirzasse de sa sorte. Les deux familles le désiraient passionnément. Il devait faire la consolation de ses parents, rendre sa femme heureuse, et l'être avec elle.

Mais par malheur il avait vu la princesse de Cachemire à la foire de Kaboul, qui est la foire la plus considérable du monde, et incomparablement plus fréquentée que celles de Bassora et d'Astracan; et voici pourquoi le vieux prince de Cachemire était venu à la foire avec sa fille.

Il avait perdu les deux plus rares pièces de son trésor: l'une était un diamant gros comme le pouce, sur lequel sa fille était gravée par un art que les Indiens possédaient alors, et qui s'est perdu depuis; l'autre était un javelot qui allait de lui-même où l'on voulait: ce qui n'est pas une chose bien extraordinaire parmi nous, mais qui l'était à Cachemire.

Un fakir de Son Altesse lui vola ces deux bijoux; il les porta à la princesse.

— Gardez soigneusement ces deux pièces — lui dit-il; — votre destinée en dépend.

Il partit alors, et on ne le revit plus. Le duc de Cachemire, au désespoir, résolut d'aller voir, à la foire de Kaboul, si de tous les marchands qui s'y rendent des quatre coins du monde il n'y en aurait pas un qui eût son diamant et son arme. Il menait sa fille avec lui dans tous ses voyages. Elle porta son diamant bien enfermé dans sa ceinture; mais pour le javelot, qu'elle ne pouvait si bien cacher, elle l'avait enfermé soigneusement à Cachemire dans son grand coffre de la Chine.

Rustan et elle se virent à Kaboul; ils s'aimèrent avec toute la bonne foi de leur âge, et toute la tendresse de leur pays. La princesse, pour gage de son amour, lui donna son diamant, et Rustan lui promit à son départ de l'aller voir secrètement à Cachemire.

Le jeune mirza avait deux favoris qui lui servaient de secrétaires, d'écuyers, de maîtres d'hôtel et de valets de chambre. L'un s'appelait Topaze: il était beau, bien fait, blanc comme une Circassienne,[1] doux et serviable comme un Arménien, sage comme un Guèbre.[2] L'autre se nommait Ébène: c'était un nègre fort joli, plus empressé, plus industrieux que Topaze, et qui ne trouvait rien de difficile. Il leur communiqua le projet de son voyage. Topaze tâcha de l'en détourner avec le zèle circonspect d'un serviteur qui ne voulait pas lui déplaire; il lui représenta tout ce qu'il hasardait. Comment laisser deux familles au désespoir? comment mettre le couteau dans le cœur de ses parents?[3] Il ébranla Rustan; mais Ébène le raffermit et leva tous ses scrupules.

Le jeune homme manquait d'argent pour un si long voyage. Le sage Topaze ne lui en aurait pas fait prêter; Ébène y pourvut. Il prit adroitement le diamant de son maître, en fit faire un faux tout semblable, qu'il remit à sa place, et donna le véritable en gage à un Arménien pour quelques milliers de roupies.

Quand le marquis eut ses roupies, tout fut près pour le départ. On chargea un éléphant de son bagage; on monta à cheval. Topaze dit à son maître:

— J'ai pris la liberté de vous faire des remontrances sur votre entreprise; mais, après avoir remontré, il faut obéir; je suis à vous, je vous aime, je vous suivrai jusqu'au bout du monde; mais consultons en chemin l'oracle qui est à deux parasanges[4] d'ici.

Rustan y consentit. L'oracle répondit: «Si tu vas à l'orient, tu seras à l'occident.» Rustan ne comprit rien à cette réponse. Topaze soutint qu'elle ne contenait rien de bon. Ébène, toujours complaisant, lui persuada qu'elle était très favorable.

Il y avait encore un autre oracle dans Kaboul; ils y allèrent. L'oracle de Kaboul répondit en ces mots: «Si tu possèdes, tu ne posséderas pas; si tu es vainqueur, tu ne vaincras pas; si tu es Rustan, tu ne le seras pas.» Cet oracle parut encore plus in-intelligible que l'autre.

— Prenez garde à vous — disait Topaze.

— Ne redoutez rien — disait Ébène; — et ce ministre, comme on peut le croire, avait toujours raison auprès de son maître, dont il encourageait la passion et l'espérance.

Au sortir de Kaboul, on marcha par une grande forêt, on s'assit sur l'herbe pour manger, on laissa les chevaux paître. On se préparait à décharger l'éléphant qui portait le dîner et le service, lorsqu'on s'aperçut que Topaze et Ébène n'étaient plus avec la petite caravane. On les appelle; la forêt retentit des noms d'Ébène et de Topaze. Les valets les cherchent de tous côtés, et remplissent la forêt de leurs cris; ils reviennent sans avoir rien vu, sans qu'on leur ait répondu.

— Nous n'avons trouvé — dirent-ils à Rustan — qu'un vautour qui se battait avec un aigle, et qui lui ôtait toutes ses plumes.

Le récit de ce combat piqua la curiosité de Rustan; il alla à pied sur le lieu, il n'aperçut ni vautour ni aigle; mais il vit son éléphant, encore tout chargé de son bagage, qui était assailli par un gros rhinocéros. L'un frappait de sa corne, l'autre de sa trompe. Le rhinocéros lâcha prise à la vue de Rustan; on ramena son éléphant, mais on ne trouva plus les chevaux.

— Il arrive d'étranges choses dans les forêts quand on voyage! — s'écriait Rustan.

Les valets étaient consternés, et le maître au désespoir d'avoir perdu à la fois ses chevaux, son cher nègre, et le sage Topaze, pour lequel il avait toujours de l'amitié, quoiqu'il ne fût jamais de son avis.

L'espérance d'être bientôt aux pieds de la belle princesse de Cachemire le consolait, quand il rencontra un grand âne rayé, à qui un rustre vigoureux et terrible donnait cent coups de bâton.

Rien n'est si beau, ni si rare, ni si léger à la course que les ânes de cette espèce. Celui-ci répondait aux coups redoublés du vilain par des ruades qui auraient pu déraciner un chêne. Le jeune mirza prit, comme de raison, le parti de l'âne, qui était une créature charmante. Le rustre s'enfuit en disant à l'âne:

— Tu me le payeras.

L'âne remercia son libérateur en son langage, s'approcha, se laissa caresser, et caressa. Rustan monte dessus après avoir dîné, et prend le chemin de Cachemire avec ses domestiques, qui suivent, les uns à pied, les autres montés sur l'éléphant.

A peine était-il sur son âne que cet animal tourne vers Kaboul, au lieu de suivre la route de Cachemire. Son maître a beau tourner la bride, donner des saccades, serrer les genoux, appuyer des éperons, rendre la bride, tirer à lui, fouetter à droite et à gauche, l'animal opiniâtre courait toujours vers Kaboul.

Rustan suait, se démenait, se désespérait, quand il rencontra un marchand de chameaux qui lui dit:

— Maître, vous avez là un âne bien malin qui vous mène où vous ne voulez pas aller; si vous voulez me le céder, je vous donnerai quatre de mes chameaux à choisir.

Rustan remercia la Providence de lui avoir procuré un si bon marché.

— Topaze avait grand tort — dit-il — de me dire que mon voyage serait malheureux.

Il monte sur le plus beau chameau, les trois autres suivent; il rejoint sa caravane, et se voit dans le chemin de son bonheur.

A peine a-t-il marché quatre parasanges qu'il est arrêté par un torrent profond, large et impétueux, qui roulait des rochers blanchis d'écume. Les deux rivages étaient des précipices affreux qui éblouissaient la vue et glaçaient le courage; nul moyen de passer, nul d'aller à droite ou à gauche.

— Je commence à craindre — dit Rustan — que Topaze n'ait eu raison de blâmer mon voyage, et moi grand tort de l'entreprendre; encore, s'il était ici, il me pourrait donner quelques bons avis. Si j'avais Ébène, il me consolerait, et il trouverait des expédients; mais tout me manque.

Son embarras était augmenté par la consternation de sa troupe: la nuit était noire, on la passa à se lamenter. Enfin la fatigue et l'abattement endormirent l'amoureux voyageur. Il se réveille au point du jour, et voit un beau pont de marbre élevé sur le torrent d'une rive à l'autre.

Ce furent des exclamations, des cris d'étonnement et de joie.

— Est-il possible? est-ce un songe? quel prodige! quel enchantement! oserons-nous passer?

Toute la troupe se mettait à genoux, se relevait, allait au pont, baisait la terre, regardait le ciel, étendait les mains, posait le pied en tremblant, allait, revenait, était en extase; et Rustan disait:

— Pour le coup le ciel me favorise: Topaze ne savait ce qu'il disait; les oracles étaient en ma faveur; Ébène avait raison; mais pourquoi n'est-il pas ici?

A peine la troupe fut-elle au delà du torrent que voilà le pont qui s'abîme dans l'eau avec un fracas épouvantable.

— Tant mieux! tant mieux! — s'écria Rustan; — Dieu soit loué! le ciel soit béni! il ne veut pas que je retourne dans mon pays, où je n'aurais été qu'un simple gentilhomme; il veut que j'épouse ce que j'aime. Je serai prince de Cachemire; c'est ainsi qu'en *possédant* ma maîtresse, je ne *posséderai* pas mon petit marquisat à Candahar. *Je serai Rustan, et je ne le serai pas*, puisque je deviendrai un grand prince: voilà une grande partie de l'oracle expliquée nettement en ma faveur, le reste s'expliquera de même; je suis trop heureux. Mais pourquoi Ébène n'est-il pas auprès de moi? je le regrette mille fois plus que Topaze.

Il avança encore quelques parasanges avec la plus grande allégresse; mais, sur la fin du jour, une enceinte de montagnes plus roides qu'une contrescarpe, et plus hautes que n'aurait été la tour de Babel si elle avait été achevée, barra entièrement la caravane saisie de crainte.

Tout le monde s'écria:

— Dieu veut que nous périssions ici! il n'a brisé le pont que pous nous ôter tout espoir de retour; il n'a élevé la montagne que pour nous priver de tout moyen d'avancer. O Rustan! ô malheureux marquis! nous ne verrons jamais Cachemire, nous ne rentrerons jamais dans la terre de Candahar.

La plus cuisante douleur, l'abattement le plus accablant, succédaient dans l'âme de Rustan à la joie immodérée qu'il avait ressentie, aux espérances dont il s'était enivré. Il était bien loin d'interpréter les prophéties à son avantage:

— O ciel! ô Dieu paternel! faut-il que j'aie perdu mon ami Topaze!

Comme il prononçait ces paroles en poussant de profonds soupirs, et en versant des larmes au milieu de ses suivants désespérés, voilà la base de la montagne qui s'ouvre, une longue galerie en voûte, éclairée de cent mille flambeaux,[5] se présente aux yeux éblouis; et Rustan de s'écrier, et ses gens de se jeter à genoux, et de tomber d'étonnement à la renverse, et de crier miracle! et de dire:

— Rustan est le favori de Vitsnou, le bien-aimé de Brama; il sera le maître du monde.

Rustan le croyait, il était hors de lui, élevé au-dessus de luimême.

— Ah! Ébène, mon cher Ébène! où êtes-vous? que n'êtesvous témoin de toutes ces merveilles! comment vous ai-je perdu? belle princesse de Cachemire, quand reverrai-je vos charmes?

Il avance avec ses domestiques, son éléphant, ses chameaux, sous la voûte de la montagne, au bout de laquelle il entre dans une prairie émaillée de fleurs et bordée de ruisseaux: au bout de la prairie ce sont des allées d'arbres à perte de vue; et au bout de ces allées, une rivière, le long de laquelle sont mille maisons de plaisance, avec des jardins délicieux. Il entend partout des concerts de voix et d'instruments; il voit des danses; il se hâte de passer un des ponts de la rivière; il demande au premier homme qu'il rencontre quel est ce beau pays.[6]

Celui auquel il s'adressait lui répondit:

— Vous êtes dans la province de Cachemire; vous voyez les habitants dans la joie et dans les plaisirs; nous célébrons les noces de notre belle princesse, qui va se marier avec le seigneur Barbabou, à qui son père l'a promise; que Dieu perpétue leur félicité!

A ces paroles Rustan tomba évanoui, et le seigneur cachemirien crut qu'il était sujet à l'épilepsie; il le fit porter dans sa maison, où il fut longtemps sans connaissance. On alla chercher les deux plus habiles médecins du canton; ils tâtèrent le pouls du malade, qui, ayant repris un peu ses esprits, poussait des sanglots, roulait les yeux, et s'écriait de temps en temps:

— Topaze, Topaze, vous aviez bien raison!

L'un des deux médecins dit au seigneur cachemirien:

— Je vois à son accent que c'est un jeune homme de Candahar, à qui l'air de ce pays ne vaut rien; il faut le renvoyer chez lui; je vois à ses yeux qu'il est devenu fou; confiez-le-moi, je le ramènerai dans sa patrie, et je le guérirai.

L'autre médecin assura qu'il n'était malade que de chagrin, qu'il fallait le mener aux noces de la princesse, et le faire danser. Pendant qu'ils consultaient, le malade reprit ses forces; les deux médecins furent congédiés, et Rustan demeura tête à tête avec son hôte.[7]

— Seigneur — lui dit-il — je vous demande pardon de m'être évanoui devant vous, je sais que cela n'est pas poli; je vous supplie de vouloir bien accepter mon éléphant en reconnaissance des bontés dont vous m'avez honoré.

Il lui conta ensuite toutes ses aventures, en se gardant bien de lui parler de l'objet de son voyage.

— Mais, au nom de Vitsnou et de Brama — lui dit-il — apprenez-moi quel est cet heureux Barbabou qui épouse la princesse de Cachemire; pourquoi son père l'a choisi pour gendre, et pourquoi la princesse l'a accepté pour son époux.

— Seigneur — lui dit le Cachemirien — la princesse n'a point du tout accepté Barbabou; au contraire, elle est dans les pleurs, tandis que toute la province célèbre avec joie son mariage; elle s'est enfermée dans la tour de son palais; elle ne veut voir aucune des réjouissances qu'on fait pour elle.

Rustan, en entendant ces paroles, se sentit renaître; l'éclat de ses couleurs, que la douleur avait flétries, reparut sur son visage.

— Dites-moi, je vous prie — continua-t-il — pourquoi le prince de Cachemire s'obstine à donner sa fille à un Barbabou dont elle ne veut pas.

— Voici le fait — répondit le Cachemirien. — Savez-vous que notre auguste prince avait perdu un gros diamant et un javelot qui lui tenaient fort au cœur?

— Ah! je le sais très bien — dit Rustan.

— Apprenez donc — dit l'hôte — que notre prince, au désespoir de n'avoir point de nouvelles de ses deux bijoux, après les avoir fait longtemps chercher par toute la terre, a promis sa fille à quiconque lui rapporterait l'un ou l'autre. Il est venu un seigneur Barbabou qui était muni du diamant, et il épouse demain la princesse.

Rustan pâlit, bégaya un compliment, prit congé de son hôte, et courut sur son dromadaire à la ville capitale où se devait faire la cérémonie. Il arrive au palais du prince; il dit qu'il a des choses importantes à lui communiquer; il demande une audience; on lui répond que le prince est occupé des préparatifs de la noce:

— C'est pour cela même — dit-il — que je veux lui parler.

Il presse tant qu'il est introduit.

— Monseigneur — dit-il — que Dieu couronne tous vos jours de gloire et de magnificence! votre gendre est un fripon.

— Comment un fripon! qu'osez-vous dire? est-ce ainsi qu'on parle à un duc de Cachemire du gendre qu'il a choisi?

— Oui, un fripon — reprit Rustan; — et pour le prouver à Votre Altesse, c'est que voici votre diamant que je vous rapporte.

Le duc, tout étonné, confronta les deux diamants; et comme il ne s'y connaissait guère, il ne put dire quel était le véritable.

— Voilà deux diamants — dit-il — et je n'ai qu'une fille; me voilà dans un étrange embarras!

Il fit venir Barbabou, et lui demanda s'il ne l'avait point trompé. Barbabou jura qu'il avait acheté son diamant d'un Arménien; l'autre ne disait pas de qui il tenait le sien, mais il proposa un expédient: ce fut qu'il plût à Son Altesse de le faire combattre sur-le-champ contre son rival.

— Ce n'est pas assez que votre gendre donne un diamant — disait-il; — il faut aussi qu'il donne des preuves de valeur: ne trouvez-vous pas bon que celui qui tuera l'autre épouse la princesse?

— Très bon — répondit le prince — ce sera un fort beau spectacle pour la cour; battez-vous vite tous deux: le vainqueur prendra les armes du vaincu, selon l'usage de Cachemire, et il épousera ma fille.

Les deux prétendants descendent aussitôt dans la cour. Il y avait sur l'escalier une pie et un corbeau. Le corbeau criait «Battez-vous, battez-vous»; la pie: «Ne vous battez pas». Cela fit rire le prince; les deux rivaux y prirent garde à peine: ils commencent le combat; tous les courtisans faisaient un cercle autour d'eux. La princesse, se tenant toujours renfermée dans sa tour, ne voulut point assister à ce spectacle; elle était bien loin de se douter que son amant fût à Cachemire, et elle avait tant d'horreur pour Barbabou qu'elle ne voulait rien voir. Le combat se passa le mieux du monde; Barbabou fut tué roide, et le peuple en fut charmé, parce qu'il était laid, et que Rustan était fort joli: c'est presque toujours ce qui décide de la faveur publique.

Le vainqueur revêtit la cotte de mailles, l'écharpe, et le casque du vaincu, et vint, suivi de toute la cour, au son des fanfares, se présenter sous les fenêtres de sa maîtresse. Tout le monde criait: «Belle princesse, venez voir votre beau mari qui a tué son vilain rival,» ses femmes répétaient ces paroles. La princesse mit par malheur la tête à la fenêtre, et voyant l'armure d'un homme qu'elle abhorrait, elle courut en désespérée à son coffre de la Chine, et tira le javelot fatal qui alla percer son cher Rustan au défaut de la cuirasse; il jeta un grand cri, et à ce cri la princesse crut reconnaître la voix de son malheureux amant.

Elle descend échevelée, la mort dans les yeux et dans le cœur. Rustan était déjà tombé tout sanglant dans les bras de son père. Elle le voit: ô moment! ô vue! ô reconnaissance dont on ne peut exprimer ni la douleur, ni la tendresse, ni l'horreur! Elle se jette sur lui, elle l'embrasse:

— Tu reçois — lui dit-elle — les premiers et les derniers baisers de ton amante et de ta meurtrière.

Elle retire le dard de la plaie, l'enfonce dans son cœur, et meurt sur l'amant qu'elle adore. Le père, épouvanté, éperdu, prêt à mourir comme elle, tâche en vain de la rappeler à la vie; elle n'était plus. Il maudit ce dard fatal, le brise en morceaux, jette au loin ses deux diamants funestes; et, tandis qu'on prépare les funérailles de sa fille au lieu de son mariage, il fait transporter dans son palais Rustan ensanglanté, qui avait encore un reste de vie.

On le porte dans un lit. La première chose qu'il voit aux deux côtés de ce lit de mort, c'est Topaze et Ébène. Sa surprise lui rendit un peu de force.

— Ah! cruels — dit-il — pourquoi m'avez-vous abandonné? Peut-être la princesse vivrait encore, si vous aviez été près du malheureux Rustan.

— Je ne vous ai pas abandonné un seul moment — dit Topaze.

— J'ai toujours été près de vous — dit Ébène.

— Ah! que dites-vous? pourquoi insulter à mes derniers moments? — répondit Rustan d'une voix languissante.

— Vous pouvez m'en croire — dit Topaze; — vous savez que je n'approuvai jamais ce fatal voyage dont je prévoyais les horribles suites. C'est moi qui étais l'aigle qui a combattu contre

le vautour, et qu'il a déplumé; j'étais l'éléphant qui emportait le
bagage pour vous forcer à retourner dans votre patrie; j'étais
l'âne rayé qui vous ramenait malgré vous chez votre père; c'est
moi qui ai égaré vos chevaux; c'est moi qui ai formé le torrent
qui vous empêchait de passer; c'est moi qui ai élevé la montagne
qui vous fermait un chemin si funeste; j'étais le médecin qui vous
conseillait l'air natal; j'étais la pie qui vous criait de ne point
combattre.

— Et moi — dit Ébène — j'étais le vautour qui a déplumé
l'aigle; le rhinocéros qui donnait cent coups de corne à l'éléphant,
le vilain qui battait l'âne rayé; le marchand qui vous donnait des
chameaux pour courir à votre perte; j'ai bâti le pont sur lequel
vous avez passé; j'ai creusé la caverne que vous avez traversée;
je suis le médecin qui vous encourageait à marcher; le corbeau qui
vous criait de vous battre.

— Hélas! souviens-toi des oracles — dit Topaze: — *Si tu vas
à l'orient, tu seras à l'occident.*

— Oui — dit Ébène — on ensevelit ici les morts le visage
tourné à l'occident: l'oracle était clair, que ne l'as-tu compris? *Tu
as possédé, et tu ne possédais pas*: car tu avais le diamant, mais il
était faux, et tu n'en savais rien. Tu es vainqueur, et tu meurs; tu
es Rustan, et tu cesses de l'être: tout a été accompli.

Comme il parlait ainsi, quatre ailes blanches couvrirent le
corps de Topaze, et quatre ailes noires celui d'Ébène.[8]

— Que vois-je? — s'écria Rustan.

Topaze et Ébène répondirent ensemble:

— Tu vois tes deux génies.

— Eh! messieurs — leur dit le malheureux Rustan — de quoi
vous mêliez-vous? et pourquoi deux génies pour un pauvre
homme?

— C'est la loi — dit Topaze; — chaque homme a ses deux
génies, c'est Platon[9] qui l'a dit le premier, et d'autres l'ont répété
ensuite; tu vois que rien n'est plus véritable: moi qui te parle, je
suis ton bon génie, et ma charge était de veiller auprès de toi

jusqu'au dernier moment de ta vie; je m'en suis fidèlement acquitté.

— Mais — dit le mourant — si ton emploi était de me servir, je suis donc d'une nature fort supérieure à la tienne; et puis comment oses-tu dire que tu es mon bon génie, quand tu m'as laissé tromper dans tout ce que j'ai entrepris, et que tu me laisses mourir, moi et ma maîtresse, misérablement?

— Hélas! c'était ta destinée — dit Topaze.

— Si c'est la destinée qui fait tout — dit le mourant — à quoi un génie est-il bon?[10] Et toi, Ébène, avec tes quatre ailes noires, tu es apparemment mon mauvais génie?

— Vous l'avez dit — répondit Ébène.

— Mais tu étais donc aussi le mauvais génie de ma princesse?

— Non, elle avait le sien, et je l'ai parfaitement secondé.

— Ah! maudit Ébène, si tu es si méchant, tu n'appartiens donc pas au même maître que Topaze? vous avez été formés tous deux par deux principes différents, dont l'un est bon, et l'autre méchant de sa nature?

— Ce n'est pas une conséquence — dit Ébène — mais c'est une grande difficulté.

— Il n'est pas possible — reprit l'agonisant — qu'un être favorable ait fait un génie si funeste.

— Possible ou non possible — repartit Ébène — la chose est comme je te le dis.

— Hélas! — dit Topaze — mon pauvre ami, ne vois-tu pas que ce coquin-là a encore la malice de te faire disputer pour allumer ton sang et précipiter l'heure de ta mort?

— Va, je ne suis guère plus content de toi que de lui — dit le triste Rustan: — il avoue du moins qu'il a voulu me faire du mal; et toi, qui prétendais me défendre, tu ne m'as servi de rien.

— J'en suis bien fâché — dit le bon génie.

— Et moi aussi — dit le mourant; il y a quelque chose là-dessous que je ne comprends pas.

— Ni moi non plus — dit le pauvre bon génie.

— J'en serai instruit dans un moment — dit Rustan.

— C'est ce que nous verrons — dit Topaze.

Alors tout disparut. Rustan se retrouva dans la maison de son père, dont il n'était pas sorti, et dans son lit, où il avait dormi une heure.

Il se réveille en sursaut, tout en sueur, tout égaré; il se tâte, il appelle, il crie, il sonne. Son valet de chambre, Topaze, accourt en bonnet de nuit, et tout en bâillant.

— Suis-je mort, suis-je en vie? — s'écria Rustan; — la belle princesse de Cachemire en réchappera-t-elle?...

— Monseigneur rêve-t-il? — répondit froidement Topaze.

— Ah! — s'écriait Rustan — qu'est donc devenu ce barbare Ébène avec ses quatre ailes noires? c'est lui qui me fait mourir d'une mort si cruelle.

— Monseigneur, je l'ai laissé là-haut, qui ronfle: voulez-vous qu'on le fasse descendre?

— Le scélérat! il y a six mois entiers qu'il me persécute; c'est lui qui me mena à cette fatale foire de Kaboul; c'est lui qui m'escamota le diamant que m'avait donné la princesse; il est seul la cause de mon voyage, de la mort de ma princesse, et du coup de javelot dont je meurs à la fleur de mon âge.

— Rassurez-vous — dit Topaze; — vous n'avez jamais été à Kaboul; il n'y a point de princesse de Cachemire; son père n'a jamais eu que deux garçons qui sont actuellement au collège. Vous n'avez jamais eu de diamant; la princesse ne peut être morte, puisqu'elle n'est pas née; et vous vous portez à merveille.

— Comment! il n'est pas vrai que tu m'assistais à la mort dans le lit du prince de Cachemire? Ne m'as-tu pas avoué que, pour me garantir de tant de malheurs, tu avais été aigle, éléphant, âne rayé, médecin, et pie?

— Monseigneur, vous avez rêvé tout cela: nos idées ne dépendent pas plus de nous dans le sommeil que dans la veille.[11] Dieu a voulu que cette file d'idées vous ait passé par la tête, pour

vous donner apparemment quelque instruction dont vous ferez
votre profit.

— Tu te moques de moi — reprit Rustan; — combien de
temps ai-je dormi?

— Monseigneur, vous n'avez encore dormi qu'une heure.

— Eh bien! maudit raisonneur, comment veux-tu qu'en une
heure de temps j'aie été à la foire de Kaboul il y a six mois, que
j'en sois revenu, que j'aie fait le voyage de Cachemire, et que
nous soyons morts, Barbabou, la princesse, et moi?

— Monseigneur, il n'y a rien de plus aisé et de plus ordinaire,
et vous auriez pu réellement faire le tour du monde, et avoir
beaucoup plus d'aventures en bien moins de temps.

— N'est-il pas vrai que vous pouvez lire en une heure l'abrégé
de l'histoire des Perses, écrite par Zoroastre? cependant cet abrégé
contient huit cent mille années. Tous ces événements passent
sous vos yeux l'un après l'autre en une heure; or vous m'avouerez
qu'il est aussi aisé à Brama de les resserrer tous dans l'espace d'une
heure que de les étendre dans l'espace de huit cent mille années;
c'est précisément la même chose. Figurez-vous que le temps
tourne sur une roue dont le diamètre est infini. Sous cette roue
immense sont une multitude innombrable de roues les unes dans
les autres; celle du centre est imperceptible, et fait un nombre
infini de tours précisément dans le même temps que la grande
roue n'en achève qu'un. Il est clair que tous les événements,
depuis le commencement du monde, jusqu'à sa fin, peuvent
arriver successivement en beaucoup moins de temps que la cent
millième partie d'une seconde; et on peut dire même que la
chose est ainsi.

— Je n'y entends rien — dit Rustan.

— Si vous voulez — dit Topaze — j'ai un perroquet qui vous
le fera aisément comprendre. Il est né quelque temps avant le
déluge, il a été dans l'arche; il a beaucoup vu; cependant il n'a
encore qu'un an et demi: il vous contera son histoire, qui est fort
intéressante.

— Allez vite chercher votre perroquet — dit Rustan; — il m'amusera jusqu'à ce que je puisse me rendormir.

— Il est chez ma sœur la religieuse — dit Topaze; — je vais le chercher, vous en serez content; sa mémoire est fidèle, il conte simplement, sans chercher à montrer de l'esprit à tout propos, et sans faire des phrases.[12]

— Tant mieux — dit Rustan — voilà comme j'aime les contes.

On lui amena le perroquet, lequel parla ainsi.

*N.B. Mademoiselle Catherine Vadé n'a jamais pu trouver l'histoire du perroquet dans le portefeuille de feu son cousin Antoine Vadé,[13] auteur de ce conte. C'est grand dommage, vu le temps auquel vivait ce perroquet.[14]*

# LE TAUREAU BLANC[1]

## CHAPITRE PREMIER

### COMMENT LA PRINCESSE AMASIDE RENCONTRE UN BŒUF

La jeune princesse Amaside, fille d'Amasis,[1] roi de Tanis en Égypte, se promenait sur le chemin de Péluse avec les dames de sa suite. Elle était plongée dans une tristesse profonde; les larmes coulaient de ses beaux yeux. On sait[2] quel était le sujet de sa douleur, et combien elle craignait de déplaire au roi son père par sa douleur même. Le vieillard Mambrès,[3] ancien mage et eunuque des pharaons, était auprès d'elle, et ne la quittait presque jamais. Il la vit naître, il l'éleva, il lui enseigna tout ce qu'il est permis à une belle princesse de savoir des sciences de l'Égypte. L'esprit d'Amaside égalait sa beauté; elle était aussi sensible, aussi tendre que charmante, et c'était cette sensibilité qui lui coûtait tant de pleurs.

La princesse était âgée de vingt-quatre ans; le mage Mambrès en avait environ treize cents.[4] C'était lui, comme on sait, qui avait eu avec le grand Moïse cette dispute fameuse dans laquelle la victoire fut longtemps balancée entre ces deux profonds philosophes. Si Mambrès succomba, ce ne fut que par la protection visible des puissances célestes, qui favorisèrent son rival: il fallut des dieux[5] pour vaincre Mambrès.[6]

Amasis le fit surintendant de la maison de sa fille, et il s'acquittait de cette charge avec sa sagesse ordinaire: la belle Amaside l'attendrissait par ses soupirs.

— O mon amant! mon jeune et cher amant! — s'écriait-elle

quelquefois; — ô le plus grand des vainqueurs, le plus accompli, le plus beau des hommes! quoi! depuis près de sept ans[7] tu as disparu de la terre! Quel dieu t'a enlevé à ta tendre Amaside? tu n'es point mort, les savants prophètes de l'Égypte en conviennent; mais tu es mort pour moi, je suis seule sur la terre, elle est déserte. Par quel étrange prodige as-tu abandonné ton trône et ta maîtresse? Ton trône! il était le premier du monde, et c'est peu de chose; mais moi, qui t'adore, ô mon cher Na...!

Elle allait achever.

— Tremblez de prononcer ce nom fatal — lui dit le sage Mambrès, ancien eunuque et mage des pharaons.[8] — Vous seriez peut-être décelée par quelqu'une de vos dames du palais. Elles vous sont toutes dévouées, et toutes les belles dames se font sans doute un mérite de servir les nobles passions des belles princesses; mais enfin il peut se trouver une indiscrète, et même à toute force une perfide. Vous savez que le roi votre père, qui d'ailleurs vous aime, a juré de vous faire couper le cou si vous prononciez ce nom terrible, toujours prêt à vous échapper. Pleurez, mais taisez-vous. Cette loi est bien dure, mais vous n'avez pas été élevée dans la sagesse égyptienne pour ne savoir pas commander à votre langue. Songez qu'Harpocrate,[9] l'un de nos plus grands dieux, a toujours le doigt sur la bouche.

La belle Amaside pleura, et ne parla plus.

Comme elle avançait en silence vers les bords du Nil, elle aperçut de loin, sous un bocage baigné par le fleuve, une vieille femme couverte de lambeaux gris, assise sur un tertre. Elle avait auprès d'elle une ânesse, un chien, un bouc. Vis-à-vis d'elle était un serpent qui n'était pas comme les serpents ordinaires, car ses yeux étaient aussi tendres qu'animés; sa physionomie était noble et intéressante; sa peau brillait des couleurs les plus vives et les plus douces. Un énorme poisson, à moitié plongé dans le fleuve, n'était pas la moins étonnante personne de la compagnie. Il y avait sur une branche un corbeau et un pigeon. Toutes ces créatures semblaient avoir ensemble une conversation assez animée.

— Hélas! — dit la princesse tout bas — ces gens-là parlent sans doute de leurs amours, et il ne m'est pas permis de prononcer le nom de ce que j'aime!

La vieille tenait à la main une chaîne légère d'acier, longue de cent brasses, à laquelle était attaché un taureau qui paissait dans la prairie. Ce taureau était blanc, fait au tour, potelé, léger même, ce qui est bien rare. Ses cornes étaient d'ivoire. C'était ce qu'on vit jamais de plus beau dans son espèce. Celui de Pasiphaé, celui dont Jupiter prit la figure pour enlever Europe, n'approchaient pas de ce superbe animal. La charmante génisse en laquelle Isis fut changée aurait à peine été digne de lui.

Dès qu'il vit la princesse, il courut vers elle avec la rapidité d'un jeune cheval arabe qui franchit les vastes plaines et les fleuves de l'antique Saana,[10] pour s'approcher de la brillante cavale qui règne dans son cœur, et qui fait dresser ses oreilles. La vieille faisait ses efforts pour le retenir; le serpent semblait l'épouvanter par ses sifflements; le chien le suivait et lui mordait ses belles jambes; l'ânesse traversait son chemin et lui détachait des ruades pour le faire retourner. Le gros poisson remontait le Nil, et, s'élançant hors de l'eau, menaçait de le dévorer; le bouc restait immobile et saisi de crainte; le corbeau voltigeait autour de la tête du taureau, comme s'il eût voulu s'efforcer de lui crever les yeux. La colombe seule l'accompagnait par curiosité, et lui applaudissait par un doux murmure.

Un spectacle si extraordinaire rejeta Mambrès dans ses sérieuses pensées. Cependant le taureau blanc, tirant après lui sa chaîne et la vieille, était déjà parvenu auprès de la princesse, qui était saisie d'étonnement et de peur. Il se jette à ses pieds, il les baise, il verse des larmes, il la regarde avec des yeux où régnait un mélange inouï de douleur et de joie. Il n'osait mugir, de peur d'effaroucher la belle Amaside. Il ne pouvait parler. Un faible usage de la voix accordé par le ciel à quelques animaux lui était interdit; mais toutes ses actions étaient éloquentes. Il plut beaucoup à la princesse. Elle sentit qu'un léger amusement pouvait suspendre pour quelques moments les chagrins les plus douloureux.

— Voilà — disait-elle — un animal bien aimable; je voudrais l'avoir dans mon écurie.

A ces mots, le taureau plia les quatre genoux, et baisa la terre.

— Il m'entend! — s'écria la princesse; — il me témoigne qu'il veut m'appartenir. Ah! divin mage, divin eunuque, donnez-moi cette consolation, achetez ce beau chérubin[a]; faites les prix avec la vieille, à laquelle il appartient sans doute. Je veux que cet animal soit à moi; ne me refusez pas cette consolation innocente.

Toutes les dames du palais joignirent leurs instances aux prières de la princesse. Mambrès se laissa toucher, et alla parler à la vieille.

## CHAPITRE II

### COMMENT LE SAGE MAMBRÈS,
### CI-DEVANT SORCIER DE PHARAON,
### RECONNUT UNE VIEILLE,
### ET COMME IL FUT RECONNU PAR ELLE

— Madame — lui dit-il — vous savez que les filles, et surtout les princesses, ont besoin de se divertir. La fille du roi est folle de votre taureau; je vous prie de nous le vendre, vous serez payée argent comptant.

— Seigneur — lui répondit la vieille — ce précieux animal n'est point à moi. Je suis chargée, moi et toutes les bêtes que vous avez vues, de le garder avec soin, d'observer toutes ses démarches, et d'en rendre compte. Dieu me préserve de vouloir jamais vendre cet animal impayable!

Mambrès, à ce discours, se sentit éclairé de quelques traits

---

a. *Chérub*, en chaldéen et en syriaque, signifie un bœuf. (*Note de Voltaire.*)

d'une lumière confuse qu'il ne démêlait pas encore. Il regarda la
vieille au manteau gris avec plus d'attention:

— Respectable dame — lui dit-il — ou je me trompe, ou je
vous ai vue autrefois.

— Je ne me trompe pas — répondit la vieille — je vous ai vu,
seigneur, il y a sept cents ans, dans un voyage que je fis de Syrie
en Égypte, quelques mois après la destruction de Troie, lorsque
Hiram régnait à Tyr, et Néphel Kerès sur l'antique Égypte.[1]

— Ah! madame — s'écria le vieillard — vous êtes l'auguste
pythonisse d'Endor.[2]

— Et vous, seigneur — lui dit la pythonisse en l'embrassant
— vous êtes le grand Mambrès d'Égypte.

— O rencontre imprévue! jour mémorable! décrets éternels!
— dit Mambrès. — Ce n'est pas, sans doute, sans un ordre de la
Providence universelle[3] que nous nous retrouvons dans cette
prairie sur les rivages du Nil, près de la superbe ville de Tanis.
Quoi! c'est vous, madame, qui êtes si fameuse sur les bords de
votre petit Jourdain, et la première personne du monde pour
faire venir des ombres.

— Quoi! c'est vous, Seigneur, qui êtes si fameux pour changer
les baguettes en serpents, le jour en ténèbres, et les rivières en
sang.[4]

— Oui, madame; mais mon grand âge affaiblit une partie de
mes lumières et de ma puissance. J'ignore d'où vous vient ce
beau taureau blanc, et qui sont ces animaux qui veillent avec vous
autour de lui.

La vieille se recueillit, leva les yeux au ciel, puis répondit en
ces termes:

— Mon cher Mambrès, nous sommes de la même profession;
mais il m'est expressément défendu de vous dire quel est ce
taureau. Je puis vous satisfaire sur les autres animaux. Vous les
reconnaîtrez aisément aux marques qui les caractérisent. Le
serpent est celui qui persuada Ève de manger une pomme, et d'en
faire manger à son mari. L'ânesse est celle qui parla dans un

chemin creux à Balaam,[5] votre contemporain. Le poisson qui a
toujours sa tête hors de l'eau, est celui qui avala Jonas il y a
quelques années.[6] Ce chien est celui qui suivit l'ange Raphaël et
le jeune Tobie dans le voyage qu'ils firent à Ragès en Médie, du
temps du grand Salmanazar.[7] Ce bouc est celui qui expie tous
les péchés d'une nation.[8] Ce corbeau et ce pigeon sont ceux qui
étaient dans l'arche de Noé,[9] grand événement, catastrophe universelle, que presque toute la terre ignore encore![10] Vous voilà
au fait. Mais pour le taureau, vous n'en saurez rien.

Mambrès écoutait avec respect. Puis il dit:

— L'Éternel révèle ce qu'il veut et à qui il veut, illustre
pythonisse. Toutes ces bêtes, qui sont commises avec vous à la
garde du taureau blanc, ne sont connues que de votre généreuse
et agréable nation, qui est elle-même inconnue à presque tout le
monde. Les merveilles que vous et les vôtres, et moi et les miens,
nous avons opérées, seront un jour un grand sujet de doute et de
scandale pour les faux sages.[11] Heureusement elles trouveront
croyance chez les sages véritables qui seront soumis aux voyants[12]
dans une petite partie du monde, et c'est tout ce qu'il faut.

Comme il prononçait ces paroles, la princesse le tira par la
manche, et lui dit:

— Mambrès, est-ce que vous ne m'achèterez pas mon taureau?

Le mage, plongé dans une rêverie profonde, ne répondit rien;
et Amaside versa des larmes.

Elle s'adressa alors elle-même à la vieille, et lui dit:

— Ma bonne, je vous conjure par tout ce que vous avez de
plus cher au monde, par votre père, par votre mère, par votre
nourrice, qui sans doute vivent encore, de me vendre non seulement votre taureau, mais aussi votre pigeon, qui lui paraît fort
affectionné. Pour vos autres bêtes, je n'en veux point; mais je
suis fille à tomber malade de vapeurs si vous ne me vendez ce
charmant taureau blanc, qui fera toute la douceur de ma vie.

La vieille lui baisa respectueusement les franges de sa robe de
gaze, et lui dit:

— Princesse, mon taureau n'est point à vendre, votre illustre mage en est instruit. Tout ce que je pourrais faire pour votre service, ce serait de le mener paître tous les jours près de votre palais; vous pourriez le caresser, lui donner des biscuits, le faire danser à votre aise. Mais il faut qu'il soit continuellement sous les yeux de toutes les bêtes qui m'accompagnent, et qui sont chargées de sa garde. S'il ne veut point s'échapper, elles ne lui feront point de mal; mais s'il essaye encore de rompre sa chaîne, comme il a fait dès qu'il vous a vue, malheur à lui! je ne répondrais pas de sa vie. Ce gros poisson que vous voyez l'avalerait infailliblement, et le garderait plus de trois jours dans son ventre; ou bien ce serpent, qui vous a paru peut-être assez doux et assez aimable, lui pourrait faire une piqûre mortelle.

Le taureau blanc, qui entendait à merveille tout ce que disait la vieille, mais qui ne pouvait parler, accepta toutes ses propositions d'un air soumis. Il se coucha à ses pieds, mugit doucement; et, regardant Amaside avec tendresse, il semblait lui dire:

— Venez me voir quelquefois sur l'herbe.

Le serpent prit alors la parole, et dit:

— Princesse, je vous conseille de faire aveuglément tout ce que mademoiselle d'Endor vient de vous dire.

L'ânesse dit aussi son mot, et fut de l'avis du serpent. Amaside était affligée que ce serpent et cette ânesse parlassent si bien, et qu'un beau taureau, qui avait les sentiments si nobles et si tendres, ne pût les exprimer.

— Hélas! rien n'est plus commun à la cour — disait-elle tout bas; — on y voit tous les jours de beaux seigneurs qui n'ont point de conversation, et des malotrus qui parlent avec assurance.

— Ce serpent n'est point un malotru — dit Mambrès; — ne vous y trompez pas. C'est peut-être la personne de la plus grande considération.

Le jour baissait, la princesse fut obligée de s'en retourner, après avoir bien promis de revenir le lendemain à la même heure. Ses dames du palais étaient émerveillées, et ne comprenaient rien à ce qu'elles avaient vu et entendu. Mambrès faisait ses réflexions. La princesse, songeant que le serpent avait appelé la vieille *mademoiselle*, conclut au hasard qu'elle était pucelle, et sentit quelque affliction de l'être encore: affliction respectable, qu'elle cachait avec autant de scrupule que le nom de son amant.

# CHAPITRE III

## COMMENT
### LA BELLE AMASIDE EUT UN SECRET ENTRETIEN
### AVEC UN BEAU SERPENT

La belle princesse recommanda le secret à ses dames sur ce qu'elles avaient vu. Elles le promirent toutes et en effet le gardèrent un jour entier. On peut croire qu'Amaside dormit peu cette nuit. Un charme inexplicable lui rappelait sans cesse l'idée de son beau taureau. Dès qu'elle put être en liberté avec son sage Mambrès, elle lui dit:

— O sage! cet animal me tourne la tête.

— Il occupe beaucoup la mienne — dit Mambrès. — Je vois clairement que ce chérubin est fort au-dessus de son espèce. Je vois qu'il y a là un grand mystère, mais je crains un événement funeste. Votre père Amasis est violent et soupçonneux; toute cette affaire exige que vous vous conduisiez avec la plus grande prudence.

— Ah! — dit la princesse — j'ai trop de curiosité pour être prudente; c'est la seule passion qui puisse se joindre dans mon cœur à celle qui me dévore pour l'amant que j'ai perdu. Quoi! ne pourrais-je savoir ce que c'est que ce taureau blanc qui excite dans moi un trouble si inouï?

— Madame — lui répondit Mambrès — je vous ai avoué déjà que ma science baisse à mesure que mon âge avance: mais je me

trompe fort, ou le serpent est instruit de ce que vous avez tant
envie de savoir. Il a de l'esprit, il s'explique en bons termes, il
est accoutumé depuis longtemps à se mêler des affaires des dames.

— Ah! sans doute — dit Amaside — c'est ce beau serpent de
l'Égypte, qui, en se mettant la queue dans la bouche, est le
symbole de l'éternité, qui éclaire le monde dès qu'il ouvre les
yeux, et qui l'obscurcit dès qu'il les ferme.

— Non, madame.

— C'est donc le serpent d'Esculape?

— Encore moins.

— C'est peut-être Jupiter sous la forme d'un serpent?

— Point du tout.

— Ah! je vois, c'est votre baguette, que vous changeâtes
autrefois en serpent?

— Non, vous dis-je, madame; mais tous ces serpents-là sont
de la même famille. Celui-là a beaucoup de réputation dans son
pays: il y passe pour le plus habile serpent qu'on ait jamais vu.
Adressez-vous à lui. Toutefois je vous avertis que c'est une
entreprise fort dangereuse. Si j'étais à votre place, je laisserais là
le taureau, l'ânesse, le serpent, le poisson, le chien, le bouc, le
corbeau, et la colombe. Mais la passion vous emporte; tout ce
que je puis faire est d'en avoir pitié, et de trembler.

La princesse le conjura de lui procurer un tête-à-tête avec le
serpent. Mambrès, qui était bon, y consentit; et, en réfléchissant
toujours profondément, il alla trouver sa pythonisse. Il lui
exposa la fantaisie de sa princesse avec tant d'insinuation qu'il la
persuada.

La vieille lui dit donc qu'Amaside était la maîtresse; que le
serpent savait très bien vivre, qu'il était fort poli avec les dames;
qu'il ne demandait pas mieux que de les obliger, et qu'il se
trouverait au rendez-vous.

Le vieux mage revint apporter à la princesse cette bonne
nouvelle; mais il craignait encore quelque malheur, et faisait
toujours ses réflexions.

— Vous voulez parler au serpent, madame; ce sera quand il plaira à Votre Altesse. Souvenez-vous qu'il faut beaucoup le flatter, car tout animal est pétri d'amour-propre, et surtout lui. On dit même qu'il fut chassé autrefois d'un beau lieu pour son excès d'orgueil.

— Je ne l'ai jamais ouï dire — repartit la princesse.[1]

— Je le crois bien — reprit le vieillard.

Alors il lui apprit tous les bruits qui avaient couru sur ce serpent si fameux.

— Mais, madame, quelque aventure singulière qui lui soit arrivée, vous ne pouvez arracher son secret qu'en le flattant. Il passe dans un pays voisin pour avoir joué autrefois un tour pendable aux femmes; il est juste qu'à son tour une femme le séduise.

— J'y ferai mon possible — dit la princesse.

Elle partit donc avec ses dames du palais et le bon mage eunuque. La vieille alors faisait paître le taureau blanc assez loin. Mambrès laissa Amaside en liberté, et alla entretenir sa pythonisse. La dame d'honneur causa avec l'ânesse; les dames de compagnie s'amusèrent avec le bouc, le chien, le corbeau, et la colombe; pour le gros poisson, qui faisait peur à tout le monde, il se replongea dans le Nil par ordre de la vieille.

Le serpent alla aussitôt au-devant de la belle Amaside dans le bocage, et ils eurent ensemble cette conversation:

*Le Serpent.* Vous ne sauriez croire combien je suis flatté, madame, de l'honneur que Votre Altesse daigne me faire.

*La Princesse.* Monsieur, votre grande réputation, la finesse de votre physionomie et le brillant de vos yeux, m'ont aisément déterminée à rechercher ce tête-à-tête. Je sais, par la voix publique (si elle n'est point trompeuse), que vous avez été un grand seigneur dans le ciel empyrée.

*Le Serpent.* Il est vrai, madame, que j'y avais une place assez distinguée. On prétend que je suis un favori disgracié: c'est un bruit qui a couru d'abord dans l'Inde.[a] Les brachmanes sont les premiers qui ont donné une longue histoire de mes aventures. Je ne doute pas que des poètes du Nord n'en fassent un jour un poème épique bien bizarre,[2] car, en vérité, c'est tout ce qu'on en peut faire. Mais je ne suis pas tellement déchu que je n'aie encore dans ce globe-ci un domaine très considérable. J'oserais presque dire que toute la terre m'appartient.

*La Princesse.* Je le crois, monsieur, car on dit que vous avez le talent de persuader tout ce que vous voulez, et c'est régner que de plaire.

*Le Serpent.* J'éprouve, madame, en vous voyant et en vous écoutant, que vous avez sur moi cet empire qu'on m'attribue sur tant d'autres âmes.

*La Princesse.* Vous êtes, je le crois, un animal vainqueur. On prétend que vous avez subjugué bien des dames, et que vous commençâtes par notre mère commune, dont j'ai oublié le nom.[3]

*Le Serpent.* On me fait tort: je lui donnai le meilleur conseil du monde. Elle m'honorait de sa confiance. Mon avis fut qu'elle et son mari devaient se gorger du fruit de l'arbre de la science. Je crus plaire en cela au maître des choses. Un arbre si nécessaire au genre humain ne me paraissait pas planté pour être inutile. Le maître aurait-il voulu être servi par des ignorants et des idiots? L'esprit n'est-il pas fait pour s'éclairer, pour se perfectionner? Ne faut-il pas connaître le bien et le mal pour faire l'un et pour éviter l'autre? Certainement on me devait des remerciements.[4]

*La Princesse.* Cependant on dit qu'il vous en arriva mal. C'est apparemment depuis ce temps-là que tant de ministres ont été punis d'avoir donné de bons conseils, et que tant de vrais savants et de grands génies ont été persécutés pour avoir écrit des choses utiles au genre humain.

---

*a.* Les brachmanes furent en effet les premiers qui imaginèrent une révolte dans le ciel, et cette fable servit longtemps après de canevas à l'histoire de la guerre des géants contre les dieux, et à quelques autres histoires. (*Note de Voltaire.*)

*Le Serpent.* Ce sont apparemment mes ennemis, madame, qui vous ont fait ces contes. Ils vont criant que je suis mal en cour. Une preuve que j'y ai un très grand crédit, c'est qu'eux-mêmes avouent que j'entrai dans le conseil quand il fut question d'éprouver le bonhomme Job[5], et que j'y fus encore appelé quand on y prit la résolution de tromper un certain roitelet nommé Achab[b]: ce fut moi seul qu'on chargea de cette noble commission.

*La Princesse.* Ah! monsieur, je ne crois pas que vous soyez fait pour tromper. Mais, puisque vous êtes toujours dans le ministère, puis-je vous demander une grâce? J'espère qu'un seigneur si aimable ne me refusera pas.

*Le Serpent.* Madame, vos prières sont des lois. Qu'ordonnez-vous?

*La Princesse.* Je vous conjure de me dire ce que c'est que ce beau taureau blanc pour qui j'éprouve dans moi des sentiments incompréhensibles, qui m'attendrissent, et qui m'épouvantent. On m'a dit que vous daigneriez m'en instruire.

*Le Serpent.* Madame, la curiosité est nécessaire à la nature humaine, et surtout à votre aimable sexe: sans elle on croupirait dans la plus honteuse ignorance. J'ai toujours satisfait, autant que je l'ai pu, la curiosité des dames. On m'accuse de n'avoir eu cette complaisance que pour faire dépit au maître des choses. Je vous jure que mon seul but serait de vous obliger; mais la vieille a dû vous avertir qu'il y a quelque danger pour vous dans la révélation de ce secret.

*La Princesse.* Ah! c'est ce qui me rend encore plus curieuse.

*Le Serpent.* Je reconnais là toutes les belles dames à qui j'ai rendu service.

*La Princesse.* Si vous êtes sensible, si tous les êtres se doivent

---

b. Troisième livre des *Rois*,[6] chap. XXII, v. 21 et 22. «Le Seigneur dit: «Qui trompera Achab, roi d'Israël, afin qu'il marche en Ramoth de Galaad, et qu'il y tombe?» Et un esprit s'avança et se présenta devant le Seigneur, et lui dit: «C'est moi qui le tromperai.» Et le Seigneur lui dit: «Comment? Oui, tu le tromperas; et tu prévaudras. Va, et fais ainsi.» (*Note de Voltaire.*)

des secours mutuels, si vous avez pitié d'une infortunée, ne me refusez pas.

*Le Serpent.* Vous me fendez le cœur; il faut vous satisfaire;[7] mais ne m'interrompez pas.

*La Princesse.* Je vous le promets.

*Le Serpent.* Il y avait un jeune roi, beau, fait à peindre, amoureux, aimé…

*La Princesse.* Un jeune roi! beau, fait à peindre, amoureux, aimé! et de qui? et quel était ce roi? quel âge avait-il? qu'est-il devenu? où est-il? où est son royaume? quel est son nom?

*Le Serpent.* Ne voilà-t-il pas[8] que vous m'interrompez, quand j'ai commencé à peine. Prenez garde: si vous n'avez pas plus de pouvoir sur vous-même, vous êtes perdue.

*La Princesse.* Ah! pardon, monsieur, cette indiscrétion ne m'arrivera plus; continuez, de grâce.

*Le Serpent.* Ce grand roi, le plus aimable et le plus valeureux des hommes, victorieux partout où il avait porté ses armes, rêvait souvent en dormant; et, quand il oubliait ses rêves, il voulait que ses mages s'en ressouvinssent, et qu'ils lui apprissent ce qu'il avait rêvé, sans quoi il les faisait tous pendre, car rien n'est plus juste. Or il y a bientôt sept ans qu'il songea un beau songe dont il perdit la mémoire en se réveillant; et un jeune Juif, plein d'expérience, lui ayant expliqué son rêve, cet aimable roi fut soudain changé en bœuf[c]; car…

*La Princesse.* Ah! c'est mon cher Nabu…

Elle ne put achever; elle tomba évanouie. Mambrès, qui écoutait de loin, la vit tomber, et la crut morte.

---

c. Toute l'antiquité employait indifféremment les termes de *bœuf* et de *taureau* (*Note de Voltaire.*)

## CHAPITRE IV

### COMMENT ON VOULUT SACRIFIER LE BŒUF
### ET EXORCISER LA PRINCESSE

Mambrès court à elle en pleurant. Le serpent est attendri: il ne peut pleurer, mais il siffle d'un ton lugubre; il crie:

— Elle est morte!

L'ânesse répète:

— Elle est morte!

Le corbeau le redit; tous les autres animaux paraissent saisis de douleur, excepté le poisson de Jonas, qui a toujours été impitoyable. La dame d'honneur, les dames du palais, arrivent et s'arrachent les cheveux. Le taureau blanc, qui paissait au loin, et qui entend leurs clameurs, court au bosquet, et entraîne la vieille avec lui en poussant des mugissements dont les échos retentissent. En vain toutes les dames versaient sur Amaside expirante leurs flacons d'eau de rose, d'œillet, de myrte, de benjoin, de baume de la Mecque, de cannelle, d'amomon, de girofle, de muscade, d'ambre gris. Elle n'avait donné aucun signe de vie; mais, dès qu'elle sentit le beau taureau blanc à ses côtés, elle revint à elle plus fraîche, plus belle, plus animée que jamais. Elle donna cent baisers à cet animal charmant, qui penchait languissamment sa tête sur son sein d'albâtre. Elle l'appelle mon maître, mon roi, mon cœur, ma vie. Elle passe ses bras d'ivoire autour de ce cou plus blanc que la neige. La paille légère s'attache moins fortement à l'ambre, la vigne à l'ormeau, le lierre au chêne. On entendait le doux murmure de ses soupirs; on voyait ses yeux, tantôt étincelants d'une tendre flamme, tantôt offusqués par ces larmes précieuses que l'amour fait répandre.

On peut juger dans quelle surprise la dame d'honneur d'Amaside et les dames de compagnie étaient plongées. Dès qu'elles furent rentrées au palais, elles racontèrent toutes à

leurs amants cette aventure étrange, et chacune avec des circonstances différentes, qui en augmentaient la singularité, et qui
contribuent toujours à la variété de toutes les histoires.

Dès qu'Amasis, roi de Tanis, en fut informé, son cœur royal
fut saisi d'une juste[1] colère. Tel fut le courroux de Minos quand
il sut que sa fille[2] Pasiphaé prodiguait ses tendres faveurs au père
du minotaure. Ainsi frémit Junon lorsqu'elle vit Jupiter son
époux caresser la belle vache Io, fille du fleuve Inachus. Amasis
fit enfermer la belle Amaside dans sa chambre, et mit une
garde d'eunuques noirs à sa porte; puis il assembla son conseil
secret.

Le grand mage Mambrès y présidait, mais il n'avait plus le
même crédit qu'autrefois. Tous les ministres d'État conclurent
que le taureau blanc était un sorcier. C'était tout le contraire: il
était ensorcelé; mais on se trompe toujours à la cour dans ces
affaires délicates.

On conclut à la pluralité des voix qu'il fallait exorciser la
princesse, et sacrifier le taureau blanc et la vieille.

Le sage Mambrès ne voulut point choquer l'opinion du roi et
du conseil. C'était à lui qu'appartenait le droit de faire les
exorcismes; il pouvait les différer sous un prétexte très plausible.
Le dieu Apis[3] venait de mourir à Memphis. Un dieu bœuf
meurt comme un autre. Il n'était permis d'exorciser personne en
Égypte jusqu'à ce qu'on eût trouvé un autre bœuf qui pût
remplacer le défunt.

Il fut donc arrêté dans le conseil qu'on attendrait la nomination
qu'on devait faire du nouveau dieu à Memphis.

Le bon vieillard Mambrès sentait à quel péril sa chère princesse
était exposée: il voyait quel était son amant. Les syllabes *Nabu*,
qui lui étaient échappées, avaient décelé tout le mystère aux yeux
de ce sage.

La dynastie[a] de Memphis appartenait alors aux Babyloniens:

*a.* Dynastie signifie proprement puissance. Ainsi on peut se servir de ce mot,
malgré les cavillations de Larcher. Dynastie vient du phénicien *dunast* et Larcher

ils conservaient ce reste de leurs conquêtes passées, qu'ils avaient faites sous le plus grand roi du monde, dont Amasis était l'ennemi mortel. Mambrès avait besoin de toute sa sagesse pour se bien conduire parmi tant de difficultés. Si le roi Amasis découvrait l'amant de sa fille, elle était morte, il l'avait juré. Le grand, le jeune, le beau roi dont elle était éprise, avait détrôné son père, qui n'avait repris son royaume de Tanis que depuis près de sept ans qu'on ne savait ce qu'était devenu l'adorable monarque, le vainqueur et l'idole des nations, le tendre et généreux amant de la charmante Amaside. Mais aussi, en sacrifiant le taureau, on faisait mourir infailliblement la belle Amaside de douleur.

Que pouvait faire Mambrès dans des circonstances si épineuses? Il va trouver sa chère nourrissonne au sortir du conseil, et lui dit:

— Ma belle enfant, je vous servirai; mais je vous le répète, on vous coupera le cou si vous prononcez jamais le nom de votre amant.

— Ah! que m'importe mon cou — dit la belle Amaside — si je ne puis embrasser celui de Nabucho!... Mon père est un bien méchant homme! Non seulement il refusa de me donner au beau prince que j'idolâtre, mais il lui déclara la guerre; et, quand il a été vaincu par mon amant, il a trouvé le secret de le changer en bœuf. A-t-on jamais vu une malice plus effroyable? Si mon père n'était pas mon père, je ne sais pas ce que je lui ferais.

— Ce n'est pas votre père qui lui a joué ce cruel tour — dit le sage Mambrès — c'est un Palestin, un de nos anciens ennemis, un habitant d'un petit pays[4] compris dans la foule des États que votre auguste amant a domptés pour les policer. Ces métamorphoses ne doivent point vous surprendre; vous savez que j'en faisais autrefois de plus belles: rien n'était plus commun alors que ces changements qui étonnent aujourd'hui les sages.

---

est un ignorant qui ne sait ni le phénicien, ni le syriaque, ni le cophte. (*Note de Voltaire*.)[5]

L'histoire véritable que nous avons lue ensemble nous a enseigné que Lycaon, roi d'Arcadie, fut changé en loup. La belle Callisto, sa fille, fut changée en ourse; Io, fille d'Inachus, notre vénérable Isis, en vache; Daphné, en laurier; Syrinx, en flûte.[6] La belle Édith, femme de Loth, le meilleur, le plus tendre père qu'on ait jamais vu, n'est-elle pas devenue dans notre voisinage une grande statue de sel très belle et très piquante, qui a conservé toutes les marques de son sexe, et qui a régulièrement ses ordinaires[b] chaque mois, comme l'attestent les grands hommes qui l'ont vue? J'ai été témoin de ce changement dans ma jeunesse. J'a vu cinq puissantes villes, dans le séjour du monde le plus sec et le plus aride, transformées tout à coup en un beau lac.[7] On ne marchait dans mon jeune temps que sur des métamorphoses.[8]

— Enfin madame, si les exemples peuvent adoucir votre peine, souvenez-vous que Vénus a changé les Cérastes en bœufs.[9]

— Je le sais — dit la malheureuse princesse — mais les exemples consolent-ils? Si mon amant était mort, me consolerais-je par l'idée que tous les hommes meurent?

— Votre peine peut finir — dit le sage; — et puisque votre tendre amant est devenu bœuf, vous voyez bien que de bœuf il peut devenir homme. Pour moi, il faudrait que je fusse changé en tigre ou en crocodile, si je n'employais pas le peu de pouvoir qui me reste pour le service d'une princesse digne des adorations de la terre, pour la belle Amaside, que j'ai élevée sur mes genoux, et que sa fatale destinée met à des épreuves si cruelles.

---

*b.* Tertullien, dans son poème de *Sodome*, dit:

> Dicitur et vivens alio sub corpore sexus
> Munificos solito dispungere sanguine menses.

Saint Irénée, liv. IV, dit: *Per naturalia ea quæ sunt consuetudinis feminæ ostendens.*[10] (*Note de Voltaire.*)

## CHAPITRE V

### COMMENT
### LE SAGE MAMBRÈS SE CONDUISIT SAGEMENT

Le divin Mambrès ayant dit à la princesse tout ce qu'il fallait pour la consoler, et ne l'ayant point consolée, courut aussitôt à la vieille.

— Ma camarade — lui dit-il — notre métier est beau, mais il est bien dangereux; vous courez risque d'être pendue, et votre bœuf d'être brûlé, ou noyé, ou mangé. Je ne sais pas ce qu'on fera de vos autres bêtes, car, tout prophète que je suis, je sais bien peu de choses;[1] mais cachez soigneusement le serpent et le poisson; que l'un ne mette pas la tête hors de l'eau, et que l'autre ne sorte pas de son trou. Je placerai le bœuf dans une de mes écuries à la campagne; vous y serez avec lui, puisque vous dites qu'il ne vous est pas permis de l'abandonner. Le bouc émissaire pourra dans l'occasion servir d'expiatoire; nous l'enverrons dans le désert chargé des péchés de la troupe; il est accoutumé à cette cérémonie, qui ne lui fait aucun mal; et l'on sait que tout s'expie avec un bouc qui se promène. Je vous prie seulement de me prêter tout à l'heure le chien de Tobie, qui est un lévrier fort agile, l'ânesse de Balaam, qui court mieux qu'un dromadaire, le corbeau et le pigeon de l'arche, qui volent très rapidement. Je veux les envoyer en ambassade à Memphis pour une affaire de la dernière conséquence.

La vieille repartit au mage:

— Seigneur, vous pouvez disposer à votre gré du chien de Tobie, de l'ânesse de Balaam, du corbeau et du pigeon de l'arche, et du bouc émissaire; mais mon bœuf ne peut coucher dans une écurie. Il est dit qu'il doit être attaché à une chaîne d'acier, «être toujours mouillé de la rosée, et brouter l'herbe sur la terre,[a] et

a. *Daniel*, chap. v.[2] (*Note de Voltaire.*)

que sa portion sera avec les bêtes sauvages». Il m'est confié, je dois obéir. Que penseraient de moi Daniel, Ézéchiel et Jérémie, si je confiais mon bœuf à d'autres qu'à moi-même? Je vois que vous savez le secret de cet étrange animal. Je n'ai pas à me reprocher de vous l'avoir révélé. Je vais le conduire loin de cette terre impure, vers le lac Sirbon, loin des cruautés du roi de Tanis. Mon poisson et mon serpent me défendront: je ne crains personne quand je sers mon maître.

Le sage Mambrès repartit ainsi:

— Ma bonne, la volonté de Dieu soit faite! Pourvu que je retrouve notre taureau blanc, il ne m'importe ni du lac de Sirbon, ni du lac de Mœris, ni du lac de Sodome; je ne veux que lui faire du bien, et à vous aussi. Mais pourquoi m'avez-vous parlé de Daniel, d'Ézéchiel et de Jérémie?

— Ah! seigneur — reprit la vieille — vous savez aussi bien que moi l'intérêt qu'ils ont eu dans cette grande affaire. Mais je n'ai pas de temps à perdre; je ne veux point être pendue; je ne veux point que mon taureau soit brûlé, ou noyé, ou mangé. Je m'en vais auprès du lac de Sirbon par Canope, avec mon serpent et mon poisson. Adieu!

Le taureau la suivit tout pensif, après avoir témoigné au bienfaisant Mambrès la reconnaissance qu'il lui devait.

Le sage Mambrès était dans une cruelle inquiétude. Il voyait bien qu'Amasis, roi de Tanis, désespéré de la folle passion de sa fille pour cet animal, et la croyant ensorcelée, ferait poursuivre partout le malheureux taureau, et qu'il serait infailliblement brûlé, en qualité de sorcier, dans la place publique de Tanis, ou livré au poisson de Jonas, ou rôti, ou servi sur table. Il voulait, à quelque prix que ce fût, épargner ce désagrément à la princesse.

Il écrivit une lettre au grand prêtre de Memphis, son ami, en caractères sacrés, sur du papier d'Égypte qui n'était pas encore en usage.[3] Voici les propres mots de sa lettre:

«Lumière du monde, lieutenant d'Isis, d'Osiris, et d'Horus, chef des circoncis, vous dont l'autel est élevé, comme de raison, au-dessus de tous les trônes; j'apprends que votre dieu le bœuf Apis est mort. J'en ai un autre à votre service. Venez vite avec vos prêtres le reconnaître, l'adorer, et le conduire dans l'écurie de votre temple. Qu'Isis, Osiris et Horus vous aient en leur sainte et digne garde; et vous, messieurs les prêtres de Memphis, en leur sainte garde!

«Votre affectionné ami,
«MAMBRÈS.»

Il fit quatre duplicata de cette lettre, de crainte d'accident, et les enferma dans des étuis de bois d'ébène le plus dur. Puis appelant à lui quatre courriers qu'il destinait à ce message (c'étaient l'ânesse, le chien, le corbeau et le pigeon), il dit à l'ânesse:

— Je sais avec quelle fidélité vous avez servi Balaam, mon confrère; servez-moi de même. Il n'y a point d'onocrotale[4] qui vous égale à la course; allez, ma chère amie, rendez ma lettre en main propre, et revenez.

L'ânesse lui répondit:

— Comme j'ai servi Balaam, je servirai monseigneur; j'irai et je reviendrai.

Le sage lui mit le bâton d'ébène dans la bouche, et elle partit comme un trait.

Puis il fit venir le chien de Tobie, et lui dit:

— Chien fidèle, et plus prompt à la course qu'Achille aux pieds légers, je sais ce que vous avez fait pour Tobie, fils de Tobie, lorsque vous et l'ange Raphaël vous l'accompagnâtes de Ninive à Ragès en Médie et de Ragès à Ninive, et qu'il rapporta à son père dix talents[b] que l'esclave Tobie père avait prêtés à l'esclave Gabelus; car ces esclaves étaient fort riches. Portez à

---

b. Vingt mille écus[5] argent de France, au cours de ce jour. (*Note de Voltaire.*)

son adresse cette lettre, qui est plus précieuse que dix talents d'argent.

Le chien lui répondit:

— Seigneur, si j'ai suivi autrefois le messager Raphaël, je puis tout aussi bien faire votre commission.

Mambrès lui mit la lettre dans la gueule. Il en dit autant à la colombe. Elle lui répondit:

— Seigneur, si j'ai rapporté un rameau dans l'arche, je vous apporterai de même votre réponse.

Elle prit la lettre dans son bec. On les perdit tous trois de vue en un instant.

Puis il dit au corbeau:

— Je sais que vous avez nourri le grand prophète Élie[c], lorsqu'il était caché auprès du torrent Carith, si fameux dans toute la terre. Vous lui apportiez tous les jours de bon pain et des poulardes grasses; je ne vous demande que de porter cette lettre à Memphis.

Le corbeau répondit en ces mots:

— Il est vrai, seigneur, que je portais tous les jours à dîner au grand prophète Élie le Thesbite, que j'ai vu monter dans l'atmosphère sur un char de feu traîné par quatre chevaux de feu, quoique ce ne soit pas la coutume; mais je prenais toujours la moitié du dîner pour moi. Je veux bien porter votre lettre, pourvu que vous m'assuriez de deux bons repas chaque jour, et que je sois payé d'avance en argent comptant pour ma commission.

Mambrès en colère, dit à cet animal:

— Gourmand et malin, je ne suis pas étonné qu'Apollon, de blanc que tu étais comme un cygne, t'ait rendu noir comme une taupe, lorsque dans les plaines de Thessalie tu trahis la belle Coronis, malheureuse mère d'Esculape.[6] Eh! dis-moi donc, mangeais-tu tous les jours des aloyaux et des poulardes quand tu fus dix mois dans l'arche?

c.  Troisième livre des *Rois*, chapitre XVII.[7] (*Note de Voltaire*.)

— Monsieur, nous y faisions très bonne chère — repartit le corbeau. — On servait du rôti deux fois par jour à toutes les volatiles de mon espèce, qui ne vivent que de chair, comme à vautours, milans, aigles, buses, éperviers, ducs, émouchets, faucons, hiboux, et à la foule innombrable des oiseaux de proie. On garnissait avec une profusion bien plus grande les tables des lions, des léopards, des tigres, des panthères, des onces, des hyènes, des loups, des ours, des renards, des fouines et de tous les quadrupèdes carnivores. Il y avait dans l'arche huit personnes de marque, et les seules qui fussent alors au monde, continuellement occupées du soin de notre table, et de notre garde-robe; savoir: Noé et sa femme, qui n'avaient guère plus de six cents ans, leurs trois fils et leurs trois épouses. C'était un plaisir de voir avec quel soin, quelle propreté nos huit domestiques servaient plus de quatre mille convives du plus grand appétit, sans compter les peines prodigieuses qu'exigeaient dix à douze mille autres personnes, depuis l'éléphant et la girafe jusqu'aux vers à soie et aux mouches. Tout ce qui m'étonne, c'est que notre pour-voyeur Noé soit inconnu à toutes les nations, dont il est la tige;[8] mais je ne m'en soucie guère. Je m'étais déjà trouvé à une pareille fête[d] chez le roi de Thrace Xissutre. Ces choses-là arrivent de temps en temps pour l'instruction des corbeaux.[9] En un mot, je veux faire bonne chère, et être très bien payé en argent comptant.

Le sage Mambrès se garda bien de donner sa lettre à une bête si difficile et si bavarde. Ils se séparèrent fort mécontents l'un de l'autre.

Il fallait cependant savoir ce que deviendrait le beau taureau, et ne pas perdre la piste de la vieille et du serpent. Mambrès

---

*d.* Bérose, auteur chaldéen, rapporte en effet que la même aventure advint au roi de Thrace Xissutre: elle était même encore plus merveilleuse, car son arche avait cinq stades de long sur deux de large. Il s'est élevé une grande dispute entre les savants pour démêler lequel est le plus ancien, du roi Xissutre ou de Noé. (*Note de Voltaire.*)

ordonna à des domestiques intelligents et affidés de les suivre; et, pour lui, il s'avança en litière sur le bord du Nil, toujours faisant des réflexions.

— Comment se peut-il — disait-il en lui-même — que ce serpent soit le maître de presque toute la terre, comme il s'en vante, et comme tant de doctes l'avouent, et que cependant il obéisse à une vieille? Comment est-il quelquefois appelé au conseil de là-haut, tandis qu'il rampe sur la terre? Pourquoi entre-t-il tous les jours dans le corps des gens par sa seule vertu, et que tant de sages prétendent l'en déloger avec des paroles? Enfin comment passe-t-il chez un petit peuple du voisinage pour avoir perdu le genre humain, et comment le genre humain n'en sait-il rien? Je suis bien vieux, j'ai étudié toute ma vie: mais je vois là une foule d'incompatibilités que je ne puis concilier. Je ne saurais expliquer ce qui m'est arrivé à moi-même, ni les grandes choses que j'ai faites autrefois, ni celles dont j'ai été témoin. Tout bien pesé, je commence à soupçonner que ce monde-ci subsiste de contradictions:[10] *Rerum concordia discors*, comme disait autrefois mon maître Zoroastre[11] en sa langue.

Tandis qu'il était plongé dans cette métaphysique obscure, comme l'est toute métaphysique, un batelier, en chantant une chanson à boire, amarra un petit bateau près de la rive. On en vit sortir trois graves personnages à demi-vêtus de lambeaux crasseux et déchirés, mais conservant sous ces livrées de la pauvreté l'air le plus majestueux et le plus auguste. C'étaient Daniel, Ézéchiel et Jérémie.

# CHAPITRE VI

### COMMENT MAMBRÈS RENCONTRA TROIS PROPHÈTES ET LEUR DONNA UN BON DÎNER

Ces trois grands hommes, qui avaient la lumière prophétique sur le visage, reconnurent le sage Mambrès pour un de leurs confrères, à quelques traits de cette même lumière qui lui restaient encore, et se prosternèrent devant son palanquin. Mambrès les reconnut aussi pour prophètes encore plus à leurs habits qu'aux traits de feu qui partaient de leurs têtes augustes. Il se douta bien qu'ils venaient savoir des nouvelles du taureau blanc; et, usant de sa prudence ordinaire, il descendit de sa voiture, et avança quelques pas au-devant d'eux avec une politesse mêlée de dignité. Il les releva, fit dresser des tentes et apprêter un dîner dont il jugea que les trois prophètes avaient grand besoin.

Il fit inviter la vieille, qui n'était encore qu'à cinq cents pas. Elle se rendit à l'invitation, et arriva menant toujours le taureau blanc en laisse.

On servit deux potages, l'un de bisque, l'autre à la reine; les entrées furent une tourte de langues de carpes, des foies de lottes et de brochets, des poulets aux pistaches, des innocents aux truffes et aux olives, deux dindonneaux au coulis d'écrevisses, de mousserons et de morilles, et un chipolata. Le rôti fut composé de faisandeaux, de perdreaux, de gelinottes, de cailles et d'ortolans, avec quatre salades. Au milieu était un surtout dans le dernier goût. Rien ne fut plus délicat que l'entremets; rien de plus magnifique, de plus brillant et de plus ingénieux que le dessert.[1]

Au reste, le discret Mambrès avait eu grand soin que dans ce repas il n'y eût ni pièce de bouilli, ni aloyau, ni langue, ni palais de bœuf, ni tétines de vache, de peur que l'infortuné monarque, assistant de loin au dîner, ne crût qu'on lui insultât.

Ce grand et malheureux prince broutait l'herbe auprès de la tente. Jamais il ne sentit plus cruellement la fatale révolution qui l'avait privé du trône pour sept années entières.

— Hélas! — disait-il en lui-même — ce Daniel, qui m'a changé en taureau, et cette sorcière de pythonisse, qui me garde, font la meilleure chère du monde; et moi, le souverain de l'Asie, je suis réduit à manger du foin et à boire de l'eau.

On but beaucoup de vin d'Engaddi, de Tadmor et de Chiraz. Quand les prophètes et la pythonisse furent un peu en pointe de vin, on se parla avec plus de confiance qu'aux premiers services.

— J'avoue — dit Daniel — que je ne faisais pas si bonne chère quand j'étais dans la fosse aux lions.

— Quoi! monsieur, on vous a mis dans la fosse aux lions? — dit Mambrès; — et comment n'avez-vous pas été mangé?

— Monsieur — dit Daniel — vous savez que les lions ne mangent jamais de prophètes.[2]

— Pour moi — dit Jérémie — j'ai passé toute ma vie à mourir de faim; je n'ai jamais fait un bon repas qu'aujourd'hui. Si j'avais à renaître, et si je pouvais choisir mon état, j'avoue que j'aimerais cent fois mieux être contrôleur général, ou évêque à Babylone, que prophète à Jérusalem.

Ézéchiel dit:

— Il me fut ordonné une fois de dormir trois cent quatre-vingt-dix jours de suite sur le côté gauche, et de manger pendant tout ce temps-là du pain d'orge, de millet, de vesces, de fèves et de froment, couvert de . . . je n'ose pas dire.[a] Tout ce que je pus obtenir, ce fut de ne le couvrir que de bouse de vache. J'avoue que la cuisine du seigneur Mambrès est plus délicate. Cependant le métier de prophète a du bon; et la preuve en est que mille gens s'en mêlent.

— A propos — dit Mambrès — expliquez-moi ce que vous entendez par votre Oolla et par votre Ooliba, qui faisaient tant de cas des chevaux et des ânes.

a. *Ézéchiel*, chap. IV. (*Note de Voltaire.*)

— Ah! — répondit Ézéchiel — ce sont des fleurs de rhétorique.[3]

Après ces ouvertures de cœur, Mambrès parla d'affaires. Il
demanda aux trois pèlerins pourquoi ils étaient venus dans les
États du roi de Tanis. Daniel prit la parole: il dit que le royaume
de Babylone avait été en combustion depuis que Nabuchodonosor
avait disparu; qu'on avait persécuté tous les prophètes, selon
l'usage de la cour; qu'ils passaient leur vie tantôt à voir des rois
à leurs pieds, tantôt à recevoir cent coups d'étrivières; qu'enfin
ils avaient été obligés de se réfugier en Égypte, de peur d'être
lapidés. Ézéchiel et Jérémie parlèrent aussi très longtemps dans
un fort beau style, qu'on pouvait à peine comprendre. Pour la
pythonisse, elle avait toujours l'œil sur son animal. Le poisson
de Jonas se tenait dans le Nil, vis-à-vis de la tente, et le serpent
se jouait sur l'herbe.

Après le café, on alla se promener sur le bord du Nil. Alors le
taureau blanc, apercevant les trois prophètes ses ennemis,
poussa des mugissements épouvantables; il se jeta impétueuse-
ment sur eux, il les frappa de ses cornes, et, comme les prophètes
n'ont jamais que la peau sur les os, il les aurait percés d'outre en
outre, et leur aurait ôté la vie; mais le maître des choses qui voit
tout et qui remédie à tout, les changea sur-le-champ en pies; et
ils continuèrent à parler comme auparavant.[4] La même chose
arriva depuis aux Piérides,[5] tant la fable a imité l'histoire.

Ce nouvel incident produisait de nouvelles réflexions dans
l'esprit du sage Mambrès. «Voilà — disait-il — trois grands
prophètes changés en pies: cela doit nous apprendre à ne pas
trop parler, et à garder toujours une discrétion convenable.» Il
concluait que sagesse vaut mieux qu'éloquence, et pensait
profondément selon sa coutume, lorsqu'un grand et terrible
spectacle vint frapper ses regards.[6]

## CHAPITRE VII

### LE ROI DE TANIS ARRIVE, SA FILLE ET LE TAUREAU VONT ÊTRE SACRIFIÉS

Des tourbillons de poussière s'élevaient du midi au nord. On entendait le bruit des tambours, des trompettes, des fifres, des psaltérions, des cythares, des sambuques;[1] plusieurs escadrons avec plusieurs bataillons s'avançaient, et Amasis, roi de Tanis, était à leur tête sur un cheval caparaçonné d'une housse écarlate brochée d'or; et les hérauts criaient:

— Qu'on prenne le taureau blanc, qu'on le lie, qu'on le jette dans le Nil, et qu'on le donne à manger au poisson de Jonas; car le roi mon seigneur, qui est juste, veut se venger du taureau blanc, qui a ensorcelé sa fille.

Le bon vieillard Mambrès fit plus de réflexions que jamais. Il vit bien que le malin corbeau était allé tout dire au roi, que la princesse courait grand risque d'avoir le cou coupé. Il dit au serpent:

— Mon cher ami, allez vite consoler la belle Amaside, ma nourrissonne; dites-lui qu'elle ne craigne rien, quelque chose qui arrive, et faites-lui des contes pour charmer son inquiétude, car les contes amusent toujours les filles, et ce n'est que par des contes qu'on réussit dans le monde.[2]

Puis il se prosterna devant Amasis, roi de Tanis, et lui dit:

— O roi! vivez à jamais. Le taureau blanc doit être sacrifié, car Votre Majesté a toujours raison; mais le maître des choses a dit: «Ce taureau ne doit être mangé par le poisson de Jonas qu'après que Memphis aura trouvé un dieu pour mettre à la place de son dieu qui est mort.» Alors vous serez vengé, et votre fille sera exorcisée, car elle est possédée. Vous avez trop de piété pour ne pas obéir aux ordres du maître des choses.

Amasis, roi de Tanis, resta tout pensif; puis il dit:

— Le bœuf Apis est mort; Dieu veuille avoir son âme!
Quand croyez-vous qu'on aura trouvé un autre bœuf pour
régner sur la féconde Égypte?

— Sire — dit Mambrès — je ne vous demande que huit jours.

Le roi, qui était très dévot, dit:

— Je les accorde, et je veux rester ici huit jours; après quoi
je sacrifierai le séducteur de ma fille.

Et il fit venir ses tentes, ses cuisiniers, ses musiciens, et resta
huit jours en ce lieu, comme il est dit dans Manéthon.[3]

La vieille était au désespoir de voir que le taureau qu'elle avait
en garde n'avait plus que huit jours à vivre. Elle faisait apparaître
toutes les nuits des ombres au roi pour le détourner de sa cruelle
résolution. Mais le roi ne se souvenait plus le matin des ombres
qu'il avait vues la nuit, de même que Nabuchodonosor avait
oublié ses songes.[4]

## CHAPITRE VIII

### COMMENT
### LE SERPENT FIT DES CONTES À LA PRINCESSE,
### POUR LA CONSOLER

Cependant le serpent contait des histoires à la belle Amaside
pour calmer ses douleurs. Il lui disait comment il avait guéri
autrefois tout un peuple de la morsure de certains petits serpents,
en se montrant seulement au bout d'un bâton.[1] Il lui apprenait
les conquêtes[2] d'un héros qui fit un si beau contraste avec
Amphion, architecte de Thèbes en Béotie. Cet Amphion faisait
venir les pierres de taille au son du violon: un rigodon et un
menuet lui suffisaient pour bâtir une ville; mais l'autre les
détruisait au son du cornet à bouquin;[3] il fit pendre trente et un
rois[4] très puissants dans un canton de quatre lieues de long et de
large; il fit pleuvoir de grosses pierres du haut du ciel sur un

bataillon d'ennemis fuyant devant lui;[5] et, les ayant ainsi exterminés, il arrêta le soleil et la lune en plein midi, pour les
exterminer encore entre Gabaon et Aïalon sur le chemin de
Bethoron,[6] à l'exemple de Bacchus, qui avait arrêté le soleil et la
lune dans son voyage aux Indes.

La prudence que tout serpent doit avoir[7] ne lui permit pas de
parler à la belle Amaside du puissant bâtard Jephté, qui coupa
le cou à sa fille parce qu'il avait gagné une bataille;[8] il aurait jeté
trop de terreur dans le cœur de la belle princesse; mais il lui
conta les aventures du grand Samson, qui tuait mille Philistins
avec une mâchoire d'âne, qui attachait ensemble trois cents
renards par la queue, et qui tomba dans les filets d'une fille moins
belle, moins tendre et moins fidèle que la charmante Amaside.[9]

Il lui racontait les amours malheureux de Sichem et de
l'agréable Dina, âgée de six ans,[10] et les amours plus fortunés de
Booz et de Ruth, ceux de Juda avec sa bru Thamar,[11] ceux de
Loth avec ses deux filles qui ne voulaient pas que le monde finît,[12]
ceux d'Abraham et de Jacob avec leurs servantes,[13] ceux de
Ruben avec sa mère,[14] ceux de David et de Bethsabée,[15] ceux du
grand roi Salomon,[16] enfin tout ce qui pouvait dissiper la douleur
d'une belle princesse.[17]

# CHAPITRE IX

### COMMENT LE SERPENT NE LA CONSOLA POINT

— Tous ces contes-là m'ennuient — répondit la belle Amaside,
qui avait de l'esprit et du goût. Ils ne sont bons que pour être
commentés chez les Irlandais par ce fou d'Abbadie,[1] ou chez les
Welches par ce phrasier d'Houteville.[2] Les contes qu'on pouvait
faire à la quadrisaïeule da la quadrisaïeule de ma grand-mère ne
sont plus bons pour moi, qui ai été élevée par le sage Mambrès, et
qui ai lu l'*Entendement humain* du philosophe égyptien nommé

Locke, et la *Matrone d'Éphèse*.[3] Je veux qu'un conte soit fondé
sur la vraisemblance, et qu'il ne ressemble pas toujours à un
rêve. Je désire qu'il n'ait rien de trivial ni d'extravagant. Je
voudrais surtout que, sous le voile de la fable, il laissât entrevoir
aux yeux exercés quelque vérité fine qui échappe au vulgaire. Je
suis lasse du soleil et de la lune dont une vieille dispose à son
gré,[4] des montagnes qui dansent,[5] des fleuves qui remontent à
leur source,[6] et des morts qui ressuscitent;[7] mais surtout quand
ces fadaises sont écrites d'un style ampoulé et inintelligible, cela
me dégoûte horriblement. Vous sentez qu'une fille qui craint de
voir avaler son amant par un gros poisson, et d'avoir elle-même
le cou coupé par son propre père, a besoin d'être amusée; mais
tâchez de m'amuser selon mon goût.[8]

— Vous m'imposez là une tâche bien difficile — répondit le
serpent. — J'aurais pu autrefois vous faire passer quelques quarts
d'heure assez agréables; mais j'ai perdu depuis quelque temps
l'imagination et la mémoire. Hélas! où est le temps où j'amusais
les filles! Voyons cependant si je pourrai me souvenir de quelque
conte moral pour vous plaire.

Il y a vingt-cinq mille ans que le roi Gnaof et la reine Patra
étaient sur le trône de Thèbes aux cent portes. Le roi Gnaof était
fort beau, et la reine Patra encore plus belle; mais ils ne pouvaient
avoir d'enfants. Le roi Gnaof proposa un prix pour celui qui
enseignerait la meilleure méthode de perpétuer la race royale.

La faculté de médecine et l'académie de chirurgie firent d'excellents traités sur cette question importante: pas un ne réussit. On
envoya la reine aux eaux; elle fit des neuvaines; elle donna
beaucoup d'argent au temple de Jupiter Ammon, dont vient le
sel ammoniac: tout fut inutile. Enfin un jeune prêtre de vingt-
cinq ans se présenta au roi, et lui dit: «Sire, je crois savoir faire la
conjuration qui opère ce que Votre Majesté désire avec tant
d'ardeur. Il faut que je parle en secret à l'oreille de madame votre
femme; et, si elle ne devient féconde, je consens d'être pendu.»

— J'accepte votre proposition — dit le roi Gnaof. On ne laissa la reine et le prêtre qu'un quart d'heure ensemble. La reine devint grosse, et le roi voulut faire pendre le prêtre.

— Mon Dieu! — dit la princesse — je vois où cela mène: ce conte est trop commun; je vous dirai même qu'il alarme ma pudeur. Contez-moi quelque fable bien vraie, bien avérée, et bien morale, dont je n'aie jamais entendu parler, pour achever *de me former l'esprit et le cœur*, comme dit le professeur égyptien Linro.[9]

— En voici une, madame — dit le beau serpent — qui est des plus authentiques.

Il y avait trois prophètes, tous trois également ambitieux et dégoûtés de leur état. Leur folie était de vouloir être rois; car il n'y a qu'un pas du rang de prophète à celui de monarque, et l'homme aspire toujours à monter tous les degrés de l'échelle de la fortune. D'ailleurs leurs goûts, leurs plaisirs, étaient absolument différents. Le premier prêchait admirablement ses frères assemblés, qui lui battaient des mains; le second était fou de la musique, et le troisième aimait passionnément les filles. L'ange Ituriel vint se présenter à eux, un jour qu'ils étaient à table, et qu'ils s'entretenaient des douceurs de la royauté.

— Le maître des choses — leur dit l'ange — m'envoie vers vous pour récompenser votre vertu. Non seulement vous serez rois, mais vous satisferez continuellement vos passions dominantes. Vous, premier prophète, je vous fais roi d'Égypte, et vous tiendrez toujours votre conseil, qui applaudira à votre éloquence et à votre sagesse. Vous, second prophète, vous régnerez sur la Perse, et vous entendrez continuellement une musique divine. Et vous, troisième prophète, je vous fais roi de l'Inde, et je vous donne une maîtresse charmante, qui ne vous quittera jamais.

Celui qui eut l'Égypte en partage commença par assembler son conseil privé, qui n'était composé que de deux cents sages. Il leur fit, selon l'étiquette, un long discours, qui fut très applaudi, et le monarque goûta la douce satisfaction de s'enivrer de louanges qui n'étaient corrompues par aucune flatterie.

Le conseil des affaires étrangères succéda au conseil privé. Il fut beaucoup plus nombreux; et un nouveau discours reçut encore plus d'éloges. Il en fut de même des autres conseils. Il n'y eut pas un moment de relâche aux plaisirs et à la gloire du prophète roi d'Égypte. Le bruit de son éloquence remplit toute la terre.

Le prophète roi de Perse commença par se faire donner un opéra italien dont les chœurs étaient chantés par quinze cents châtrés. Leurs voix lui remuaient l'âme jusqu'à la moelle des os, où elle réside. A cet opéra en succédait un autre, et à ce second un troisième, sans interruption.

Le roi de l'Inde s'enferma avec sa maîtresse, et goûta une volupté parfaite avec elle. Il regardait comme le souverain bonheur la nécessité de la caresser toujours, et il plaignait le triste sort de ses deux confrères, dont l'un était réduit à tenir toujours son conseil, et l'autre à être toujours à l'opéra.

Chacun d'eux, au bout de quelques jours, entendit par la fenêtre des bûcherons qui sortaient d'un cabaret pour aller couper du bois dans la forêt voisine, et qui tenaient sous le bras leurs douces amies dont ils pouvaient changer à volonté. Nos rois prièrent Ituriel de vouloir bien intercéder pour eux auprès du maître des choses, et de les faire bûcherons.[10]

— Je ne sais pas — interrompit la tendre Amaside — si le maître des choses leur accorda leur requête, et je ne m'en soucie guère; mais je sais bien que je ne demanderais rien à personne si j'étais enfermée tête à tête avec mon amant, avec mon cher Nabuchodonosor.

Les voûtes du palais retentirent de ce grand nom. D'abord Amaside n'avait prononcé que Na, ensuite Nabu, puis Nabucho; mais, à la fin, la passion l'emporta, elle prononça le nom fatal tout entier, malgré le serment qu'elle avait fait au roi son père. Toutes les dames du palais répétèrent Nabuchodonosor, et le malin corbeau ne manqua pas d'en aller avertir le roi. Le visage d'Amasis, roi de Tanis, fut troublé, parce que son cœur était

plein de trouble. Et voilà comment le serpent, qui était le plus
prudent et le plus subtil des animaux, faisait toujours du mal aux
femmes en croyant bien faire.[11]

Or Amasis en courroux envoya sur-le-champ chercher sa fille
Amaside par douze de ses alguazils, qui sont toujours prêts à
exécuter toutes les barbaries que le roi commande, et qui disent
pour raison:

— Nous sommes payés pour cela.


## CHAPITRE X

### COMMENT
### ON VOULUT COUPER LE COU À LA PRINCESSE
### ET COMMENT ON NE LE LUI COUPA POINT


Dès que la princesse fut arrivée toute tremblante au camp du
roi son père, il lui dit:

— Ma fille, vous savez qu'on fait mourir toutes les princesses
qui désobéissent au roi leur père, sans quoi un royaume ne
pourrait être bien gouverné. Je vous avais défendu de proférer
le nom de votre amant Nabuchodonosor, mon ennemi mortel,
qui m'avait détrôné, il y a bientôt sept ans, et qui a disparu
de la terre. Vous avez choisi à sa place un taureau blanc, et
vous avez crié Nabuchodonosor! Il est juste que je vous coupe le
cou.

La princesse lui répondit:

— Mon père, soit fait selon votre volonté; mais donnez-moi
du temps pour pleurer ma virginité.[1]

— Cela est juste — dit le roi Amasis; — c'est une loi établie
chez tous les princes éclairés et prudents. Je vous donne toute la
journée pour pleurer votre virginité, puisque vous dites que vous
l'avez. Demain, qui est le huitième jour de mon campement, je

ferai avaler le taureau blanc par le poisson, et je vous couperai le cou à neuf heures du matin.

La belle Amaside alla donc pleurer le long du Nil, avec ses dames du palais, tout ce qui lui restait de virginité. Le sage Mambrès réfléchissait à côté d'elle, et comptait les heures et les moments.

— Eh bien! mon cher Mambrès — lui dit-elle — vous avez changé les eaux du Nil en sang, selon la coutume, et vous ne pouvez changer le cœur d'Amasis mon père, roi de Tanis! Vous souffrirez qu'il me coupe le cou demain à neuf heures du matin?

— Cela dépendra — répondit le réfléchissant Mambrès — de la diligence de mes courriers.

Le lendemain, dès que les ombres des obélisques et des pyramides marquèrent sur la terre la neuvième heure du jour, on lia le taureau blanc pour le jeter au poisson de Jonas, et on apporta au roi son grand sabre.

— Hélas! hélas! — disait Nabuchodonosor dans le fond de son cœur — moi, le roi, je suis bœuf depuis près de sept ans, et à peine j'ai retrouvé ma maîtresse qu'on me fait manger par un poisson.

Jamais le sage Mambrès n'avait fait des réflexions si profondes. Il était absorbé dans ses tristes pensées, lorsqu'il vit de loin tout ce qu'il attendait. Une foule innombrable approchait. Les trois figures d'Isis, d'Osiris, et d'Horus, unies ensemble, avançaient portées sur un brancard d'or et de pierreries par cent sénateurs de Memphis, et précédées de cent filles jouant du sistre[2] sacré. Quatre mille prêtres, la tête rasée et couronnée de fleurs, étaient montés chacun sur un hippopotame. Plus loin paraissaient dans la même pompe la brebis de Thèbes, le chien de Bubaste, le chat de Phœbé, le crocodile d'Arsinoé, le bouc de Mendès, et tous les dieux inférieurs de l'Égypte, qui venaient rendre hommage au grand bœuf, au grand dieu Apis, aussi puissant qu'Isis, Osiris, et Horus, réunis ensemble.

Au milieu de tous ces demi-dieux, quarante prêtres portaient une énorme corbeille remplie d'oignons sacrés, qui n'étaient pas tout à fait des dieux, mais qui leur ressemblaient beaucoup.

Aux deux côtés de cette file de dieux suivis d'un peuple innombrable, marchaient quarante mille guerriers, le casque en tête, le cimeterre sur la cuisse gauche, le carquois sur l'épaule, l'arc à la main.

Tous les prêtres chantaient en chœur, avec une harmonie qui élevait l'âme et qui l'attendrissait:

> Notre bœuf est au tombeau,
> Nous en aurons un plus beau.

Et, à chaque pause, on entendait résonner les sistres, les castagnettes, les tambours de basque, les psaltérions, les cornemuses, les harpes, et les sambuques.


# CHAPITRE XI

## COMMENT LA PRINCESSE ÉPOUSA SON BŒUF

Amasis, roi de Tanis, surpris de ce spectacle, ne coupa point le cou à sa fille: il remit son cimeterre dans son fourreau. Mambrès lui dit:

— Grand roi! l'ordre des choses est changé; il faut que Votre Majesté donne l'exemple. O roi! déliez vous-même promptement le taureau blanc, et soyez le premier à l'adorer.

Amasis obéit, et se prosterna avec tout son peuple. Le grand prêtre de Memphis présenta au nouveau bœuf Apis la première poignée de foin. La princesse Amaside attachait à ses belles cornes des festons de roses, d'anémones, de renoncules, de tulipes, d'œillets, et d'hyacinthes. Elle prenait la liberté de le baiser, mais avec un profond respect. Les prêtres jonchaient de palmes et de fleurs le chemin par lequel on le conduisait à Memphis. Et le sage Mambrès, faisant toujours ses réflexions, disait tout bas à son ami le serpent:

— Daniel a changé cet homme en bœuf, et j'ai changé ce bœuf en dieu.[1]

On s'en retournait à Memphis dans le même ordre. Le roi de Tanis, tout confus, suivait la marche. Mambrès, l'air serein et recueilli,[2] était à son côté. La vieille suivait tout émerveillée; elle était accompagnée du serpent, du chien, de l'ânesse, du corbeau, de la colombe, et du bouc émissaire. Le grand poisson remontait le Nil. Daniel, Ézéchiel, et Jérémie, transformés en pies, fermaient la marche.

Quand on fut arrivé aux frontières du royaume, qui n'étaient pas fort loin, le roi Amasis prit congé du bœuf Apis, et dit à sa fille:

— Ma fille, retournons dans nos États, afin que je vous y coupe le cou, ainsi qu'il a été résolu dans mon cœur royal, parce que vous avez prononcé le nom de Nabuchodonosor, mon ennemi, qui m'avait détrôné il y a sept ans. Lorsqu'un père a juré de couper le cou à sa fille, il faut qu'il accomplisse son serment, sans quoi il est précipité pour jamais dans les enfers, et je ne veux pas me damner pour l'amour de vous.[3]

La belle princesse répondit en ces mots au roi Amasis:

— Mon cher père, allez couper le cou à qui vous voudrez; mais ce ne sera pas à moi. Je suis sur les terres d'Isis, d'Osiris, d'Horus, et d'Apis; je ne quitterai point mon beau taureau blanc; je le baiserai tout le long du chemin, jusqu'à ce que j'aie vu son apothéose dans la grande écurie de la sainte ville de Memphis: c'est une faiblesse pardonnable à une fille bien née.

A peine eut-elle prononcé ces paroles que le bœuf Apis s'écria:

— Ma chère Amaside, je t'aimerai toute ma vie![4]

C'était pour la première fois qu'on avait entendu parler Apis en Égypte depuis quarante mille ans qu'on l'adorait.

Le serpent et l'ânesse s'écrièrent:

— Les sept années sont accomplies! — et les trois pies répétèrent: — Les sept années sont accomplies! Tous les prêtres d'Égypte levèrent les mains au ciel. On vit tout d'un coup le dieu perdre ses deux jambes de derrière; ses deux jambes de devant se changèrent en deux jambes humaines; deux beaux bras charnus, musculeux et blancs, sortirent de ses épaules; son mufle de taureau fit place au visage d'un héros charmant; il redevint le plus bel homme de la terre, et dit:

— J'aime mieux être l'amant d'Amaside que dieu.[5] Je suis Nabuchodonosor, roi des rois.

Cette nouvelle métamorphose étonna tout le monde, hors le réfléchissant Mambrès. Mais, ce qui ne surprit personne, c'est que Nabuchodonosor épousa sur-le-champ la belle Amaside en présence de cette grande assemblée.

Il conserva le royaume de Tanis à son beau-père, et fit de belles fondations pour l'ânesse, le serpent, le chien, la colombe, et même pour le corbeau, les trois pies et le gros poisson, montrant à tout l'univers qu'il savait pardonner comme triompher.[6] La vieille eut une grosse pension. Le bouc émissaire fut envoyé pour un jour dans le désert, afin que tous les péchés passés fussent expiés; après quoi, on lui donna douze chèvres pour sa récompense. Le sage Mambrès retourna dans son palais faire des réflexions. Nabuchodonosor, après l'avoir embrassé, gouverna tranquillement le royaume de Memphis, celui de Babylone, de Damas, de Balbec, de Tyr, la Syrie, l'Asie Mineure, la Scythie, les contrées de Chiraz, de Mosok, du Tubal, de Madaï, de Gog, de Magog, de Javan, la Sogdiane, la Bactriane, les Indes, et les îles.

Les peuples de cette vaste monarchie criaient tous les matins: «Vive le grand Nabuchodonosor, roi des rois, qui n'est plus bœuf!» Et depuis ce fut une coutume dans Babylone que toutes les fois que le souverain, ayant été grossièrement trompé par ses satrapes, ou par ses mages, ou par ses trésoriers, ou par ses femmes, reconnaissait enfin ses erreurs, et corrigeait sa mauvaise conduite, tout le peuple criait à sa porte:

— Vive notre grand roi, qui n'est plus bœuf![7]

# NOTES

## MICROMÉGAS

*Chapter I*

1. *j'ai eu.* Such a direct intervention by the author in his *contes* is rare.

2. *Micromégas:* derived from the Greek words for 'small' and 'great'. The name is symbolic of the *conte*, since it concerns itself with 'the relative position of man in the established order from the microcosmos to the macrocosmos' (Wade ed., p. 67).

3. *pas géométriques.* Each such *pas* equals five feet. The *lieue* here is therefore equal to just under three miles.

4. *pieds de roi:* i.e., an English foot of twelve inches.

5. *terre.* Voltaire is making fun of those who wish to make precise proportionate calculations; as well he might, for the figures he provides here are incorrect, as are most of those that follow! Theodore Besterman rightly notes that 'Voltaire's arithmetic was always erratic' (*Voltaire*, p. 230 n.).

6. *sa sœur:* Mme Périer, in her *Vie de Pascal* (1684).

7. *métaphysicien.* Voltaire never ceased to tax Pascal (1623–62) with the weakness of his metaphysical reasoning; it starts in the 25ᵉ *Lettre philosophique* (1734) and ends with the *Remarques* of 1777, the year which preceded his death.

8. *muphti:* Muslim priest; but Voltaire is using the term, as he does with *mage* in *Zadig*, to refer ironically to the priesthood in general and to Christian priests in particular. The context suggests that Voltaire may be thinking of the condemnation of his *Lettres philosophiques* in 1734.

9. *forme substantielle:* Scholastic term. As Voltaire had written in his *Traité de métaphysique* (1734): 'Je demande encore aux inventeurs des formes substantielles ce qu'ils entendent par ce mot, et . . . ils ne me répondent que du galimatias' (H.T. Patterson ed., Manchester University Press, 2nd ed., 1957, p. 34).

10. *dit.* Cf. *Zadig*, Chapter XV, n. 1.

11. *boue.* Cf. *Zadig*, Chapter IX, n. 3. Here, as there, we witness a striking contrast between man's earth-bound wretchedness and the majesty of the heavens.

12. *répulsives.* In other words, he is well acquainted with Newton's discoveries, a point very much in his favour. As in the reference above to his exile, one sees a close identification of Voltaire and Micromégas.

13. *Derham.* William Derham treated of the Empyrean in his *Astro-theology* (London, 1715).

14. *toises.* A *toise* is just under 6′ 5″.

15. *Lulli.* Voltaire was a defender of Lully's music, calling him 'le père de la vraie musique en France' (*Le Siècle de Louis XIV*, M. XIV 146). Lully (1632–87), born in Florence, was director of the Opéra, and spent most of his life in France.

16. *calculs.* The author here has in mind Fontenelle, the Secrétaire de l'Académie des Sciences since 1699, who reported on the activities of his scientific colleagues in his *Éloges des académiciens.* As Voltaire indicates, Fontenelle also wrote verse, notably for the *Mercure galant* in his youth.

## Chapter II

1. *parures.* A clear reference to Fontenelle's *Entretiens sur la pluralité des mondes*: 'La beauté du jour est comme une beauté blonde qui a plus de brillant; mais la beauté de la nuit est une beauté brune qui est plus touchante' (1er Soir, R. Shackleton ed., Oxford, Clarendon Press, 1955, p. 60). Voltaire had had his disagreements with Fontenelle at the time when the former's *Éléments de la philosophie de Newton* was published (1738).

2. *instruise.* The barbed references to Fontenelle surely reflect irritation rather than a fundamental difference of principle, for Voltaire as much as anyone knew the advantages of pleasing the reader in order to instruct him. Cf., e.g., the 'Approbation' to *Zadig*, n. 1.

3. *ennuyer.* Voltaire had already toyed with the idea of creatures having more than five senses, in the first draft of the 13e *Lettre philosophique*, published in 1738. Note that though the Saturnien had been identified with Fontenelle earlier, he is now expressing Voltaire's own views: a characteristic *volte-face* in the *contes*, subordinating psychological *vraisemblance* to overriding philosophical considerations.

4. *faits:* typically Voltairean antithesis between speculation and fact.

5. *chose.* Cf. Montaigne: 'Le long temps vivre et le peu de temps vivre est rendu tout un par la mort. Car le long et le court n'est point aux choses qui ne sont plus.' (*Essais*, Bk. I, Chap. XX.)

'Les hommes de ce temps [XVIe siècle] n'ont pas encore l'idée qu'exprimera Voltaire deux cents ans plus tard dans le texte du *Micromégas* qui marque l'avènement de notre conception moderne, scientifique et naturelle, de la mort. . . . Pour les contemporains de Rabelais qui ne savaient s'appuyer sur un ensemble constitué de doctrines chimiques, le corps était conçu comme s'anéantissant. Şa destruction libérait l'âme' (L. Febvre, *Le Problème de l'incroyance au XVI<sup>e</sup> siècle*, Paris, revised ed., 1962, p. 209, *à propos* of this text).

6. *admirable:* A Leibnizian insistence on richness of variety within an overall unity.

7. *reste.* Voltaire had conceived of the possibility that matter had a thousand properties, in the first draft of the 13<sup>e</sup> *Lettre philosophique*. He is clearly critical of Descartes's proposition that matter consisted of only two properties, extent and movement.

8. *pas.* Cf.: 'Toute la métaphisique à mon gré contient deux choses, la première ce que tous les hommes de bon sens savent, la seconde ce qu'ils ne sauront jamais' (Letter to Frederick of Prussia, Best. 1260 [*c.* 25 April 1737]). The preceding discussion in the *conte* on the number of different substances that exist might well be said by Voltaire to enter into the latter category. The giants are merely men writ large, with man's usual inability to restrict himself to factual and verifiable knowledge. Cf. above, n. 4.

## Chapter III

1. *toises.* Cf. Chapter I, n. 14.

2. *pays.* Notice how Voltaire, in order to provide relief to his scientific tale, adds a brief romantic interest. The prescription is very much along the lines laid down by Fontenelle, decried just a little earlier (Chapter II, n. 2).

3. *globe:* Huyghens (1629–95), Dutch astronomer who, amongst other achievements, elucidated the nature of Saturn's rings.

4. *lunes.* Although Mars' two moons were not discovered until 1877, their existence had been suspected long before. Kepler had deduced them, on the basis of analogical reasoning, in a letter to Galileo, and Swift refers to them in his work (cf. Wade ed., p. 156).

5. *Castel:* Jesuit father (1688–1757), who had written scientific works, and who incurred Voltaire's irritation by attacking the latter's *Éléments de Newton* in the *Journal de Trévoux* (1738). It would appear that no such reference as Voltaire gives here exists in Castel's work.

6. *se passât à:* = 'se contenter de': common classical usage.

7. *nouveau style.* i.e., according to the new Gregorian calendar which began on January 1st rather than on March 25th, and came into effect in 1582 by the mandate of Pope Gregory XIII. But non-Catholic countries did not adopt it until much later; England and Wales, for instance, did not change over until 1752.

*Chapter IV*

1. *ils mangerent.* The section from here to *Ensuite . . .* was not added till 1754. Voltaire thereby committed a discrepancy, for the mountains appear in the same chapter as no more than 'ces petits grains pointus dont ce globe est hérissé'.

2. *pieds de roi.* Cf. Chapter I, n. 4.

3. *chien de manchon:* 'chien minuscule que les femmes portaient dans leur manchon (au XVIIIᵉ s.)' (*Dictionnaire Robert*).

4. *incultes.* The seeming illogicality in the geographical arrangement of our planet also comes up in *Songe de Platon* (cf. below, p. 273).

5. *demeurer.* Ursula Schick (*Zur Erzähltechnik*, p. 92) rightly points out the series of absolute statements contained in this speech ('*si* mal construit . . . *tout* semble être dans le chaos . . . *aucun* . . .' etc., etc.).

6. *rien.* Although Micromégas refutes the Saturnien's aprioristic deductions, based as they are on false general premisses, he makes a teleological assumption inconsistent with a purely empirical attitude; our earth is not looked at simply for what it is in itself, but according to the presupposition that it must have a cosmic purpose. Even so, there is a considerable contrast between the Saturnien's hasty conclusions and Micromégas's judiciously careful reply.

7. *liberté.* The Saturnien again rushes into false deductions, over-confident as he is of his reasoning powers. By contrast, Micromégas's examination will be modest and lead him only to probable, not certain, conclusions.

8. *là.* This is the first reference to the problem of the human soul, the author thereby anticipating the discussion on that matter in the final, climactic chapter. The result of Micromégas's investigation is to destroy man's proud belief that he is necessarily unique in the animal world.

9. *polaire.* Voltaire is alluding to Maupertuis's expedition to Scandinavia in 1736–7, to measure a meridian in the Arctic Circle. After an early friendship, in which Maupertuis, Voltaire and Mme du Châtelet collaborated upon mathematical studies, relations between the two men deteriorated after Maupertuis's visit to Cirey in 1739.

10. *Bothnie.* The Gulf of Bothnia is a northern branch of the Baltic sea, lying between Sweden and Finland.

*Chapter V*

1. *laponnes:* the two girls, apparently sisters, whom Maupertuis brought back to Paris from his expedition, and who were the object of much interest.

2. *davantage*. Cf.: 'advancing very softly to my face, one of them [i.e., the Lilliputians] . . . put the sharp end of his half-pike a good way up into my left nostril, which tickled my nose like a straw, and made me sneeze violently . . .' (Swift, *Gulliver's Travels*, Chapter I).

3. *rendre*. A typical Voltaire sally upon the absurdity of war.

4. *Leuwenhoek:* Dutch microscopist (1632–1723), who made significant discoveries about spermatozoa, muscle fibres and the circulation of the blood. Because of these microbiological studies, he held a particular interest for Voltaire.

5. *Hartsoeker:* Another Dutch naturalist (1656–1725), who also performed important work in microscopic examination of spermatozoa.

6. *fait*. The expression attributed to the Saturnien comes from one of Fontenelle's *Éloges*, and had been sardonically applied to his own conduct when he had been discovered with Mme de Tencin in a compromising situation. But the underlying fallacy comes from one of Leeuwenhoek's hypotheses: 'And I imagined, besides, whenever I saw two little animals, entangled together, either swimming or lying still, that they were a-copulating' (Cf. Wade ed., p. 63).

## Chapter VI

1. *absurde*. Cf. Chapter IV, n. 8.

2. *après*. As usual, empirical analysis first and foremost, preceding philosophical speculation, is emphasized. But note that it is the Saturnien who voices this opinion now; he has been converted by experience.

3. *système*. Voltaire, in keeping with the Enlightenment in general, objected to metaphysical system-building, preferring, as we have seen, an empirical approach. Clearly these philosophers are no more help in an emergency than the crew themselves or the representative of the Church.

4. *compagnon*. There is in these speeches a real sense of exaltation at the capacity of science; in his true domain of experiment and reasoned verification man has a noble dignity all of his own.

5. *apparente*. Even Micromégas has learned a new lesson from the extraordinary achievements of these apparently petty human beings.

6. *abeilles:* in the *Georgics*, Book IV.

7. *Swammerdam:* Dutch naturalist (1637–80), who carried out interesting studies in human anatomy, but who is mainly renowned for his investigations into the structure of invertebrates, particularly insects.

8. *Réaumur:* French naturalist (1683–1757), whose *Mémoires pour servir à l'histoire des insectes* (1734–42) was a landmark in studies of insect anatomy.

*Chapter VII*

1. *eux*. The reference is to the Russo-Turkish War (1736–39).

2. *tas de boue*. Cf. Chapter I, n. 11, and *Zadig*, Chapter IX, n. 3.

3. *César:* i.e., 'tsar'.

4. *solennellement*. The *Te Deum*, sung after military victory, is one of the most striking obscenities of war, in Voltaire's view. Cf. *Candide*, Chapter III.

5. *contrastes*. Micromégas's anger of a paragraph or two earlier gives way to compassion; Voltaire never ceases to proclaim that the only proper attitude to man's great contradictions of temperament is tolerance, not indignation. Cf. *Zadig' passim*, and the conclusion of *Le Monde comme il va*.

6. *nombres*. As Voltaire said more than once, man's proper rôle was to 'calculer, mesurer, peser, et expérimenter' (*Éléments de Newton*, M. XXII 447).

7. *péripatéticien:* Aristotelian.

8. *entéléchie:* non-material substance which carries its own purpose within itself.

9. *moins*. It is interesting to note that Voltaire refuses even to argue about the Aristotelian hypothesis, contenting himself with satire on its pedantry.

10. *plus*. Cf. Voltaire's similar remarks on Descartes's doctrine of innate ideas in *Lettres philosophiques*, XIII. The fallacy, as Voltaire sees it, is neatly summed up.

11. *matière*. Voltaire refuses to share Descartes's view that matter is definable. A similar attitude is to be found in the first draft of the thirteenth *Lettre philosophique*.

12. *malebranchiste*. Malebranche (1638–1715), one of the leading French philosophers of his age, asserted that 'we see all things in God', i.e., God is the origin of all clear intellectual ideas, the only ones that matter, for the rest are sensory and therefore confused. God was also the seat of all power; when I will to move my arm, God, on the occasion of my willing, moves it for me.

13. *clair*. This is the famous doctrine of pre-established harmony which Leibniz (1646–1716) elaborated. Each individual substance develops in complete independence of all the rest, yet all are held together in systematic order by the principle of sufficient reason, since God has foreseen that by acting thus they will lead to the greatest possible world-harmony. As with Aristotle, Voltaire reveals his pure scorn by attempting no answer; indeed, the contempt is even greater here, for Voltaire simply allows the Leibnizian

to condemn himself out of his own mouth. Notice, however, that the Leibnizian doctrine of Optimism is not criticized. Cf. Introduction, p. 29.

14. *fort.* Locke (1632–1704) opens the way to a materialist concept of thought which removes the necessity of a soul.

15. *bonnet carré:* the mark of a Sorbonne doctor.

16. *St. Thomas:* Aquinas (c. 1225–74), whose *Summa Theologiae* represented for Voltaire the essence of scholastic orthodoxy. For him Voltaire reserves the weapon of open ridicule. The theologian is merely a buffoon.

17. *homme.* Voltaire will never cease to criticize anthropocentric doctrines. If Man has a place in the divine plan, that is only one of God's many considerations in the cosmos.

18. *blanc.* Cf. *Zadig*, Chapter XX, n. 2.


## ZADIG


1. *DESTINÉE.* In the 1748 edition and all subsequent ones published during Voltaire's lifetime (except that of 1775), the *conte* was prefaced by a whimsical 'approbation' drafted by Voltaire himself:

'Je soussigné, qui me suis fait passer pour savant, et même pour homme d'esprit, ai lu ce manuscrit, que j'ai trouvé, malgré moi, curieux, amusant, moral, philosophique, digne de plaire à ceux-mêmes qui haïssent les romans. Ainsi je l'ai décrié, et j'ai assuré M. le cadi-lesquier [i.e., le juge] que c'est un ouvrage détestable.'

For all the irony of this passage, the principal tenets of Voltaire's aesthetic doctrine on the *conte philosophique* are clear. By arousing curiosity and entertaining the reader ('curieux, amusant'), you lead him to the didactic truth of the tale ('moral, philosophique'); furthermore, this type of story is diametrically opposed to the novel, for which Voltaire held considerable scorn on account of its futile *invraisemblance.*

2. *Sheraa:* possibly Mme de Pompadour; but Voltaire may simply have had a wholly imaginary figure in mind.

3. *roses.* Note the deliberate parody of the Oriental style, to be repeated frequently throughout the work.

4. *derviches:* i.e., priests.

5. *Ouloug-Beb:* Mirza Mohammed, grandson of Tamburlaine, who reigned from 1416 to 1449. Voltaire speaks approvingly of him as an enlightened ruler in the *Essai sur les mœurs* (M. XII 93).

6. *Jours.* Both *A Thousand and One Nights* and *A Thousand and One*

*Days* appeared in French during the first decade of the eighteenth century.

7. *rien.* Again Voltaire's view of the *conte* is clear: it must have reason and meaning, not simply be a fable lacking extrinsic values. Cf. Princess Amaside's comments in *Le Taureau blanc* (Chapter IX).

8. *Scander:* Arabic name for Alexander the Great; Thalestris, Queen of the Amazons, had offered herself to him as his wife.

9. *Soleiman:* Arabic name for Solomon, whom the Queen of Sheba 'came to prove with hard questions' (I Kings, X, 1).

## Chapter I

1. *Zoroastre.* Voltaire knew Zoroaster through Hyde's *Historia religionis veterum Persarum.* The following allusions, like several later ones in the story, are of course Voltaire's own invention, but the quotation 'Quand tu manges . . . mordre' has an approximate source in Zoroaster.

2. *mages:* i.e., priests.

3. *heureux.* After the exposition of Zadig's qualities, we come to the philosophical crux of the matter which will concern Voltaire throughout the work: Can a virtuous man attain happiness? The exceptional virtues will however quickly come up against ordinary human mediocrity: Hermès's folly, Orcan's malevolence, Sémire's inconstancy.

4. *permis.* Is there a reminiscence here of *Manon Lescaut?* The chevalier des Grieux is similarly prevented from marrying Manon in the colony of New Orleans because the Governor's nephew has designs upon her (ed. F. Deloffre and R. Picard, Paris, 1965, pp. 191–3).

5. *Memphis:* capital of Egypt, and so a very long way from Babylon; but Voltaire is not concerned about geographical exactitude in this Oriental fantasy-tale.

6. *guérir.* A good instance of aprioristic theories being refuted by actual experience.

7. *borgnes.* The misfortune of having only one eye comes up in other Voltaire *contes*: *Memnon* and *Le Crocheteur borgne*.

8. *consoler.* Zadig's first intimation of the ambiguity of human emotions (Orcan's attack had at least the merit of honest forthrightness); with characteristic use of reason, however, he eventually masters his sorrow.

9. *citoyenne:* i.e., 'bourgeoise'. Note that Zadig himself is sometimes given to false logic at this stage, inexperienced as he is. He will quickly discover the folly of his deductions.

## Chapter II

1. *LE NEZ.* This chapter is based on Petronius' famous story *The Widow of Ephesus*; but Voltaire has particularly in mind a Chinese tale

related at considerable length by the P. du Halde in his *Description de la Chine* (1735), and he refers to it in his *Notebooks* (Besterman ed., *The Complete Works of Voltaire*, Geneva, vol. 81, 1968, p. 261).

2. *faste de vertu:* 'exaggerated display of virtue'. What troubles Zadig is Azora's intolerance of other people's foibles, arising from her lack of insight into human psychology. His experiment will perhaps reveal to her how lacking in self-awareness she is (though it would seem, from the following chapter, that she has characteristically learned nothing from it). Although the proposed remedy is obviously absurd and Azora ridiculed for undertaking it, her main fault lies in her dogmatic attitudes about human conduct.

3. *Tchinavar.* According to Zoroaster, dead souls crossed this bridge if they were just but remained eternally waiting if they were not.

4. *Asraël:* in the Moslem (but not Zoroastrian—Voltaire again takes little note of consistency) religion, the destroying angel.

5. *Arnou:* Arnoult, inventor of an anti-apopleptic specific which he publicized with a vigour and ingenuity anticipating later, more commercially-minded ages.

*Chapter III*

1. *CHEVAL.* This chapter constitutes one of the classic examples in Voltaire's writings of the value of experimental science; careful observation of natural phenomena is the key to discovery of new and useful knowledge. This is where Zadig comes of age as a scientist. Nature reveals God, furthermore, and thereby confers spiritual and moral qualities. The chapter also contains by implication a comprehensive satire of juridical proceedings in contemporary France; verdicts are hasty and ill-founded, judges are grasping, ignorant, complacent, the unfortunate defendant is always at a disadvantage.

2. *Zend:* commentary on Zoroastrianism.

3. *cassées.* Voltaire is satirizing various scientific activities of his contemporaries. Personal jealousy alone seems to motivate these comments; most if not all of these research projects are, in principle, entirely in keeping with Voltaire's own views of experimental science.

4. *Un jour.* The story is borrowed from an Oriental source.

5. *deniers:* i.e., the gold and silver are almost pure.

6. *Desterham.* More correctly, Defterdar, a kind of Controller of Finances amongst the Persians and Turks; but Voltaire is simply referring to the Governor.

7. *l'or.* The irony of these apostrophes scarcely requires comment.

8. *Orosmade:* the divine principle of good in the Zoroastrian faith.

9. *de fin.* Is it fair to suspect that Voltaire, while revealing Zadig as a model exponent of experimental science, is also slightly poking fun at the latter's incredible perspicacity? If so, the procedure is quite consistent with Voltaire's technique in the *contes*; it is the author who always maintains control and dominates his characters. But Thacker (ed., *Candide*, Geneva and Paris, 1968) points out that scenes like this, where Zadig is *too* clever, remove that element of almost total passivity which makes Candide the truly transparent hero, more completely representative of suffering humanity (p. 65).

10. *chambre:* i.e., 'du roi'.

11. *cabinet:* i.e., 'du conseil du roi'.

## Chapter IV

1. *griffon.* Voltaire's target here is not the Zoroastrian dietary laws, but those of the Old Testament, which extend even to fabulous animals like the gryphon (cf. Deuteronomy, XIV), and beyond them probably the Christian restrictions also.

2. *Zoroastre.* Zadig's counsel is characteristically one of tolerance and obedience to the law.

3. *théurgite:* Zoroastrian practitioner of white magic with heavenly spirits; as elsewhere in *Zadig*, for 'magician' read 'theologian'.

4. *Yébor:* i.e., Boyer, Bishop of Mirepoix ('archimage': 'grand prêtre'), one of Voltaire's most implacable enemies.

5. *immondes.* Cf. Deuteronomy, XIV, 6–7, where the technical distinctions between clean and unclean meats become hard to follow: a characteristic target of Voltaire's satire.

6. *fille d'honneur.* Voltaire regarded the ladies-in-waiting on the Queen at Court as being particularly susceptible to moral dangers. Cf. *Le Siècle de Louis XIV* (M. XIV 462).

7. *Arimaze.* Voltaire surely has in mind Ahriman, the divine principle of evil in the Zoroastrian religion, but he is probably less concerned with allegorical overtones than with creating a credible Oriental name.

8. *par en médire:* a classical locution indicating the instrument or means, which can now be used only after the verbs 'commencer', 'finir' and sometimes 'débuter', 'terminer'. For the sentiment described, cf. Montaigne, *Essais:* 'Puisque nous ne la pouvons atteindre, vengeons-nous à en médire' (III, 7).

9. *harpies:* rapacious birds of prey (according to mythology) with a woman's face and body, which were reputed to steal or defile food.

10. *et il y a . . . les vers.* Parenthesis added in 1751 as a compliment to Frederick II of Prussia while Voltaire was living at his Court.

11. *rêver:* ='méditer profondément' (*Dictionnaire de l'Académie,* 1718–40): a common usage in the seventeenth century.

12. *redouter.* The incident is sufficiently far-fetched for one to suspect that Voltaire is showing off his undoubted ingenuity in verse. Various bookish sources have been cited, but Voltaire knew of examples occurring to him and others where a writer had been compromised when his work had been misrepresented (Cf. M. VIII 371; XXXIV 564).

## Chapter V

1. *Le premier satrape:* i.e., the provincial Governor among the ancient Persians.

2. *allait aux voix:* ='votait'. Cf. 'On alla aux voix: la pluralité fut pour la réformation' (*Essai sur les mœurs,* M. XII 291).

3. *en:* ='de lui': classical usage of 'en' to designate persons.

## Chapter VI

1. *LE MINISTRE.* This chapter and the next evolve, from the 1756 edition onwards, out of a single chapter in the earlier editions entitled *Les Jugements. Le Ministre* is an effective demonstration of how, under an enlightened despot, a 'ministre philosophe' can make his influence felt.

2. *si jeune.* Cf. 'les femmes espéraient qu'on leur donnerait bientôt un ministre plus jeune' (*Le Monde comme il va,* p. 166).

3. *bon physicien:* i.e., skilled in the natural sciences.

4. *de son mieux.* A succinct example of the technique whereby Voltaire uses a patently supernatural device as a function of the plot, and then proceeds, on the 'philosophic' plane, to make fun of it.

5. *divan:* Sultan's Council, attended by ministers ('vizirs').

6. *tempérait.* Cf. 'le Prince, tout-puissant pour faire du bien, a les mains liées pour faire le mal', a description of the British constitutional monarchy in Voltaire's *Lettres philosophiques,* VIII (1734).

7. *obscurcir.* This sentence sums up Zadig's essential rôle in the *conte.* As Van den Heuvel puts it: 'il résout le merveilleux en termes de clarté' (p. 194).

8. *Une fille.* Instead of this story, the following appeared in the 1747 edition (where Zadig is called Memnon):

'Quelque temps après on lui amena un homme juridiquement convaincu d'avoir commis un meurtre six ans auparavant. Deux témoins déposaient l'avoir vu; ils indiquaient le lieu, le jour, et l'heure, ils ne s'étaient point coupés dans leurs interrogatoires. L'accusé avait été l'ennemi déclaré du mort. Plusieurs personnes l'avaient vu passer armé dans le chemin où l'assassinat avait été commis; jamais preuves n'avaient été plus fortes; et cependant cet homme protestait de son innocence avec cet air de vérité qui peut balancer les preuves mêmes aux yeux d'un juge éclairé; mais il pouvait exciter la pitié et non éviter la condamnation; il ne se plaignait point de ses juges; il accusait seulement sa destinée, et il était résigné à la mort. Memnon s'attendrit sur lui et entreprit de découvrir la vérité; il se fit amener les deux dénonciateurs l'un après l'autre. Il dit au premier: Je sais, mon ami, que vous êtes un homme de bien et un témoin irréprochable. Vous avez rendu un grand service à la patrie en découvrant l'auteur du meurtre qui fut commis il y a six ans en hiver au temps du solstice à sept heures du soir aux yeux mêmes du soleil.—Monseigneur, lui répondit l'accusateur, je ne sais pas ce que c'est que le solstice, mais c'était le troisième jour de la semaine et il faisait encore un très beau soleil. — Allez en paix, lui dit Memnon, et soyez toujours homme de bien.

Ensuite il fit venir l'autre témoin et lui dit: Que la vertu vous accompagne, dans toutes vos voies; vous avez rendu gloire à la vérité; et vous méritez des récompenses pour avoir convaincu un citoyen d'un meurtre abominable qui fut commis il y a six ans aux rayons sacrés de la pleine lune, dans le temps qu'elle était dans le même signe et dans le même degré que le soleil. — Monseigneur, répondit l'accusateur, je ne connais ni les signes ni les degrés; mais il faisait alors la plus belle pleine lune du monde. Alors Memnon fit revenir le premier témoin et leur dit à tous deux: Vous êtes des scélérats, qui avez porté faux témoignage contre un innocent; l'un assure que le meurtre a été fait à sept heures avant que le soleil fût sous l'horizon, et ce jour-là il s'était couché avant six heures. L'autre affirme que le coup a été fait à la clarté de la pleine lune et ce jour-là il n'y avait point de lune; vous serez tous deux pendus pour avoir été faux témoins et mauvais astronomes.'

9. *grosse.* After the gentle euphemism, the brutal reality.

10. *oraison:* = 'discours': classical usage.

11. *démonomanie:* 'diabolic possession'.

12. *monades...préétablie:* metaphysical terms used by Leibniz, and treated satirically here; this phrase is not added until 1752.

13. *Il venait.* This anecdote was added in 1748, removed in 1756, and restored in the Kehl edition (1785).

14. *l'itimadoulet:* = 'le grand vizir'.

15. *paresse:* an obvious parody of Oriental comparisons.

16. *violons:* a typical Voltaire anachronism. Cf. the function of anachronisms in *Le Taureau blanc* (Introduction, p. 46).

17. *Sadder:* a Zoroastrian work.

*Chapter VII*

1. *AUDIENCES*. This chapter appears for the first time in the 1756 edition; its substance had previously consisted of a few lines in the original chapter *Les Jugements* (Cf. Ch. VI, n. 1).

2. *lorgnaient*. Voltaire provides his own definition of this word in *La Princesse de Babylone:* 'elle le regarda du coin de l'œil, ce qui plusieurs siècles après s'est appelé *lorgner*' (M. XXI 390).

3. *Il y avait*. Several possible sources for this grotesque quarrel exist, among them the conflict between the High-heels and Low-heels, and the Big Endians and Little Endians, in Lilliput (Swift's *Gulliver's Travels*, ch. IV). Note that Zadig does not fulminate intolerantly at these intolerant practices, but deals with them as urbanely as possible.

4. *cire*. All the 'figures' in the last two paragraphs come from one particular part of the Orient: Palestine; Voltaire is mocking not so much the Oriental as the Biblical style. Cf. e.g., Psalms, CXIV, 3–4 ('The sea saw it, and fled. . . . The mountains skipped like rams, and the little hills like lambs'); Isaiah, XIV, 12 ('How art thou fallen from heaven, O Lucifer, son of the morning!')

5. *mages noirs:* probably an allusion to the Catholic priests with their white and the Protestant priests with their black robes. This quarrel is however over the difference between the Persian and Jewish customs of prayer.

6. *voudrait*. The stress is laid upon the dictates of personal conscience, as against external dogma.

7. *Babylone*. The necessity of improvements in urban architecture and planning occurs frequently in Voltaire. Cf. *Le Monde comme il va*, p. 155.

8. *riait*. The apparent tautology conceals Voltaire's dislike for 'metaphysical' comedies like Marivaux's and the 'comédies larmoyantes' of such as Nivelle de La Chaussée.

9. *Zenda-Vesta*. Voltaire seems to confuse this Zoroastrian commentary on the sacred texts with one of the gods of that faith.

10. *Astarté*. It is already clear, a paragraph or two earlier, that Zadig is not given to Court gallantry. Here he is guilty of an even graver social failing, guilelessness. He has still a lot to learn from experience, is still too trustful of human nature.

*Chapter VIII*

1. *LA JALOUSIE*. A particularly good chapter for studying Voltaire's techniques of parody of the conventional novel. The language, the images, the hyperbolic sentiments, the hackneyed theme of love, jealousy and

flight, the exemplary characters, these and other aspects merit closer analysis. And yet, such is Voltaire's careful handling of his material, the parody is never allowed completely to alienate our sympathy for Zadig and his very understandable misfortunes.

2. *épouse*. The ease of access which Zadig has to Astarté is more in keeping with Versailles than Babylon.

3. *délicat:* i.e., 'sensitive'.

4. *venger*. The king, in his jealousy, is guilty of a basic error: he uses false evidence and arrives at the wrong conclusion. It is a good illustration of the *immorality*, in Voltaire's view, of bad thinking.

5. *vengeances*. Cf. the pitiless eunuchs in Montesquieu's *Lettres persanes* (e.g. Lettre CLIX).

6. *bleu*. Notice the extent to which Voltaire has amused himself by playing upon the colours blue and yellow in this chapter.

7. *reine*. Typically 'Oriental' stratagem, for mutes and dwarfs were often used in such rôles in the Oriental tale. In keeping with the tone of this chapter, the manner in which the obstacle is overcome is developed to a grotesque point.

8. *cependant:* i.e., 'pendant ce temps': archaism.

9. *jaunes*. An especially clear caricature of the elevated style of the conventional novel: Astarté, the perfect heroine, nonetheless allows her letter to degenerate into bathos. This felicitous juxtaposition is added only in 1756, replacing a less imaginative *tournure* ('je vous l'ordonne au nom d'un amour funeste que j'ai toujours combattu et que je vous avoue enfin sur le point de l'expier par ma mort').

10. *comme eux*. Once again the happiness-virtue theme is explicitly stated at the end of a chapter. One may compare the repeated references back to Westphalia, and later to Eldorado, in *Candide*, probably a more successful application of the same technique because Voltaire clothes it in symbolic form rather than leaving it as a pure abstraction.

## Chapter IX

1. *Canope*. Cf. 'pôle antartique, autrefois canope', *Notebooks*, Besterman ed., *The Complete Works of Voltaire*, vol. 81, 1968, p. 390.

2. *nature*. Cf. Pascal's description of the visible universe as 'un trait imperceptible dans l'ample sein de la nature' (*Pensées*, Brunschvicg 72, Lafuma 390). But Voltaire's conclusions are different from Pascal's; cf. Introduction, p. 28. At the same time, we have here one of the rare indications in Voltaire of the affective side to his religious faith. The universe on a clear, starry night gives a clear revelation of God's existence, his majesty, his love of order, his power. Voltaire himself underwent a similar

experience a few months after writing this passage, when his coach broke down one night in the open country. Cf. Longchamp et Wagnière, *Mémoires*, 1826, II, p. 168, and the discussion of this episode in Pomeau, *La Religion de Voltaire*, pp. 210–1.

3. *boue*. This image of human misery is frequently employed by Voltaire, Cf. *Micromégas*, Chapter I, n. 11.

4. *Égypte*. Once again Voltaire is careless of geographical detail.

5. *passe à lui:* fencing term (more commonly rendered as 'passe sur lui') to mean 'dominating the other's sword so as to be able to disarm him or seize him by the body'.

6. *place*. Does Voltaire have the *Lettres persanes* in mind here? In Lettre LI, we learn that 'les femmes moscovites aiment à être battues', for it proves to them that they are loved. One of these ladies goes on to represent the paradoxical situation in terms similar to Zadig: 'La moindre chiquenaude qu'il me donnera, je crierai de toute ma force, afin qu'on s'imagine qu'il y va tout de bon; et je crois que, si quelque voisin venait au secours, je l'étranglerais'.

7. *peine*. Zadig still has much to learn about the strange ways of women. Voltaire will treat in similar vein Candide's bewilderment when he kills the monkeys in Paraguay, only to discover that far from being molested by them, the girls accepted them as lovers (ch. XVI).

## Chapter X

1. *curiosité*. Notice how Zadig's technique of persuasion is like Voltaire's. You attract your reader (or listener) out of curiosity first; then when his interest is aroused you proceed to instruct him. The order of words in the 'Approbation' to *Zadig* is significant: 'curieux, amusant, moral, philosophique'.

2. *juge*. Zadig's experimental science is not limited to the physical world, but extends to the domain of psychology too.

## Chapter XI

1. *Gangarides:* i.e., the banks of the river Ganges in India.

2. *cires:* i.e., 'chandelles de cire'; a common usage in the eighteenth century of the substance to indicate the object.

3. *faites*. This incident helps to define more precisely the nature of Zadig's religious experience at the beginning of Chapter IX; the sight of the stars is comforting to Zadig not for itself, but because they refer back to their Creator.

4. *Il y avait*. Cf. Montesquieu's treatment of a similar episode in

*Lettres persanes*, CXXV; both probably go back to a common source in Bernier's *Voyages* (1699).

5. *brahmanes:* Hindu priests.

6. *sont en possession de:* 'have the right to'.

7. *dévote.* One may readily infer that other 'dévotes' nearer home are likewise activated not by religious principles but by the esteem motive.

### Chapter XII

1. *LE SOUPER.* This chapter and the following one were added in 1748. The fable recounted in this chapter has close links with *Lettres persanes*, XLVI, where men of different races and creeds argue about dietary customs. But it is also a *reprise*, on a larger scale, of the lesson Zadig has already taught Sétoc, in the preceding chapter.

2. *Cathay:* China.

3. *nature.* Certain Brahmins practised total abstinence from flesh; others regarded only beef as prohibited.

4. *bœuf:* i.e., Apis. Voltaire will incorporate him into the plot of *Le Taureau blanc.*

5. *Oannès:* Chaldean god, half-man, half-fish.

6. *sait.* The brief phrase that ends the sentence succinctly underlines the speaker's unconscious dogmatism.

7. *Cambalu:* Peking.

8. *Chaldée.* The Chinese merchant is markedly more tolerant than the others, in keeping with Voltaire's respect for that nation's wisdom and enlightenment. Unlike the others, he qualifies his affirmations by 'peut-être', an admission of modest doubt.

9. *où il est:* typically Scholastic distinction between form and matter; for Voltaire this is all obscurantist and futile metaphysics.

10. *Celte.* The most uncouth of all the speakers. Voltaire has in mind his fellow-countrymen, of whom he considered the Celts to be ancestors, and whom he sometimes later on referred to contemptuously as 'Welches'.

11. *Teutath:* a Druidic god.

12. *quereller:* a lapidary statement of Voltaire's deeply-held conviction that underlying all religious sects there is a fundamental deistic belief in a Supreme Being. Characteristically, in the midst of discord, Zadig finds the peace-maker's way.

### Chapter XIII

1. *Liban.* Cf. 'thy nose is as the tower of Lebanon which looketh toward Damascus' (Song of Solomon, VII, 4): in Voltaire's view, a particularly egregious example of Biblical hyperbole.

*Chapter XIV*

1. *LA DANSE*. The Kehl edition omits the end of the preceding chapter, which reads as follows:

'Zadig partit après s'être jeté aux pieds de sa belle libératrice. Sétoc et lui se quittèrent en pleurant, en se jurant une amitié éternelle, et en se promettant que le premier des deux qui ferait une grande fortune en ferait part à l'autre. Zadig marcha du côté de la Syrie, toujours pensant à la malheureuse Astarté, et toujours réfléchissant sur le sort qui s'obstinait à se jouer de lui et à le persécuter. "Quoi!—disait-il—quatre cents onces d'or pour avoir vu passer une chienne! Condamné à être décapité pour quatre mauvais vers à la louange du roi! Prêt à être étranglé, parce que la reine avait des babouches de la couleur de mon bonnet! Réduit en esclavage pour avoir secouru une femme qu'on battait, et sur le point d'être brûlé pour avoir sauvé la vie à toutes les jeunes veuves arabes!"'

The present chapter and the following one are then added here.

2. *Serendib:* Ceylon.

3. *receveur général:* Minister responsible for collecting revenues. Voltaire's satire on the method of collecting taxes under the Ancien Régime is perfectly plain in this paragraph.

4. *homme.* The situation is reminiscent of Lilliput (*Gulliver's Travels*, Chapter III), where those who perform the most skilfully in dancing on a tightrope are appointed to ministerial office; but Voltaire develops the idea in quite a different way from Swift.

5. *déplu:* A remark that serves to remind us how completely Zadig's values are of this world. Nevertheless, it is hard to know whether Jesrad would count among 'les gens à prodiges'. The inconsistency is probably due to the composition of this chapter several years later than the main body of *Zadig*. As Ascoli suggests (II, 171), the boldness of the affirmation can in all likelihood be put down to the circumstances of composition and to the fact that this chapter was not intended for publication.

6. *violons.* Cf. Chapter VI, n. 16.

7. *indulgent.* Despite the high proportion of dishonest men, the only proper method of dealing with such criminals is one of moderate and useful punishments: a cardinal point in Voltaire's views on penal matters. Cf., e.g., *Commentaire sur le livre des délits et des peines* (1766).

*Chapter XV*

1. *cœur.* The banality of this expression was a frequent target of Voltaire's attacks. It came from Rollin's *Traité des études* (1726–8), whose

full title read: *De la manière d'étudier et d'enseigner les belles lettres par rapport à l'esprit et au cœur.* Cf. *Micromégas*, Chapter I, n. 10; *Le Taureau blanc*, Chapter IX, n. 9.

2. *bonzes:* i.e., monks.

3. *boopies*. Voltaire has apparently confused this epithet, which means 'large-eyed', with 'glaucopies'.

4. *guerre:* a patent reference to the tax exemption from which the French clergy benefited throughout the Ancien Régime; they substituted for it a quite inadequate 'don gratuit'. Voltaire supported a move in 1750 by the Ministre des Finances Machault to impose taxation upon the clergy, but this, like every other such attempt before the Revolution, ended in failure.

5. *destinée*. At the end of the *conte* the Kehl editors added the following note, though it clearly belongs here:

'C'est ici que finit le manuscrit qu'on a retrouvé de l'histoire de Zadig. Ces deux chapitres doivent certainement être placés après le douzième, et avant l'arrivée de Zadig en Syrie: on sait qu'il a essuyé bien d'autres aventures qui ont été fidèlement écrites. On prie messieurs les interprètes des langues orientales de les communiquer si elles parviennent jusqu'à eux.'

By a further confusion, the twelfth chapter referred to here is Chapter XIII in the Kehl edition. The error is significant, for that chapter was in fact the twelfth before the 1756 edition (cf. Chapter VI, n. 1). If, as seems likely, Voltaire composed this note, these chapters, it would seem, must have been added before 1756, probably during Voltaire's stay in Prussia, since his secretary speaks of additions made there, towards the end of his visit.

## Chapter XVI

1. *voleurs*. These gay but unprincipled brigands remind the reader of the band which Gil Blas meets (Bk. I, Chapters 5–10); their leader has much the same respect for Gil Blas's future possibilities in the profession as does Arbogad for Zadig.

2. *diamant*. Note the ironic humour here underlying the cynical manner in which Arbogad deliberately misinterprets an essentially moral fable.

3. *desterham*. Cf. Chapter III, n. 6.

## Chapter XVII

1. *LE PÊCHEUR*. This chapter, lacking in the first edition, was added in 1748.

2. *en:* ⇒ 'par elle': classical usage.

3. *moi:* a new discovery for Zadig. One is reminded (despite the dif-

ferent philosophical overtones) of the advance made by Camus's 'homme révolté' from 'solitaire' to 'solidaire': 'Dans l'expérience absurde, la souffrance est individuelle. A partir du mouvement de révolte, elle a conscience d'être collective' (*L'Homme révolté*, Paris, 1951, p. 36).

4. *orage*. The notion that misery is less unhappy when shared is quite a common one in Voltaire. Cf. the spectacle of the Huron and Gordon consoling one another by knowledge of their own and the world's woes: 'par un charme étrange, la foule des calamités répandues sur l'univers diminuait la sensation de leurs peines: ils n'osaient se plaindre quand tout souffrait' (*L'Ingénu*, Chapter X).

5. *loyalement:* = 'légalement': archaism.

6. *tout de suite:* = 'tout à la suite'.

7. *à cheval*. But 'Zadig marchait' at the end of the preceding chapter, and there is no other reference to a horse in the whole episode.

8. *chez lui*. If Zadig expects to arrive before the fisherman in Babylon, why does he speak in this sentence as though it would be the other way round? As in the previous note, one sees here a lack of attention to detail on Voltaire's part.

*Chapter XVIII*

1. *LE BASILIC:* another chapter where Voltaire delights in making fun of the romance novel, while using its conventions to advance his tale.

2. *généreuse:* 'noble'.

3. *prairie*. This recognition-scene is repeated in much the same style in *Candide* (Chapter VII), when Candide and Cunégonde are reunited for the first time; but there is no equivalent in *Zadig* to their second reunion, when Candide is disillusioned to see what the ravages of time and privation have wrought on his beloved. Astarté is untouched, both physically and morally, by her adventures. In particular, her purity has been wondrously preserved.

4. *extravagante*. Voltaire is incorporating into the story his scepticism about oracles. Cf. 'Les idoles rendaient aussi des oracles, et les prêtres, cachés dans le creux des statues, parlaient au nom de la Divinité' (art. 'Idole', *Dictionnaire philosophique*, M. XIX 413).

5. *suivante*. Surely Voltaire is poking fun at Astarté's naïve belief in the respect owed to her rank even by outlaws like these.

6. *Vénus:* the fourth of the nine concentric spheres of the universe, according to the Ptolemaic system. As in the next chapter (cf. n. 2), the author seems not to be concerned at the juxtaposition of Greek and Oriental.

7. *années*. The story is an imitation of one in *A Thousand and One Nights*, that had been abridged in Addison's *Spectator* (13 October 1711),

with a conclusion added to bring out the lesson of hygiene more explicitly.

8. *la pierre philosophale:* the stone which, according to the alchemists, could transmute metals.

## Chapter XIX

1. *LES COMBATS.* This chapter is very much a pastiche of the epic style as descriptive of European chivalric tournaments. In particular, it owes much to Ariosto's *Orlando furioso* (Canto XVII), for which Voltaire professed a great regard.

2. *Vénus.* Hardly the god we might expect to find a Babylonian invoking; if the objection seems pedantic, it is worth noting that Voltaire himself, by a curious coincidence, pointed out almost exactly the same anomaly some twenty years later, when he objected to the idea that Arabs could worship Venus (*Dieu et les hommes* [1769], M. XXVIII 152).

3. *dames.* We are in the atmosphere of a European tournament rather than of one set in Oriental lands, where women were so much more concealed from public gaze.

4. *d'abord:* = 'dès l'abord'.

5. *à peine:* = 'avec peine'.

6. *taille:* i.e., 'edge'. Cf. 'frapper d'estoc et de taille': = 'to cut and thrust'.

7. *passe sur Otame.* Cf. Chapter IX, n. 5.

8. *compromettre:* an unpersuasive argument (it is interesting to note that Ariosto, on whom Voltaire had modelled this chapter, is even less successful in justifying the set of circumstances), especially as later Zadig will not hesitate to accuse Itobad and assert his ownership of the armour, a fact which is readily confirmed by Cador.

## Chapter XX

1. *L'ERMITE.* This story has a long tradition stretching back to the Middle Ages and even beyond, as far as the Talmud. Voltaire's main (but not exclusive) source appears to be Parnell's poem *The Hermit* (1721), to which he is indebted for numerous details of setting, characterization and moral conclusions. In this chapter, the *conte* clearly takes on a more elevated tone, discarding the haphazard contingencies of everyday life on the one hand and Voltaire's mordant irony on the other. The many scattered moments of pessimism in the earlier chapters are now assembled under a more systematic, detached and comprehensive perspective.

2. *livre.* Cf. the ending of *Micromégas* (Chapter VII, n. 18). Fate is necessarily inscrutable.

3. *partie:* an essentially Leibnizian idea, popularized by philosophers

like Wolff and poets like Pope (Voltaire was personally acquainted with both).

4. *vaisseau*. The names are legion of those who defend the passions in the eighteenth century; by contrast with the Christian ideal, which had generally relegated them to a lowly place, the Enlightenment accorded them, as here, an important function in motivating the best of human actions. Voltaire recognizes their danger if uncontrolled ('elles le submergent quelquefois'); they are none the less necessary for human well-being.

5. *nécessaire:* Leibnizian determinism summed up succinctly.

6. *Divinité:* a common notion in Voltaire's early writings. Cf. particularly the *Cinquième Discours sur l'homme* (1738) (M. IX 409–12).

7. *être*. Here Voltaire is borrowing directly from Malebranche's philosophy, which will remain in Voltaire's religious outlook as one of the many conflicting strains that make it up. The greatness of God emerges clearly from the Malebranchist conception and is undoubtedly one of its most appealing aspects to Voltaire; but it runs the risk, against which Voltaire will constantly react, of reducing man to a wholly passive position.

8. *parler*. As distinct from all the earlier known versions of this story, this is the first occasion on which the mortal does not retire into silent adoration before the angel's teachings. Zadig dares to question the latter's basic assumptions.

9. *malheureux*. Hardly true; Arbogad seemed to be enjoying life despite his wickedness (cf. Chapter XVI).

10. *bien:* another fundamental and much-quoted tenet of Leibnizian Optimism (cf. Pope's 'All partial Evil, universal Good', *Essay on Man*, Epistle I), which in *Candide* will receive its final *quietus* from Voltaire in the person of Pangloss.

11. *adorer*. Here at last the full Leibnizian doctrine with all its implications is summed up by Jesrad. However unsatisfying it may be philosophically, it saves the universe from absurdity: there is a purpose to the cosmos, albeit unknown to us.

Cf.:     All Nature is but Art, unknown to thee;
        All Chance, Direction, which thou canst not see;
        All Discord, Harmony, not understood
                              (*Essay on Man*, Epistle I).

For those who see Jesrad's speech as wholly ironical, it is interesting to note that among the arguments he adduces in favour of the logical necessity of events is Zadig's encounter with the fisherman, where indeed everything had passed off just as if Zadig had been sent from heaven, the fisherman even calling Zadig 'un ange sauveur' at the end (p. 129).

12. *se soumit*. In metaphysical matters, Zadig accepts resignation as the only attitude; Voltaire will do likewise. Despite the anxieties about the apparent futility of human morality and of man's search for happiness, revolt is out of the question and God is given the benefit of the doubt. Zadig, and Voltaire, will go on to lead a useful life in the true domain of human activity, the non-metaphysical. The conclusion to the chapter preserves a delicate tension. The angel is not ridiculed, he clearly has a perception of the universal truth. At the same time, Zadig, though consoled, remains unsatisfied.

## Chapter XXI

1. *alla aux voix*. Cf. Chapter V, n. 2.
2. *blanche*. Cf. Chapter XIX, n. 8.
3. *le fort de l'épée:* the part nearest the handle.
4. *Zadig*. Cf. Chapter XIX, n. 8.


# LE MONDE COMME IL VA

1. *l'exterminer*. The device is reminiscent of God's examination of Sodom and Gomorrah, where he promises that he will not destroy them if ten righteous men can be found; the citizens fail the examination (Genesis, XVIII–XIX). As is indicated in the commentary on this *conte* in the Introduction, however, Voltaire's emphasis is somewhat different.

For Persépolis, we must read Paris throughout the tale.

2. *indienne*. As in *Candide* (Chapters II–III), the first experience to which the protagonist voyager is exposed is of war. The descriptions of the battle which follow in each *conte* are sufficiently close to form the basis for an interesting comparative study of Voltaire's techniques and attitudes in the two passages.

3. *s'égorge*. Cf. the Préface to *Le Mariage de Figaro*, where Beaumarchais defends himself against the accusation that he had put words into Figaro's mouth denigrating the soldier's condition; all he wished to do, he says, is to state that no soldier can possibly expect to know the secrets of policy for which he is fighting. If anyone believes otherwise, 'nous l'enverrons étudier sous le philosophe Babouc, lequel éclaircit disertement ce point de discipline militaire'.

4. *darique:* a coin worth about £10 in present-day purchasing power.

5. *yeux*. Cf.: 'Il entra par le faubourg Saint-Marceau, et crut être dans le plus vilain village de la Vestphalie' (*Candide*, Chapter XXII).

6. *grossiers*. In the quarrel between the Ancients and the Moderns, Voltaire generally places himself in the latter camp, as the poem *Le Mondain* (1736), for instance, illustrates particularly well.

7. *Babouc*. In the scene that follows Voltaire is using again the technique of naïvety so successfully employed to similar effect in describing, for instance, the Quaker service in the second *Lettre philosophique*. The present situation, however, is totally grotesque. As quickly becomes clear, Voltaire is alluding to the repugnant practice of burying people inside Catholic churches.

8. *beauté*. Amongst the fountains Voltaire had in mind is the Fontaine des Innocents, a masterpiece of Renaissance art, to be found in the area of the former Halles; this is made clear in *Le Siècle de Louis XIV* (M. XIV 152).

9. *Perse:* Henri IV, on the Pont Neuf, Louis XIII in the Place Royale (now the Place des Vosges), and Louis XIV in what is now the Place Vendôme, as well as in the Place des Victoires. Although all but the Place Vendôme still contain statues of the same kings, none of those known to Voltaire remains.

10. *armées:* Hôtel des Invalides, built in Louis XIV's reign (1671–6; the Dome was added between 1679 and 1706).

11. *mage:* as in *Zadig*, denotes a cleric.

12. *satrape de loi:* = 'conseiller au Parlement'.

13. *abîmes d'iniquité*. Cf. the ironical phrase by Zadig in addressing the judges: 'abîmes de science' (p. 81). The venality surrounding judicial posts never ceased to trouble Voltaire, and in his later years his views are more unequivocally hostile than here. Cf., e.g., M. XXV 301 (1764).

14. *dariques*. Cf. n. 4.

15. *monarque*. Voltaire is referring to the tax farmers ('fermiers généraux') who paid a fixed sum to the king but raised whatever they thought suitable from the people themselves. The abuses of the system are obvious, and the 'fermiers généraux' were, not surprisingly, detested by the unfortunates who had to pay them taxes; but the system continued intact right up to the Revolution. Cf. J. Lough, *An Introduction to Eighteenth-Century France*, London, 1960, pp. 87–90.

16. *machine élevée:* = 'chaire'. From what follows, the 'mage' is evidently engaged in metaphysical discourse.

17. *Persépolis*. For once, metaphysics does not appear to lead to harm. But from the details given, this sermon is merely pedantic, not inflammatory.

18. *palais*. Once again the technique of naïvety is being practised; as is soon to be evident, Voltaire has a theatre in mind. The juxtaposition with

the church in the preceding paragraph emphasizes the impression that if there is a house for the true religion, it is more likely to be a playhouse, with the actors as 'les prédicateurs de l'empire'.

19. *tablettes.* A 1749 edition added here: 'Car enfin, disait-il, les arts de luxe ne sont en grand nombre dans cet empire que quand tous les arts nécessaires sont exercés, et que la nation est nombreuse et opulente. Ituriel me paraît un peu sévère.'

This supplementary passage makes more explicit the defence of luxury which Voltaire sustained all his life, *Le Mondain* (1736) being the first important example. To take an instance from later years, one finds the same general arguments at work in *L'Homme aux quarante écus* (1768): 'par tout pays le riche fait vivre le pauvre. Voilà l'unique source de l'industrie du commerce. Plus la nation est industrieuse, plus elle gagne sur l'étranger.' (M. XXI 316-7).

20. *collège de mages:* i.e., a monastery.

21. *demi-mage:* a Jansenist. In the ensuing speech Voltaire satirizes the members of that sect who practised self-punishment in one way or another, bringing themselves to a pitch of frenzy. Neither their religious enthusiasm nor their masochistic ways were to Voltaire's taste, any more than their mystic prophecies (cf. next note).

22. *Zerdust:* Persian name for Zoroaster; but, as so often in *Zadig* and elsewhere, Voltaire is using Zoroaster's name as a transparent camouflage. The Jansenists at this time were imminently expecting the second coming of Elijah, who would then announce the end of the world.

23. *grand-lama:* the Pope.

24. *vertueux.* The 1748-9 editions had in place of this sentence the following: 'Alors ils le menèrent chez le principal mage qu'on appelait le surveillant. Babouc vit dans ce mage un homme digne d'être à la tête des justes; il sut qu'il y en avait beaucoup qui lui ressemblaient.' The compliment was destined for the Archbishop of Paris, Christophe de Beaumont; but by 1756 the latter was actively persecuting the Jansenists and opposing the *philosophes*, so in the re-edition of that year Voltaire made the necessary changes.

25. *rivales:* an unusually indulgent view by Voltaire of sectarian strife. He was probably thinking above all of the value to be gained by society as a whole from the constructive emulation arising between different religions, as had seemed to occur in England (*Lettres philosophiques*, VI).

26. *raison.* Zadig too had been a good judge who expedited cases quickly because his mind was illuminated by reason. Cf. Chapter VII, 'Les Disputes et les audiences'.

27. *livres.* This paragraph represents a rare if not unique instance in

Voltaire's work of apology for the venality of judicial office (cf. n. 13). A much more characteristic utterance is that in *La Princesse de Babylone*, where Voltaire alleges against all those engaged in French judicial practice, not merely the lawyers, that 'ils ne consultaient que leurs registres rongés des vers' (Chapter X).

28. *ordinaires*. The help afforded by British merchants to monarchs is similarly invaluable. Cf. *Lettres philosophiques*, X.

29. *mari*. Babouc still remains the naïve stranger, in the best tradition of Voltaire's *contes*.

30. *plaisirs:* a nice psychological touch; each attributes his own vices to the minister.

31. *esprit:* perhaps Cardinal Fleury. Cf. Voltaire's flattering remarks about him in the *Précis du siècle de Louis XV* (M. XV 177–9).

32. *belle*. Quite possibly Voltaire is paying tribute to Mme du Châtelet.

33. *vanité*. The judgement rendered on the French is virtually the same in *La Princesse de Babylone* twenty years later, although one perceives more condescension. They are 'légers', 'frivoles', 'aimables'; 'les habitants de la Gaule sont (des) enfants, et j'aime à jouer avec eux' (Chapter X).

34. *passable*. Although there will be darker moments in his life, Voltaire ultimately will always return to this point of view. In reply to Camus's problem: 'Juger que la vie vaut ou ne vaut pas la peine d'être vécue, c'est répondre à la question fondamentale de la philosophie' (*Le Mythe de Sisyphe*, Paris, 1942, p. 15), Voltaire will consistently return a positive answer. Furthermore, there is also an objective value to such communal life as exists in Persépolis. Man does not merit extermination, whether inflicted by Ituriel or (if one may be anachronistic) self-inflicted through the H-bomb.

35. *compagnie*. The last two sentences were included from 1756. One wonders why, as they seem such a clumsy addition. Presumably Voltaire wanted to indicate forcefully how antithetical his tolerant conclusion was to the Old Testament morality of total punishment for misdeeds, which he obviously regarded as primitive and barbaric. But the lesson which emerges from the incident Voltaire refers to is, unlike the tale of Sodom and Gomorrah, one that reflects God's mercy; for God refuses to accept Jonah's pleading that Nineveh's wickedness deserves annihilation. Cf. Jonah, IV.

## HISTOIRE DES VOYAGES DE SCARMENTADO

1. *Iro:* anagram referring to the poet Charles Roi, with whom Voltaire had quarrelled in 1746.

2. *amant.* Since Scarmentado's birthplace is in Crete, the mythical genealogy is appropriate. Minos, King of Crete, was married to Pasiphaë, who conceived a passion for a bull of divine origin; from this latter relationship was born the monster Minotaur.

Is it possible that in according Scarmentado the first genealogical alternative ('descendre de Minos en droite ligne') Voltaire wishes to establish a link with Phaedra, accursed of the gods as she seems to be, especially in Racine's tragedy?

3. *Aristote*: Metaphysical teaching, quite useless as it always is in Voltaire's work.

4. *Olimpia:* Pope Innocent X's sister-in-law, aged about twenty in 1615 when Scarmentado arrives in Rome. She acquired such personal authority over the Pope that she was able to organize an immense traffic in such saleable ecclesiastical products as dispensations and benefices; at her death she left behind her a huge fortune.

5. *Fatelo:* Italian for 'Do it'. The names of the reverend fathers below need no Italian to be understood.

6. *Louis le Juste:* Louis XIII (1601–43).

7. *voulaient.* Concini, the maréchal d'Ancre, was assassinated in 1617. Bayle in his *Dictionnaire historique et critique* had cited a report that 'le lendemain on vendait les cendres un quart d'écu l'once' (art. 'Concini').

8. *Saint-Barthélemy.* Cf. 'Est-il vrai qu'on rit toujours à Paris? — dit Candide.— Oui — dit l'abbé;– mais c'est en enrageant; car on s'y plaint de tout avec de grands éclats de rire; même on y fait en riant les actions les plus détestables' (*Candide*, Chapter XXII). In a general way, however, Voltaire is once again summing up the paradoxical qualities of his own nation. Cf. *Le Monde comme il va*, n. 33.

9. *hérétiques:* the Gunpowder Plot (1605).

10. *sujets.* This massacre is of earlier date, since Mary reigned from 1553 to 1558. The persecutions began around 1555, Ridley, Latimer and Cranmer being among the victims.

11. *hibernois:* Irish.

12. *St. Patrice.* 'Le trou Saint-Patrice est très fameux en Irlande; c'est par là que ces messieurs disent qu'on descend en enfer' (*Questions: ur les miracles*, M. XXV 398, n.)

13. *cardinal-neveu:* i.e., the nephew of the reigning Pope.

14. *Barneveldt*. Executed in 1619 because he belonged to the Arminian sect while the Prince of Orange was a member of the Gomarians. The sects differed over the question of grace. Similar excess of zeal in Holland is seen in *Candide*, Chapter III.

15. *frémir*. Barneveldt's death, says Voltaire in *Le Siècle de Louis XIV*, was a 'violence atroce que les Hollandais détestent aujourd'hui, après avoir ouvert les yeux sur l'absurdité de ces disputes, sur l'horreur de la persécution, et sur l'heureuse nécessité de la tolérance' (M. XV 44).

16. *galions:* i.e., the galleons bringing gold from the New World.

17. *flammes*. Certain details of the Inquisition *auto-da-fé*, particularly the 'diables 'and the 'flammes', are enlarged upon in *Candide*, Chapter VI.

18. *Atocha:* in Madrid.

19. *frères hiéronymites:* members of various monastic congregations which took St. Jerome as their patron; they were particularly active in Spain.

20. *familiers:* police officers of the Inquisition; we meet another in *Candide*, Chapter V.

21. *frais*. Cf.: 'tous deux furent menés séparément dans des appartements d'une extrême fraîcheur' (*Candide*, Chapter VI).

22. *réales*. It is interesting to see Voltaire cite an example of brainwashing *avant la lettre*: the enforced period of isolation, the feigned *bonhomie* on the part of the interrogator at the end of it, with the apologies for unavoidable discomforts and the encouragement to talk, followed by the swift, impersonal punishment.

23. *admirable*. Voltaire is referring to Las Casas (1474–1566), author of the *Brevisima relación de la destrucción de las Indias* (1552), which was translated into French. Voltaire wrote of it in the *Essai sur les mœurs*: 'Je crois le récit de Las Casas exagéré en plus d'un endroit; mais, supposé qu'il en dise dix fois trop, il reste de quoi être saisi d'horreur' (M. XII 384).

24. *divan*. Cf. *Zadig*, Chapter VI, n. 5.

25. *Turc*. *Zadig* also, in a rather different way, compromises himself by the words he utters during love-making (Chapter VII, 'Les Disputes et les audiences').

26. *Persans*. The rivalry between the black wool faction, descendants of Tamburlaine, and the white wool sect is referred to in the *Essai sur les mœurs* (M. XII 93).

27. *sang*. The Tartar invasion of China dates from about 1626, according to the *Essai sur les mœurs* (M. XIII 164).

28. *Rome*. Voltaire is referring to the quarrel over liturgical practice in China. The Jesuits had compromised to the extent of allowing ancestor worship, but their enemies had accused them of idolatry. The whole

matter is discussed by Voltaire in the last chapter of *Le Siècle de Louis XIV*.

29. *Golconde:* Golconda, near Hyberabad in India.

30. *Aureng-Zeb:* One of the greatest of the Moghul emperors (1619–1707), crowned at Delhi in 1659.

31. *père.* Cf. 'Aurengzeb, dans le Mogol, se révoltait contre son père; il le fit languir en prison, et jouit paisiblement du fruit de ses crimes' (*Essai sur les mœurs*, M. XIII 140).

32. *rayas:* 'raias' or 'rayahs': non-Moslem subjects of Turkish stock.

33. *omras:* 'omrah': a lord of a Mohammedan court.

34. *Muley-Ismaël:* Sultan Sherif of Morocco (1646–1727). Cf.: 'Le plus grand des tyrans, Mulei-Ismaël, exerçait dans l'empire de Maroc de plus horribles cruautés' [i.e., than those of Aureng-Zeb cited above] (*Essai sur les mœurs*, M. XIII 140). His sons make an equally bloodthirsty appearance in *Candide*, Chapter XI.

35. *nègres.* Similarly, *la vieille*'s ship is captured by negro corsairs, *Candide*, Chapter XI.

36. *oreilles.* An analogous discussion of negro slavery comes up in *Candide*, Chapter XIX.

37. *vie.* Cf. the ending of Lesage's *Gil Blas* (1735); this link is discussed in the Introduction (p. 19).


## HISTOIRE D'UN BON BRAMIN

1. *éternels.* Although Hindu deities are named, Voltaire is clearly considering the Christian doctrine of the Trinity.

2. *deviendrai.* There is an obvious analogy between the Brahmin and Pococurante (*Candide*, Chapter XXV). Is the former the first sketch for the *blasé* nobleman of *Candide*? In any case, *Candide* balances Pococurante against the 'bon vieillard' who later helps the hero to see the value of hard work, whereas here the problem is left unresolved in any practical terms.


## LE BLANC ET LE NOIR

1. *Circassienne.* Voltaire praises the Circassian women for their beauty in *Lettres philosophiques*, XI: 'Les Circassiens sont pauvres, et leurs filles sont belles.'

2. *Guèbre:* Zoroastrian disciple.

3. *parents.* Like the hermit in *Zadig*, Topaze foresees the troubles that

will occur (cf. p. 189); unlike the hermit, as we shall see, he has no control over them, being always surpassed by Ébène.

4. *parasanges*. 'Le parasange est une mesure itinéraire de Perse qui équivaut à trois lieues de France' (Note to the 1768 edition of *La Princesse de Babylone*). As we saw in *Micromégas* (Chapter I, n. 3) Voltaire estimated the *lieue* at slightly under three miles; so a *parasange* = 8 to 9 miles.

5. *flambeaux*. This rather banal representation of the ultimate in dazzling light reappears in a rather more interesting context in *La Princesse de Babylone*, Chapter III.

6. *pays*. There is a very general similarity between this description and the one Voltaire gives of his arrival in London in the 'Projet d'une lettre sur les Anglais': a river, pleasant vegetation, 'concerts d'instruments' (*Lettres philosophiques*, ed. Lanson, revised ed., 1964, II, 258–9).

7. *hôte*. Similarly, Zadig recovers despite the doctors (Chapter I), and Candide too (Chapter XXII).

8. *Ébène*. Cf.: 'Son habit d'ermite disparut; quatre belles ailes couvraient un corps majestueux et resplendissant de lumière' (*Zadig*, p. 147); 'Memnon . . . s'endormit . . . et un esprit céleste lui apparut en songe. Il était tout resplendissant de lumière. Il avait six belles ailes . . .' (*Memnon*, M. XXI 98). As for the colours of the angels, cf.: 'Le bon génie devait être blanc, le mauvais devait être noir, excepté chez les nègres, où c'est essentiellement tout le contraire,' writes Voltaire in explaining how the mixture of good and evil on earth led naturally to such beliefs (*Suite des mélanges*, art. 'Génies' (1756), M. XIX 247).

9. *Platon*. Typical *invraisemblance* that Plato should be cited in Kandahar! In any case, Voltaire is in error in attributing the concept of the two guardian angels to the Greek philosopher; but he could be thinking of the myth of the soul in Plato's *Phaedrus*, where the soul is compared to a charioteer pulled by two horses, one black (and bad), the other white (and good). Cf. also Appendix, p. 272.

10. *bon*. Cf. Memnon's discussion with his good angel: 'Hélas! . . . que ne veniez-vous la nuit passée pour m'empêcher de faire tant de folies? — J'étais auprès d'Assan, ton frère aîné — dit l'être céleste. — Il est plus à plaindre que toi. Sa gracieuse Majesté le roi des Indes, à la cour duquel il a l'honneur d'être, lui a fait crever les deux yeux pour une petite indiscrétion, et il est actuellement dans un cachot, les fers aux pieds at aux mains. — C'est bien la peine — dit Memnon — d'avoir un bon génie dans une famille pour que, de deux frères, l'un soit borgne, l'autre aveugle; l'un couché sur la paille, l'autre en prison. — Ton sort changera — reprit l'animal de l'étoile.' (M. XXI 99) *Memnon*, however, does not take up the additional problem presented by the existence of the evil angel.

11. *veille*. Cf. *Zadig*, Chapter XX, n. 7; *Micromégas*, Chapter VII, n.12.)

12. *phrases*. Perhaps Voltaire has in mind the 'rational parrot' of which Locke wrote in the *Essay concerning Human Understanding* (Bk. II, Chapter XXVII, para. 9), who could hold a 'worthy dialogue in French'. The parrot is referred to in Voltaire's *Histoire de Jenni* (Chapter VII).

13. *Vadé*. Neither Catherine nor Antoine ever existed, any more than Guillaume Vadé, to whom Voltaire attributed the authorship of the work in which this story first appeared (*Contes de Guillaume Vadé*).

14. *perroquet*. Once again the ultimate mysteries of the universe are not to be revealed. Cf. *Zadig*, Chapter XX, n. 2; *Micromégas*, Chapter VII, n. 18.

# LE TAUREAU BLANC

1. *BLANC*. The fantasy upon which this *conte* is based develops from the simple presupposition that Daniel's prediction, made to King Nebuchadnezzar when the latter recounts his dream to Daniel and asks for it to be interpreted, has literally come true: 'This is the interpretation, O king ... That they shall drive thee from man, and thy dwelling shall be with the beasts of the field, and they shall make thee to eat grass as oxen ... thy kingdom shall be sure unto thee, after that thou shalt have known that the heavens do rule.' (Daniel, IV, 24–6.) The interpretation of Nebuchadnezzar's years in the wilderness had long given trouble to Biblical exegetes. Cf. Pomeau ed., *Le Taureau blanc*, pp. 74–7.

*Chapter I*

1. *Amasis:* Egyptian king who reigned from 568 to 526 B.C.

2. *on sait:* Of course we do not: Voltaire is enjoying the game of mystifying the reader and building up the suspense.

3. *Mambrès:* one of the magicians of Egypt who competed with Moses (Exodus, VII–VIII). Cf. 'Now as Jannes and Jambres withstood Moses ...' (II Timothy, III, 8).

4. *cents*. Surely there is a hint of wistfulness here; by contrast, Voltaire is old at eighty, and his correspondence frequently stresses the point.

5. *dieux*. When the magicians were at last unable to keep up the struggle with Moses and Aaron, they 'said unto Pharaoh, This is the finger of God' (Exodus, VIII, 19). The mock-heroic style is particularly apt here to convey Voltaire's sense of ridicule at such miracles.

6. *Mambrès*. The original edition added the following: 'L'âge affaiblit cette tête si supérieure aux autres têtes, et cette puissance qui avait résisté

à la puissance universelle; mais il lui resta toujours un grand fond de raison; il ressemblait à ces immenses bâtiments de l'antique Égypte dont les ruines attestent la grandeur. Mambrès était encore fort bon pour le conseil, et quoiqu'un peu vieux, il avait l'âme très compatissante.' This unsubtle eulogy disappears in later editions, allowing Voltaire much freer manoeuvre for irony when depicting Mambrès, if the occasion is suitable.

7. *sept ans.* Daniel correctly predicted an exile of seven years for Nebuchadnezzar (Daniel, IV, 25, 32–4).

8. *pharaons:* mock-solemn repetition of the grotesque title, already cited on p. 195.

9. *Harpocrate:* Harpocrates or Horus, the child of Isis and Osiris.

10. *Saana:* the present-day Sana, in the Yemen.

## Chapter II

1. *Égypte.* These various happenings occur at centuries' distance one from another.

2. *Endor.* The Witch of Endor makes a Biblical appearance at I Samuel, XXVIII, 7–25.

3. *universelle.* Obviously ironic, given the parochialism of these Biblical characters unknown to most of the world.

4. *sang.* The magicians of Egypt repeated the first and last of these miracles, already performed by Moses and Aaron (Exodus, VII, 11, 22). But the miracle of darkness was performed by Moses alone (Exodus, X, 21–3).

5. *Balaam.* Cf. Numbers, XXII, 28–30.

6. *années.* Cf. Jonah, I, 17.

7. *Salmanazar.* Cf. Tobit, V, 4–16.

8. *nation.* Cf. Leviticus, XVI, 7–10.

9. *Noé.* Cf. Genesis, VIII, 7–8.

10. *encore.* Cf. supra, n. 3.

11. *sages.* As one of the 'faux sages', Voltaire makes great play with the irony to which Mambrès is exposed unawares in this speech.

12. *voyants:* = 'prophètes'.

## Chapter III

1. *princesse.* Cf. Chapter II, n. 3.

2. *bizarre:* Milton's *Paradise Lost.*

3. *nom.* Cf. Chapter II, n. 3.

4. *remerciements.* Bayle had referred to certain rabbis 'qui soutiennent qu'Adam fit fort bien de manger du fruit défendu, parce que sans cela

l'homme aurait été comme une bête, ne discernant point le bien et le mal' (*Dict. hist. et crit.*, art. 'Ève', rem. C).

5. *Job.* Cf. Job, I, 6–12.

6. *Rois:* I Kings, XXII, 20–2. On this text Mme du Châtelet had made the pertinent comment: 'Ne voilà-t-il pas un beau dialogue entre le Diable et Dieu?' (*Examen de la Genèse*, MS copy, 3 vols., II, 97).

7. *satisfaire.* Once again, as in the Garden of Eden, the snake cannot resist feminine blandishments; and once again it will lead to trouble. By humanizing this allegorical figure and reducing the Garden of Eden myth to a misfortune born of a wholly understandable failing, Voltaire has devised the surest way of ridiculing the Biblical explanation of the origin of evil.

8. *pas.* The snake's sudden descent from elevated to familiar style adds an extra touch of humour to the portrait.

## Chapter IV

1. *juste.* It hardly needs stressing that the term is ironic; this is Old Testament justice, as odious in Voltaire's eyes as the Old Testament God.

2. *fille:* a slip, for Pasiphaë was Minos' wife.

3. *Apis.* This bull-god was worshipped by the Egyptians from about 3000 B.C.; a sacred court was set apart for his residence at Memphis, and numerous priests waited on him.

4. *pays.* Cf. Chapter II, n. 3.

5. *Note de Voltaire.* As one may suspect, some hostility antedates this footnote. Larcher (1726–1812), a Greek scholar, had devoted a work to pointing out errors in Voltaire's *La Philosophie de l'histoire* (1767). In Voltaire's reply, *La Défense de mon oncle*, he had spoken (Chapter VII) of the 'dames de la dynastie de Mendès' (a province of Egypt); to which Larcher had riposted that 'dynastie' had never meant 'les états du dynaste'.

6. *flûte.* All these transformations but that of Isis are recorded by Ovid in his *Metamorphoses* (Book I except for Callisto, who appears in Book II).

7. *lac.* Cf. Genesis, XIX, 24–5. These verses mention only Sodom and Gomorrah, and say nothing about a lake; Voltaire is apparently dependent for his other information upon the Biblical exegete Dom Calmet, who invokes 'd'autres endroits de l'Écriture' as his authority. Cf. Pomeau ed., p. 79.

8. *métamorphoses:* a succinct dismissal by Voltaire of the miraculous world of the Old Testament, which, as this *conte* makes abundantly clear, is just as much a fantasy as any Oriental fairy tale.

9. *bœufs:* in Ovid's *Metamorphoses*, Book X.

10. *ostendens.* The poem *De Sodoma* is now attributed to an anonymous author of the fourth century A.D.; but the text of Saint Irenaeus is authentic. The Biblical reference is to Genesis, XIX, 26.

*Chapter V*

1. *choses:* a prophet who cannot even prophesy!

2. *chap. V.* In fact, as we have seen, Chapter IV, 25; though the same general form of words occurs at V, 21, referred to as a past event.

3. *usage:* an excellent instance of Voltaire's authorial presence making itself felt by this wholly gratuitous anachronism. The 'papier' to which he is referring is papyrus.

4. *onocrotale:* term used by Rabelais (*Gargantua*, Chapter VIII); it designates a pelican. It is not clear why Voltaire should make this error, unless it is (as Pomeau suggests, ed., p. 80) a malapropism for 'onagre'.

5. *écus.* 20,000 'écus' would have a purchasing power today of roughly £25,000. The size of the sum allows Voltaire to emphasize the incredibility of the story.

6. *Esculape.* Voltaire's source is once again Ovid's *Metamorphoses*, Book II.

7. *chapitre XVII:* I Kings, XVII, 3–6.

8. *tige.* Cf. Chapter II, n. 3.

9. *corbeaux.* Voltaire picks out in this speech what are for him the insurmountable difficulties in the Noah's Ark story. Cf. *Dictionnaire philosophique*, art. 'Inondation' (1764); 'Tout est miracle dans l'histoire du déluge' (M. XIX 475).

10. *contradictions.* One may fairly assume that it is Voltaire speaking here, the more so because one finds the phrase repeated virtually verbatim in the *Questions sur l'Encyclopédie*, article 'Contradictions' (1771) (M. XVIII 258). Cf. my discussion of Voltaire's dualism in the Introduction, pp. 41–2.

11. *Zoroastre:* in fact, Horace, *Epistles*, I, xii, 19.

*Chapter VI*

1. *dessert:* a thoroughly eighteenth-century French dinner; most of the details can be found in Massjalot, *Nouveau Cuisinier royal et bourgeois* (cf. Pomeau ed., pp. 84–5). As for the terms not readily available in a general modern dictionary: 'innocents' = 'young pigeons'; 'surtout' = 'fish stew'; 'chipolata' = 'onion stew'.

2. *prophètes.* Cf. Daniel, VI, 16–24.

3. *rhétorique.* Voltaire never tired of ridiculing Ezechiel's diet, or the strange tastes of Ahola and Aholibah (the source for the latter is Ezechiel,

XXIII). It did not help, in his view, to interpret such incidents allegorically Cf. A. Ages, 'Voltaire's Biblical Criticism', *Studies*, XXX (1964), 205–21; 'Voltaire, Calmet and the Old Testament', *Studies*, XLI (1966), 87–187.

4. *auparavant.* The transformation of the loquacious prophets into magpies seems suitable poetic justice.

5. *Piérides.* Cf. Ovid's *Metamorphoses*, Book V.

6. *regards.* According to Van den Heuvel, 'Le festin des prophètes . . . reprend sur le mode burlesque l'idée du souper de *Zadig*' (p. 319).

### Chapter VII

1. *sambuques:* 'sambuque: Instrument de musique à cordes pincées, sorte de harpe en usage dans la Grèce antique' (*Dictionnaire Robert*).

2. *monde.* Is this the rather sour reflection of an author whose *contes* had succeeded so often while his apparently more cherished tragedies had failed?

3. *Manéthon:* an Egyptian historian of the 3rd century B.C.; but the reference, as occurs so often with Zoroaster, is a red herring. The cadences here are imitation-Biblical.

4. *songes.* Cf. Daniel, II, 5.

### Chapter VIII

1. *bâton.* Cf. Numbers, XXI, 6–9.

2. *conquêtes.* The original version read: 'les conquêtes de Josué qui fit tomber, au son du cornet, tous les murs de Jéricho; qui fit pendre trente et un rois très puissants dans un pays de quatre lieues carrées; qui fit pleuvoir de grosses pierres sur un bataillon d'Amorrhéens fuyant devant lui, et comment les ayant exterminés, il arrêta le soleil et la lune en plein midi, pour les exterminer encore entre Gabaon et Aïalon, sur le chemin de Bethoron. Comme il avait la prudence que tout serpent doit avoir, il ne lui parla point de Jephté . . .'

3. *bouquin.* Cf. Joshua, VI, 20.

4. *rois.* Cf. Joshua, XII, 9–24.

5. *lui.* Cf. Joshua, X, 11.

6. *Bethoron.* Cf. Joshua, X, 12–14.

7. *avoir.* Cf.:' be ye therefore wise as serpents,' Matthew, X, 16.

8. *bataille.* Cf. Judges, XI, 1, 30–40.

9. *Amaside.* Cf. Judges, XV, 4, 15; XVI, 4–20.

10. *ans.* Voltaire had originally written 'cent vingt ans', presumably confusing her with Sarah. For Dinah, cf. Genesis XXXIV, 1–3. Voltaire calculates her age in the *Notebooks*, Besterman ed., *The Complete Works of Voltaire*, Vol. 81, 1968, p. 424.

11. *Thamar*. For Boaz and Ruth, as well as Judah and Tamar, cf. Ruth, II–IV.

12. *finit*. Cf. Genesis, XIX, 30–8.

13. *servantes*. Cf. Genesis, XVI, 1–4; XXX, 1–5.

14. *mère*. According to Dom Calmet, this comes from the apocryphal Testament of the Twelve Patriarchs (Pomeau ed., p. 90). There is, however, a reference in the Bible proper, at Genesis, XXXV, 22.

15. *Bethsabée*. Cf. II Samuel, XI, 2–4.

16. *Salomon*. Cf. I Kings, XI, 1–8.

17. *princesse*. Into this brief chapter Voltaire puts all his misgivings about the Old Testament: the cruelty and destructiveness, the grotesque improbabilities, the curious and often immoral love affairs.

*Chapter IX*

1. *Abbadie:* a Christian apologist (1654–1727) who ended his life in Ireland, according to Voltaire (*Le Siècle de Louis XIV*, M. XIV 32).

2. *Houteville:* also an apologist for Christianity (1688–1742), whose *La Religion prouvée par les faits* Voltaire had probably known from the time of its publication in 1722.

3. *Éphèse:* presumably La Fontaine's tale, imitated from Petronius, is meant here. We have already seen the use made of this theme in *Zadig*, Chapter II ('Le Nez').

4. *gré:* reference to the witch Canidia in Horace's *Epode* V.

5. *dansent*. Cf. Psalms, CXIV, 4: 'The mountains skipped like rams, and the little hills like lambs', which Voltaire elsewhere referred to as 'une image qui passe toutes les limites de la licence' (M. XXV 204). Cf. *Zadig*, Chapter VII, n. 4.

6. *source*. Cf. Joshua, III, 15–16: 'And as they that bare the ark were come unto Jordan, and the feet of the priests that bare the ark were dipped in the brim of the water (for Jordan overfloweth all his banks all the time of harvest), that the waters which came down from above stood and rose up upon a heap . . . and those that came down toward the sea of the plain, even the salt sea, failed, and were cut off: and the people passed over right against Jericho.'

7. *ressuscitent*. Cf. Elisha's raising to life of the Shunammite's son, II Kings, IV, 18–37.

8. *goût*. In this speech by Amasis one finds the basic aesthetic of Voltaire's *conte philosophique*, based necessarily on 'vraisemblance' in true classical manner, for all its fantastic elements, and above all susceptible of conveying truth to those with eyes to see. It is also interesting to note the

explicit stress laid upon an enlightened audience, literate and cultivated, as contrasted with 'le vulgaire'.

On this general matter, cf. *Zadig*, n. 1.

9. *Linro*. Cf. *Zadig*, Chapter XV, n. 1.

10. *bûcherons*. Cf. *Zadig*'s tale of Irax, in Chapter VI ('Le Ministre'). To cite the conclusion of that story, 'toujours du plaisir n'est pas du plaisir'.

11. *faire*. Cf. Bayle's comment: 'Si nous en croyons Abarbanel, le serpent ne fut tentateur que par les mauvaises conséquences qu'on tira de sa conduite. Il n'eut aucun dessein de faire du mal' (*Dict. hist. et crit.*, art. 'Ève', rem. A.) The initial idea for this characterization may well come from Bayle's erudite notes.

## Chapter X

1. *virginité*. Cf. Judges, XI, 36–7, where Jephthah's daughter, told by her father that she must die in consequence of his vow to God, replies in the same terms: 'My father, if thou hast opened thy mouth unto the Lord, do to me according to that which hath proceeded out of thy mouth ... And she said unto her father, Let this thing be done for me: let me alone two months, that I may ... bewail my virginity.'

Quite clearly, Voltaire had this tale in mind here (cf. Chapter VIII, n. 8); the two stories continue in similar fashion, with both fathers giving the necessary permission, both daughters going with their companions to mourn their maidenhood. It is almost superfluous to point out the complete contrast in tone between the tragic Biblical tale and the odiousness of Amasis' conduct; Voltaire would have surely rejoined that, despite Jephthah's terrible distress, he should never have pledged such a cruel and inhuman sacrifice in the first place.

2. *sistre:* = 'sistrum', a sort of lute.

## Chapter XI

1. *dieu*. Mambrès' rather poker-faced humour (when Voltaire decides to permit it) comes out well here.

2. *recueilli*. A transformation has taken place in Mambrès too; for the first time his 'réflexions' can be cheerful rather than circumspect.

3. *vous*. Perhaps Voltaire's horror of Old Testament religion emerges nowhere more clearly in the whole tale than here. In this terrible world, human creatures must destroy one another to avoid their maker's displeasure, which is worked out in eternal hell.

4. *vie*. Is this restoration of human form not explicable also in moral terms? Amaside has reclaimed her lover because she has at last dared to

assert her independence as a human being against the oppressive despotism of her father; truly emancipated, she is thereby capable of leading a full life with her future husband.

5. *dieu*. Unlike the transformations of Jesrad (*Zadig*), Topaze and Ébène (*Le Blanc et le noir*), this one goes from the supernatural to the natural; the emphasis is more healthily human, and totally devoid of any metaphysical overtones.

6. *triompher*. He will make as good a king as Zadig, for he practises the same virtue of forgiveness.

7. *bœuf*. The neatly deflationary conclusion, in contrast to all the grandiose falsity of Amasis and the priests, confirms that the true values are the pursuit of human wisdom and happiness, without reference to the marvellous and the fairy tale.

# APPENDIX

## SONGE DE PLATON

ALTHOUGH this *conte* was not published until 1756, there are some grounds for believing that here we have the very first of Voltaire's philosophic tales, older even than the *Voyage de Gangan* from which grew *Micromégas*. Van den Heuvel (pp. 61–7) has shown how this story probably arose from Voltaire's preoccupations with Plato during his stay at Cirey, the only period of his life when Plato made any serious impression on him; he places its origins, by textual comparison with other works of the same period, at around 1737–8.

This dating, provisional though it must be, enlightens our understanding of the way Voltaire's treatment of the philosophic narrative evolves. This is a brief sketch, well developed but narrow and unadventurous in scope and technique. An exposition about Plato leads into a narrative section followed by a dialogue, or more precisely one long speech from each interlocutor; a further narrative interlude leads to Démogorgon's final judgement, followed by a pirouette on the author's part, reminding us not to take any of it too seriously. The ideas which have been outlined focus on an analysis of the world's evils, mainly physical but allowing for human malice too. The conclusion lies along Leibnizian lines. This is a world inevitably limited by physical shortages, the need for variety and human freewill and ultimately the fallibilities of the geniuses. Voltaire sees the miseries of our lot clearly, but still in general terms, and the compensating advantages are also spelled out in abstractions. The reader looks at the earth in a cosmic perspective, as he will in *Micromégas*; but it is all examined with detachment, as the final sentence emphasizes explicitly. Voltaire is speculative, rather than anguished.

It is worth noting, however, that the dualist hypothesis of good and evil is already attractive to Voltaire.[1] Although Plato never elaborated the concept of good and evil angels, he did in *Thimaeus* outline the notion of a sovereign God who employs subordinates to do his work for him.[2] 'Le grand Démiourgos' is potentially dangerous in his experiments but he seems inclined to be benevolent, and his only purpose here is to educate the geniuses in some basic cosmic truths. There are no evil geniuses yet, only limited ones. Nonetheless, the concern with evil evinced throughout Voltaire's *contes* begins appropriately enough in what now seems to be the very first.

[1] Cf. the discussion of *Le Blanc et le noir* (pp. 40–2).
[2] Cf. also note 9 to *Le Blanc et le noir*, p. 261, and infra (p. 275), n.1.

# SONGE DE PLATON

PLATON[1] rêvait beaucoup, et on n'a pas moins rêvé depuis. Il avait songé que la nature humaine était autrefois double, et qu'en punition de ses fautes elle fut divisée en mâle et femelle.

Il avait prouvé qu'il ne peut y avoir que cinq mondes parfaits, parce qu'il n'y a que cinq corps réguliers en mathématiques. Sa *République* fut un de ses grands rêves. Il avait rêvé encore que le dormir naît de la veille, et la veille du dormir, et qu'on perd sûrement la vue en regardant une éclipse ailleurs que dans un bassin d'eau. Les rêves alors donnaient une grande réputation.

Voici un de ses songes, qui n'est pas un des moins intéressants. Il lui sembla que le grand Démiourgos, l'éternel géomètre, ayant peuplé l'espace infini de globes innombrables,[2] voulut éprouver la science des génies qui avaient été témoins de ses ouvrages. Il donna à chacun d'entre eux un petit morceau de matière à arranger, à peu près comme Phidias[3] et Zeuxis[4] auraient donné des statues et des tableaux à faire à leurs disciples, s'il est permis de comparer les petites choses aux grandes.

Démogorgon eut en partage le morceau de boue[5] qu'on appelle *la terre*; et, l'ayant arrangé de la manière qu'on le voit aujourd'hui, il prétendait avoir fait un chef-d'œuvre. Il pensait avoir subjugué l'envie, et attendait des éloges, même de ses confrères; il fut bien surpris d'être reçu d'eux avec des huées.

L'un d'eux, qui était un fort mauvais plaisant, lui dit: «Vraiment vous avez fort bien opéré; vous avez séparé votre monde en deux, et vous avez mis un grand espace d'eau entre les deux hémisphères, afin qu'il n'y eût point de communication de l'un à l'autre. On gèlera de froid sous vos deux pôles, on mourra de chaud sous votre ligne équinoxiale. Vous avez prudemment établi de grands déserts de sable, pour que les passants y mourussent de faim et de soif. Je suis assez content de vos moutons, de vos vaches et de vos poules; mais franchement je ne le suis pas trop de vos serpents et de vos araignées. Vos oignons et vos artichauts sont de très bonnes choses; mais je ne vois pas quelle a été votre idée en couvrant la terre de tant de plantes venimeuses, à moins que vous n'ayez eu le dessein d'empoisonner ses habitants. Il me paraît d'ailleurs que vous avez formé une trentaine d'espèces de singes, beaucoup plus d'espèces de chiens, et seulement quatre ou cinq espèces d'hommes: il est vrai que vous avez donné à ce dernier animal ce que vous appelez *la raison*; mais en conscience cette raison-là est trop ridicule, et approche trop de la folie; il me paraît d'ailleurs que vous ne faites pas grand cas de cet animal à deux pieds, puisque vous lui avez donné tant d'ennemis et si peu de défense, tant de maladies et si peu de remèdes, tant de passions et si peu de sagesse. Vous ne voulez pas apparemment qu'il reste beaucoup de ces animaux-là sur terre; car, sans compter les dangers auxquels vous les exposez, vous avez si bien fait votre compte, qu'un jour la petite vérole emportera tous les ans régulièrement la dixième partie de cette espèce, et que la sœur de cette petite vérole empoisonnera la source de la vie dans les neuf parties qui resteront: et, comme si ce n'était pas encore assez, vous avez tellement disposé les choses, que la moitié des survivants sera occupée à plaider, et l'autre à se tuer;[6] ils vous auront, sans doute, beaucoup d'obligation, et vous avez fait là un beau chef-d'œuvre.»

Démogorgon rougit; il sentit bien qu'il y avait du mal moral et du mal physique dans son affaire; mais il soutenait qu'il y avait plus de bien que de mal. «Il est aisé de critiquer—dit-il;—mais pensez-vous qu'il soit si facile de faire un animal qui soit toujours raisonnable, qui soit libre, et qui n'abuse jamais de sa liberté? Pensez-vous que, quand on a neuf à dix mille plantes à faire provigner, on puisse si aisément empêcher que quelques-unes de ces plantes n'aient des qualités nuisibles? Vous imaginez-vous qu'avec une certaine quantité d'eau, de sable, de fange et de feu, on puisse n'avoir ni mer ni désert? Vous venez, monsieur le rieur, d'arranger la planète de Mars; nous verrons comment vous vous en êtes tiré, avec vos deux grandes bandes, et quel bel effet font vos nuits sans lune; nous verrons s'il n'y a chez vos gens ni folie ni maladie.»

En effet les génies examinèrent Mars, et on tomba rudement sur le railleur. Le sérieux génie qui avait pétri Saturne ne fut pas épargné: ses confrères, les fabricateurs de Jupiter, de Mercure, de Vénus, eurent chacun des reproches à essuyer.

On écrivit de gros volumes et des brochures; on dit des bons mots, on fit des chansons, on se donna des ridicules, les partis s'aigrirent; enfin l'éternel Démiourgos leur imposa silence à tous: «Vous avez fait—leur dit-il—du bon et du mauvais, parce que vous avez beaucoup d'intelligence, et que vous êtes imparfaits, vos œuvres dureront seulement quelques centaines de millions d'années;[7] après quoi, étant plus instruits, vous ferez mieux: il n'appartient qu'à moi de faire des choses parfaites et immortelles.»[8]

Voilà ce que Platon enseignait à ses disciples. Quand il eut cessé de parler, l'un d'eux lui dit: *Et puis vous vous réveillâtes.*


## NOTES

1. *Platon.* Cf: 'Les Platoniciens, à l'exemple des gymnosophistes, ne nous faisaient pas l'honneur de penser que Dieu eût daigné nous former lui-même. Il avait, selon eux, laissé ce soin à des officiers, à des génies, qui firent dans leur besogne beaucoup de balourdises. Le Dieu des Platoniciens était un ouvrier excellent, qui employa ici-bas des élèves assez médiocres' (*Lettres philosophiques*, XIII; this section appears for the first time in 1748). Van den Heuvel (p. 63) quotes passages from Plato's *Thimaeus* which would seem to serve as inspiration for the tale.

2. *innombrables.* Despite the Platonic inspiration, the universe in which the *conte* is set is clearly Newtonian, not at all anthropocentric as was Plato's cosmos.

3. *Phidias:* probably the greatest sculptor of ancient Greece (d. c. 431 B.C.).

4. *Zeuxis:* one of the outstanding painters of ancient Greece (464–398 B.C.).

5. *boue*. Cf. *Zadig*, Chapter IX, n. 3; *Micromégas*, Chapter I, n 11, Chapter VII, n. 2.

6. *tuer*. Cf. a similar recital of man's miseries in *Micromégas*, Chapter VII.

7. *années*. Cf.: 'Newton dit qu'avec le temps les mouvements diminueront, les irrégularités des planètes augmenteront, et l'univers périra' (*Éléments de Newton*, M. XXII 419).

8. *immortelles*. God is similarly cleared of blame for the physical and moral evil in the world in Voltaire's *Traité de métaphysique* (1734), Chapter II.